KB036188

꿈을 꾸지 않는

외출하는 여동생의

청춘 돼지는

카모시다 하지메 지음
미조구치 케이지 ❤ 일러스트
이승원 옮김

디자인 🐾 키무라 디자인 랩

은 카에데가

해, 한 걸음을 내디딘다.

아즈사가와
카에데

되고 있으며, 마이 씨에게 선물 받은 코트를 입고 양호실 등교를 하고 있다.

마이 씨와 고등학교에서 함께 있을 수 있는 나날도

얼마 남지 않은 가운데

겨우 찾아온 행복한 한때.

꿈을 꾸지 않는다

외출하는 여동생의

청춘 돼지는

카모시다 하지메 지음
미조구치 케이지 일러스트
이승원 옮김

지금 돌이켜보면, 한참 전에 시작됐다고 생각한다.

그때는……

무슨 일이든 인식하면 현실이 되고,

인식하지 못하면 물거품처럼 사라졌다.

눈치채지 못했을 때는 존재하는지,

존재하지 않는지 알 수 없는 상자 속.

내부가 보이지 않으니,

열어서 보지 않는 한 무엇이 들어 있는지 알 수 없다.

이 세상의 소중한 것들은,

대부분 그런 느낌일 거라고 생각한다.

마치, 슈뢰딩거의 고양이 같다.

제1장

그날의 계속

1

그날, 아즈사가와 사쿠타는 꿈을 꿨다.

시치리가하마의 해안에 혼자 멀뚱히 서서, 멍하니 바다를 응시하는 꿈이었다.

불가사의하게도 바다 냄새는 느껴지지 않았으며, 바람 소리도, 파도 소리도 들리지 않았다.

눈에 비친 세계의 색깔도 어딘가 이상했다. 바다는 군청색을 띠고 있지 않았으며, 하늘도 투명해 보일 만큼 푸르지 않았다. 그 모든 것이 빛바래 있었으며, 옅은 흰색을 띠고 있는 것처럼 보였다.

그 덕분에 꿈속에서도 이게 꿈이라는 것을 바로 눈치챌 수 있었다.

오른쪽을 봐도, 왼쪽을 봐도, 이 모래사장에는 아무도 없었다. 정면의 바다를 쳐다봐도, 서핑 보드의 돛은 보이지 않았다.

아무도 없는 바다를 독점하고 있었다.

그렇게 생각한 순간, 누군가가 모래사장 위를 나아가며 내는 가벼운 발소리가 사쿠타의 옆을 통과했다. 붉은색 머플러를 휘날리며 그의 옆을 지나간 사람은…….

초등학생용 가방을 멘 어린 소녀였다.

물가로 뛰어간 소녀는 발이 젖을락 말락 하는 곳에서 멈취 섰다.

그 소녀는 어깨 언저리까지 기른 아름다운 흑발을 지녔다. 등에 멘 가방은 새것인지 흠집이나 얼룩이 없었다.

예닐곱 살 정도로 보이는 소녀였다.

사쿠타가 모르는 아이다.

하지만 언뜻 본 그 아이의 얼굴이 왠지 눈에 익은 느낌이 들었다.

어딘가에서 만났던 걸까.

직접적인 면식은 없다. 사쿠타가 아는 이들 중에 이렇게 어린 소녀는 없다.

하지만, 왠지 아는 사람 같은 느낌이 들었다.

소녀의 머리카락이 바람에 흩날린 순간, 사쿠타는 입을 「아」 모양으로 벌렸다.

분명 본 적이 있다. 만나서 이야기를 나눈 적은 없지만, 사쿠타는 텔레비전에서 아역으로 활약하는 그 모습을 어렴풋이 기억하고 있었다.

"마이 씨……?"

그래서 자연스레 그 이름을 입에 담았다.

사쿠타가 말을 걸자, 소녀는 고개를 돌렸다. 약간의 경계심이 어린 그 눈동자가 사쿠타를 향하더니, 사쿠타를 지그시 관찰했다. 그 눈매는 열여덟 살이 된 지금의 『사쿠라지마 마이』와 닮은 것처럼 보였다.

"아저씨는 누구야?"

첫 한마디에는 초등학생다운 순진무구함이 어려 있었다.

초등학생이 보기에, 고등학생은 어엿한 아저씨일 것이다.

"나도 꽤 어른스러워졌나 보네."

"엄마가 모르는 아저씨와 이야기하지 말랬어. 미안해."

소녀는 예의 바르게 인사를 한 후, 고개를 돌렸다.

"어머니는 대체 어디 계시는데?"

주위를 둘러보니, 이 근처에는 사쿠타와 소녀뿐이다.

"……"

소녀는 사쿠타의 말을 듣고 있는 것 같았지만, 대답을 하진 않았다. 아무래도 못 들은 척을 하는 것 같았다.

"혼자 온 거야?"

"……"

이번에도 어머니의 가르침에 따라 대답을 하지 않았다. 에노시마가 있는 서쪽을 쳐다보고 있나 했더니, 카마쿠라와 하야마가 있는 동쪽을 약간 난처한 표정으로 응시하고 있었다.

사쿠타도 마찬가지로 오른쪽을 쳐다본 후, 다시 왼쪽을 보았다. 역시 모래사장에는 아무도 없었다. 이곳에는 사쿠타와 가방을 멘 소녀뿐이었다.

"혹시 미아야?"

"윽?!"

아무래도 정곡을 찌른 것 같았다.

"미아 아냐."

소녀는 약간 삐친 표정을 지으며 사쿠타를 노려보았다. 언짢은 표정은 지금의 마이와 똑같았다. 그 모습을 보니 왠지 입가가 씰룩댔다.

"여기는 어디야?"

소녀는 그런 사쿠타를 견제하려는 듯이 퉁명한 표정을 지으며 그렇게 물었다.

"모르는 아저씨와는 이야기하면 안 되는 거 아니었어?"

"……이제 됐어."

소녀는 더 기분이 나빠졌는지 사쿠타에게서 돌아섰다. 그리고 에노시마를 향해 걸음을 옮겼다.

"시치리가하마야."

사쿠타가 멀어져가는 소녀의 등을 쳐다보며 그렇게 말하자, 그녀는 우뚝 멈춰 섰다.

그리고 그 애가 뒤돌아설 때까지 기다린 후…….

"1리도 채 안 되는데 이름에 7리가 들어가 있는 시치리가하마(七里ケ浜)지."

사쿠타는 덧붙여 설명했다.

"……."

하지만 소녀의 입에는 여전히 지퍼가 채워져 있었다. 아무 말 없이 사쿠타를 계속 쳐다보고 있었다.

"나는 저기 있는…… 미네가하라 고등학교의 학생인 아즈사가와 사쿠타라고 해."

사쿠타는 이 바닷가에서도 보이는 학교 건물을 손가락으로 가리키며 자기소개를 했다.

"이걸로 이제 모르는 아저씨가 아니지?"

사쿠타가 그렇게 말하자, 소녀는 어안이 벙벙한 표정을 지었다. 그리고 놀란 것처럼 눈을 치켜뜨더니…… 곧 미소를 머금었다.

그 후, 소녀의 입이 움직이며 무슨 말을 한 것 같은 느낌이 들었다.

하지만, 그 말을 들을 수가 없었다.

"어이, 아즈사가와."

또 다른 목소리가 들리더니, 사쿠타는 꿈에서 깨어났다…….

"어이, 아즈사가와. 일어나."

고개를 들어보니, 남자 영어 교사가 분노와 난처함이 섞인 표정으로 사쿠타를 내려다보고 있었다.

"좋은 아침이에요."

사쿠타는 일단 잠에서 깨어났을 때 건네는 인사말을 입에 담았다.

"하아……."

그러자, 영어 교사의 입에서 깊은 한숨이 새어 나왔다.

"됐다, 됐어. 여기는 카미사토가 읽어봐."

창가에 있는 사쿠타의 자리에서 벗어난 영어 교사는 칠판 앞으로 돌아갔다.

"네? 제가 왜요?"

대타로 지명된 옆자리의 카미사토 사키가 약간 짜증이 섞인 목소리로 그렇게 말했다.

"불평은 아즈사가와에게 해."

교사가 그렇게 말하자, 사키는 옆자리에 있는 사쿠타를 노려보았다. 하지만 사쿠타는 그 시선을 눈치 못 챈 척하면서 창밖을 쳐다보았다.

방금까지 꿈속에서 봤던 시치리가하마의 바다가 수평선까지 펼쳐져 있었다. 오후 세 시를 약간 지난 현재, 서쪽으로 기운 햇빛을 받은 군청색 바다는 찬란히 빛나고 있었다. 푸른 하늘은 투명해 보일 정도로 맑았으며, 한가운데에 그어진 수평선은 흐릿한 빛을 뿜으면서 신비한 느낌을 자아내고 있었다.

꿈속과는 다른 선명한 세계.

창밖에 펼쳐져 있는 상쾌한 경치.

멍하니 쳐다보기에 딱 좋은 풍경.

1월 중순인 이 시기에는 공기가 맑아서 먼 곳까지 잘 보인다.

사쿠타는 푸른 바다와 푸른 하늘을 보면서 꿈속에서의 일을 떠올렸다. 어중간한 타이밍에 깬 탓인지 다음 내용이 신경 쓰였다.

어린 마이로 추정되는 소녀는 마지막에 무슨 말을 했을까.

다시 잠들어서 그걸 확인해볼까 했지만, 책상에 엎드리려던 순간에 영어 교사와 시선이 마주친 사쿠타는 수면을 포기했다.

"뭐, 됐어. 어차피 꿈이잖아."

사쿠타는 한 손으로 턱을 괴더니, 창밖을 쳐다보며 혼잣말을 중얼거렸다. 유창하게 영어 문장을 읽고 있는 카미사토 사키의 목소리에는 왠지 짜증이 어려 있는 느낌이 들었다.

하지만 사키가 사쿠타 앞에서 짜증을 내는 건 하루 이틀일이 아니니 그냥 개의치 않기로 했다.

잠시 후, 6교시 수업이 끝났다는 것을 알리는 벨이 울렸다.

"차렷, 인사."

당번의 목소리에 맞춰, 「바이바이~」, 「수고했어~」처럼 하루의 끝을 알리는 인사가 2학년 1반 교실 곳곳에서 들려왔다.

반 애들 중 일부는 부활동을 하러 뛰어갔고, 귀찮다는 듯이 청소를 시작한 당번도 있었다.

사쿠타는 교실에 남아 있을 이유가 없기에, 카미사토 사키가 시비를 걸기 전에 교실을 빠져나가려 했다. 언짢은 상태인 여자애에게 괜히 다가가 봤자 좋을 게 없으니까 말이다.

"아즈사가와."

복도로 나간 순간, 누군가가 사쿠타를 불렀다. 담임인 남자 교사였다. 나이는 40대 중반 정도였다.

"무슨 일이에요?"

"그걸 몰라서 묻는 거냐? 진로 조사서 말이야. 다음 주 월요일까지는 제출해라."

"아~."

"뭐야. 너, 혹시 깜빡한 거냐?"

담임은 쓴웃음을 짓더니, 학생 명부 파일로 사쿠타의 머리를 가볍게 때리려 했다. 하지만 생각이 바뀌었는지, 손을 멈췄다. 요즘 체벌 때문에 말이 많기 때문이리라.

"깜빡 안 하면 낼게요."

"깜빡하지 말라고 이렇게 말하는 거다."

"알았어요."

사쿠타는 그렇게 대답한 후, 계단 쪽으로 걸어갔다. 뒤편에서 「꼭 내라」 하는 목소리가 들렸지만, 사쿠타는 대답하지 않았다. 서둘러 돌아가지 않았다간 카미사토 사키에게 잡힐지도 모른다. 그렇게 되면 성가실 테니까 말이다.

사쿠타는 교실이 있는 2층에서 1층으로 내려갔다.

그리고 계단을 내려가면서 진로에 대해 생각했다.

하지만 딱히 고민할 일은 아니다. 사쿠타는 대학에 진학하기로 이미 결심했고, 지망 학교도 두 곳으로 줄여됐다.

문제는 크게 두 가지다. 하나는 사쿠타 본인의 학력. 이것은 사쿠타가 공부를 해서 어떻게든 해결할 수밖에 없다.

다른 하나는 학비. 사쿠타는 대학에 가고 싶다는 뜻을 아직 부모님에게 전하지 않았다.

한집에 살고 있었다면 말을 할 기회가 있었을지도 모른다. 부모님이 사쿠타에게 물어봤을 가능성 또한 충분히 있다.

하지만 여동생이 학교에서 집단 괴롭힘을 당한 것을 계기로, 어머니는 양육에 대한 자신감을 잃으며 정신적으로 충격을 받았다. 그 탓에 지금은 부모님과 따로 살고 있다.

아버지는 어머니를 간병하면서 사쿠타와 여동생인 카에데의 생활비를 벌고 있었다. 그런 생활도 벌써 2년이 다 되어가고 있었다.

사쿠타는 아버지에게 경제적인 부담을 주고 싶지 않았다. 사립보다 학비가 싸다고 해도, 국공립 대학의 학비 또한 만만치 않은 금액이었다.

어차피 진로에 대해서는 아버지도 신경을 쓰고 있을 테니, 제대로 이야기를 나눠보기는 해야 한다. 하지만 그럴 기회를 잡지 못해서 아직 이야기를 하지 못했다. 그것이 아무것도 적지 않은 진로 조사 용지가 사쿠타의 가방 안에 들어있는 이유였다.

"뭐, 더 큰 문제는 바로 공부지만 말이야."

합격을 못 한다면 학비도 필요 없다. 우선 지망 대학에 들어갈 수준의 학력을 갖춰야 한다.

아무튼, 진로 조사서 같은 건 다음 주에 내면 된다. 그 어떤 문제가 있더라도, 사쿠타에게는 진학을 포기한다는 선택지가 없었다.

같은 대학에 가고 싶다.

그것이 이 세상에서 가장 귀여운 연인의 소망이니까 말이다.

딱히 불치병을 치료해달라는 부탁을 받은 것도 아니다. 그저 같은 대학에 가고 싶을 뿐이다. 사쿠타가 노력하기만 한다면 충분히 해결할 수 있는 문제다. 학력은 물론이고 학비 또한 아르바이트를 해서 벌면 되며, 장학금이라는 수단 또한 있다.

직접 해결할 수만 있다면 오히려 대환영이다. 사쿠타가 제아무리 발버둥을 쳐도 어찌할 수 없는 문제에 비한다면야, 대학에 합격하는 것 정도는 식은 죽 먹기라는 느낌도 들었다.

사쿠타가 그런 생각을 하며 건물 입구에 도착한 순간…….

"사쿠타."

누군가가 아름다운 목소리로 그의 이름을 불렀다.

사쿠타가 소속된 2학년 1반의 신발장에 기대선 채 기다리고 있었던 이는 바로 이 세상에서 가장 귀여운 사쿠타의 연인, 사쿠라지마 마이다.

윤기 넘치는 흑발, 당당한 눈매, 그리고 투명해 보일 만큼 새하얀 피부. 키는 165센티미터 정도로 여자치고는 약간 큰 편이지만, 날씬한 몸매가 마이의 존재감을 더욱 부각시키고 있었다. 낡고 곳곳에 흠집이 나 있는 더러운 신발장 앞인데도 불구하고, 마이가 그곳에 서니 영화의 한 장면처럼 특별해 보였다.

그야말로 그 어떤 곳도 한 폭의 그림처럼 만드는 존재다. 그래서 주위의 시선도 자연스레 마이를 향했다. 그 덕분에 마이는 아역 시절부터 연예계에서 활약할 수 있었으리라. 한때 활동을 쉬었던 마이가 다시 활동을 시작하자 드라마, 영화, 광고, 패션 잡지 모델 등, 사쿠타와 데이트를 할 여유도 없을 만큼 그녀는 정신없이 바빴다.

그런 마이에게 다가간 사쿠타는 실내화를 벗으면서 말을 걸었다.

"마이 씨, 나를 기다려준 거예요?"

"누구누구 씨가 「매일 함께 하교하고 싶어~」 하고 말했거든."

사쿠타는 신발장을 열어서 신발을 꺼낸 후, 방금 벗은 실내화를 그 안에 넣었다.

"그런 소리 했었나~."

"했어."

"나는 그저 『마이 씨는 곧 졸업하니까, 일이 없는 날에는 매일 하고 데이트를 하고 싶네~』 하고 말했던 것 같거든요."

데이트 부분을 강조하면서 마이를 쳐다보았다. 하지만 마이는 개의치 않으면서 열려 있던 사쿠타의 신발장을 닫았다.

"자, 돌아가자."

마이는 사쿠타가 신발을 제대로 신기도 전에 걸음을 옮겼다. 그러자 사쿠타는 서둘러 마이를 쫓아갔다. 건물 밖으로 나간 후, 두 사람은 나란히 섰다. 그리고 교문을 향해 걸음을 옮기고 있을 때, 석양이 눈부셔서 하품이 났다.

　"하암~."

　"뭐야. 나와 같이 하교하는 게 하품 날 정도로 지겨워?"

　마이가 옆을 힐끔 바라보았다. 표정은 밝지만, 눈은 웃고 있지 않았다. 그 눈은 사람을 기다리게 해놓고 하품이나 하는 거냐, 하고 비난하고 있었다.

　"아, 이상한 꿈을 꾼 바람에 꿈자리가 뒤숭숭했거든요."

　"6교시 수업을 마치고 하교하면서 할 소리는 아니네."

　마이는 약간 어이없다는 눈빛으로 사쿠타를 쳐다보았다.

　"뭐, 내가 질색하는 영어 시간이었거든요."

　"수업은 제대로 들어둬. 나와 같은 대학에 갈 거잖아?"

　"어? 저와 같은 대학에 가고 싶은 사람은 마이 씨 아니에요?"

　"맞아. 내가 더 사쿠타를 좋아하거든."

　마이는 앞을 바라보면서 태연한 어조로 그렇게 말했다.

　그 말을 듣고 가슴이 뛴 나머지 마이를 무심코 쳐다본 순간, 사쿠타의 패배는 확정됐다. 게다가 마이는 그런 사쿠타를 향해 도발적인 시선을 보냈다. 그런 마이의 눈동자 깊은 곳에는 「사쿠타가 그러기를 바란다면 그런 걸로 해두겠어」라는 의미가 어려 있었다.

"내가 마이 씨와 같은 대학에 다니고 싶은 거예요."

사쿠타는 물론 마이의 소망을 이뤄주고 싶었다. 게다가 그것이 자신의 소망이기도 하기에 반드시 이루고 싶었다. 그것이 예전에 둘이서 약속했던『둘이서 행복해진다』라는 것이라고 생각한다.

교문을 나서자, 건널목이 눈에 들어왔다. 경고음이 들리더니, 차단기가 내려왔다.

"어느 쪽?"

마이는 짤막한 질문을 던졌다. 『무엇이』라는 부분은 생략되어 있었다. 하지만 사쿠타는 마이가 뭘 물은 것인지 알고 있었다. 이 학교에 다니다 보면, 건널목을 통과하는 전철이 어느 방면의 전철인지 신경 쓰이기 마련이다.

"후지사와행 같네요."

건널목에서 오른편을 쳐다보자, 이 학교에서 가장 가까운 역인 시치리가하마 역이 보였다. 그 역의 플랫폼에 전철이 서 있었다. 왼쪽을 보니, 카마쿠라 방면에서 달려온 전철이 다가오고 있었다. 전철은 사쿠타와 마이, 그리고 다른 학생들이 멈춰 서 있는 건널목을 천천히 통과했다.

경고음이 멎은 후, 차단기가 올라갔다.

그러자, 멈춰 서 있던 학생들 중 몇 명이 굉장한 속도로 뛰어갔다. 지금 뛰어가면 방금 통과한 전철을 탈 수 있을 것이다.

"달릴까?"

옆에 있는 마이가 그렇게 물었다. 저 전철을 놓치면, 12분 후에나 다음 전철이 올 것이다.

"사쿠타는 1분 1초라도 빨리 돌아가고 싶지?"

마이의 눈동자는 장난기 어린 웃음을 흘리고 있었다.

"여기가 지나갈 수 없는 건널목이면 좋겠다고, 마이 씨와 함께 있을 때마다 생각해요."

"그러면 불편할 테니까 싫어."

두 사람은 뒤늦게 건널목을 건너기 위해 평소와 다름없는 페이스로 걸음을 옮겼다. 방금 전철을 놓친 덕분에 하교 데이트 시간이 12분이나 늘어났으니, 서두를 이유가 없다.

정면에는 완만한 내리막길이 존재했다. 그 길 너머에는 시치리가하마의 바다가 펼쳐져 있다. 폐가 가득 찰 정도로 들이마신 바람에는 바다 냄새가 섞여 있었다.

바다를 보며 걸음을 옮기던 사쿠타와 마이는 건널목을 건너자마자 오른쪽으로 방향을 틀었다. 그리고 조그마한 다리를 건너자, 녹색 간판이 걸린 역의 입구가 보였다.

짤막한 계단을 올라가서, 직립 부동 상태인 개찰기에 교통카드를 댔다. 후지사와행 전철이 방금 떠난 이 조그마한 역의 플랫폼에는 십여 명의 학생이 있었다. 그들은 카마쿠라행 전철을 기다리고 있는 것 같았다.

이 역에는 선로가 하나뿐이다. 플랫폼 또한 하나뿐이다.

같은 선로와 플랫폼을 통해, 후지사와행 전철과 카마쿠라행 전철이 번갈아 다니는 것이다. 꽤 정취 있는 단선(單線) 역이다.

교통량이 많은 도로나 사람들이 많이 몰리는 번화가가 주위에 없기 때문에, 이곳에는 독특한 정적과 평온한 시간이 흐르고 있었다.

이곳이 가장 북적이는 건 아침 등교 시간과 방과 후의 하교 시간이다.

늦잠을 자서 학교를 지각하게 되면, 이 역에서 홀로 내리는 날도 계절에 따라 존재한다.

후지사와 방면에서 달려온 전철이 브레이크 소리를 내면서 플랫폼에 정차했다. 사쿠타와 마이가 탈 전철과는 반대 방면으로 가는 전철이다.

이용객들이 타자, 녹색과 크림색을 띤 고풍스러운 디자인의 차량이 느긋하게 달리기 시작했다.

플랫폼에는 사쿠타와 마이를 비롯해 여섯, 일곱 명 정도만 남아 있었다.

바람을 타고 들려오는 건널목 경고음을 듣고 있을 때, 느닷없이 마이가 사쿠타의 손을 잡았다. 하지만 사쿠타의 새끼손가락 하나를 가볍게 움켜쥐었을 뿐이다……. 매니저에게 주위의 시선을 신경 쓰라는 말을 들었기 때문이다. 일단 매니저의 말에 따르고 있다고나 할까, 자제를 하고 있는 것 같았다.

사쿠타는 아무 말 없이 그런 마이의 얼굴을 옆에서 바라보았다.

이렇게 마이의 존재감을 느끼기만 해도, 마음이 만족감으로 가득 찼다.

옆에 있어주는 것만으로도, 마음이 따뜻해졌다.

행복한 기분이 들었다.

특별한 건 하나도 없다. 평범하기 그지없는 방과 후다. 그저 마이와 함께 하교하고 있을 뿐이다. 전철을 놓친 후, 둘이서 다음 전철을 기다리고 있을 뿐인 조용한 시간이다.

재미있는 대화를 나누고 있지도 않았다.

하지만, 이런 별것 아닌 순간이 실은 그 무엇보다도 소중하다는 사실을 사쿠타는 알고 있다. 그래서 그는 플랫폼에 부는 바람을 느끼며 기분 좋은 표정을 짓고 있는 마이의 얼굴에서 눈을 떼지 않았다. 계속 쳐다보고 말았다. 질리지도 않았다. 한순간, 한순간이 소중하기 그지없는 시간이었다.

"왜 그렇게 뚫어져라 쳐다보는 거야?"

사쿠타의 시선을 느낀 마이가 바람에 휘날리는 머리카락을 손으로 살며시 눌렀다. 그리고 간지러움을 타는 목소리로 그렇게 말하면서 드디어 사쿠타를 바라보았다.

"마이 씨가 여기 있다는 걸 실감하고 있었어요."

"그건 또 무슨 소리야?"

마이는 영문을 모르겠다는 듯이 그렇게 말했지만, 그녀의 눈동자는 다른 말을 하고 있었다.

"이런저런 일이 있었지."

천천히…… 자신의 마음을 확인하듯, 마이는 그렇게 중얼거렸다. 그런 그녀는 상냥한 눈길을 머금고 있었다.

"너무 많은 일이 있었어요."

그 어떤 말로도 전부 표현하지 못할 만큼, 많은 일이 있었다. 실컷 울고, 실컷 고함지르고, 실컷 한탄하고, 실컷 뛰었다. 그에 버금갈 만큼 많이 웃기도 했다고 생각한다.

그렇게 많은 일들이 있었기에, 사쿠타와 마이는 지금 이 순간을 소중히 여기고 있었다. 역에서 전철을 기다리고 있을 뿐이지만, 같은 시간을 공유하고 있는 것이 기뻤다. 그리고 서로가 같은 마음을 품고 있다는 사실이 너무나도 기뻤다.

"……."

"……."

두 사람은 서로를 응시한 채, 누구도 먼저 시선을 돌리지 않았다. 사쿠타는 마이를 향한 자신의 마음이 커져만 가는 것을 느끼고 있었다. 그것이 충동이 되어 사쿠타의 온몸을 가득 채웠다.

"저기, 마이 씨."

"안~ 돼~."

마이는 애완견을 길들이는 것 같은 어조로 그렇게 말하더니, 약간 부끄러워하는 표정을 지으며 고개를 돌렸다.

"아직 아무 말도 안 했는데요."

"키스하고 싶다는 소리를 하려는 거잖아?"

마이는 사쿠타 쪽을 힐끔 쳐다보았다.

"뽀뽀하고 싶네~."

마이는 주위를 신경 썼다. 어느새 플랫폼에는 사람이 늘어나 있었다.

"참아. 나도 참고 있단 말이야."

마이는 남들에게 들리지 않도록 작은 목소리로 속삭였다.

그와 동시에 마이는 사쿠타의 손을 고쳐 쥐었다. 이번에는 사쿠타의 새끼손가락만이 아니라 약손가락도 자신의 가느다란 손가락으로 꼭 움켜쥐었다.

"에이~."

사쿠타는 그것만으로는 부족하다는 듯이 항의의 뜻이 섞인 목소리를 냈다. 하지만, 사쿠타의 비통한 외침은……

"전철 왔어."

너무나도 간단히 무시당하고 말았다.

사쿠타와 마이를 태운 전철은 시치리가하마 역을 출발하더니, 그대로 해안선을 따라 달렸다. 진행 방향의 왼편…… 창밖에는 군청색 바다가 펼쳐져 있었다. 그리고 바다 위에 떠 있는 에노시마도 보였다.

이 전철에 탄 관광객은 창밖 경치에서 눈을 떼지 못했다. 카메라로 사진을 찍고 있는 외국인도 있었다. 이곳에서는 흔히 볼 수 있는 광경이다.

마이를 문 옆에 세운 사쿠타 또한 손잡이를 쥔 채 잠시 동안 창밖의 경치를 응시했다. 아니, 실은 마이를 쳐다보고 있었다.

카마쿠라 고등학교 앞 역, 코시고에 역에 선 후, 전철은 에노시마에 도착했다. 많은 승객이 내린 후, 내린 숫자의 절반가량 되는 손님이 다시 탔다. 에노시마 관광을 하러 가는 이들과 관광을 마치고 돌아가는 이들이리라.

전철이 다시 달리기 시작했을 때…….

"그런데, 어떤 꿈이었어?"

마이가 느닷없이 그런 질문을 던졌다.

"응?"

"영어 수업 시간에 사쿠타가 꿨다는 이상한 꿈 말이야."

"초등학생용 가방을 멘 마이 씨가 나오는 꿈이었어요."

사쿠타가 솔직하게 대답하자, 마이의 표정에서 온화한 미소가 사라졌다.

"……."

그 대신, 모멸에 찬 시선이 사쿠타를 향했다. 그런 시선을 받으니 기분이 좋기는 했다. 하지만 사쿠타는 오해를 받고 있는 것 같으니, 그 점은 정정해두기로 했다.

"미리 말해두겠는데, 지금의 마이 씨가 초등학생용 가방을 메고 있었던 건 아니에요."

"그럼 어떤 꿈이었는데?"

마이의 시선은 여전히 차가웠다.

"여섯 살 정도로 보이는 마이 씨가 제 꿈에 나왔어요."

"흐음."

마이는 그 말을 듣고, 약간 뜻밖이라는 표정을 지었다.

"정말 이상한 꿈이네."

"그래서 이상한 꿈이라고 처음에 말했던 거예요."

"사쿠타는 연상 취향인데."

사쿠타는 그런 의미에서 『이상한 꿈』이라고 말한 게 아니었지만, 마이가 납득한 것 같으니 그냥 넘어가기로 했다.

"하지만 그 꿈……."

마이는 약간 목소리 톤을 낮추더니, 의도적으로 사쿠타의 눈을 올려다보았다.

"사춘기 증후군과는 상관이 없겠지?"

마이의 눈동자에는 걱정의 빛이 희미하게 어려 있었다.

인터넷에서 화제가 되고 있는 불가사의한 현상. 타인의 마음속 목소리가 들린다거나, 미래의 일을 꿈을 통해 본다거나 하는 등의 오컬트틱한 일에 관한 뜬소문들이다.

"……."

마이가 진지한 눈길로 사쿠타를 쳐다보고 있는 건, 그것들이 단순한 소문이 아니라는 사실을 두 사람 다 잘 알고 있기 때문이다.

애초에 사쿠타와 마이가 만나게 된 계기가 되어준 것이 바로 마이에게 일어난 사춘기 증후군이었다.

"지나친 생각이에요."

"하지만 사쿠타는 사춘기 증후군에게 사랑받고 있잖아."

"그 덕분에 마이 씨와도 가까워졌으니 오히려 감사하고 싶은데요."

"……."

마이의 눈빛을 보아하니, 아직 납득하지 못한 것 같았다.

"그런 꿈을 꾼 건, 마이 씨가 저랑 러브러브한 짓을 안 해준 탓이에요. 그래서 새로운 세계에 눈뜬 것뿐이라고요."

사쿠타는 마이가 신경 써줬으면 하는 마음에 일부러 그런 소리를 늘어놓았다.

그러자, 곧 볼을 꼬집히는 느낌이 들었다.

"건방져."

마이가 사쿠타의 볼을 꼬집은 것이다.

"무슨 일이 터지더라도, 저는 마이 씨가 있으니까 괜찮아요."

"진짜 건방지다니깐."

마이는 사쿠타를 괴롭히면서 약간 즐거운 듯이 웃음을 흘렸다.

시치리가하마 역을 출발한 전철은 약 15분 후에 종점인 후지사와 역에 도착했다.

개찰구를 통과하자, 커다란 건물에 둘러싸인 후지사와의 역 앞 광장이 사쿠타와 마이를 맞이했다. 이곳은 에노시마 전철 이외에도 JR과 오다큐 에노시마 선이 다니는 이 시의 중심지다.

이 시간대에는 인근의 쇼핑객과 귀가중인 학생들로 붐빈다. 버스 터미널을 뒤덮는 입체 보행로를 지난 사쿠타와 마이는 역 반대편으로 향했다. 사쿠타가 사는 맨션은 역 북쪽으로 10분 정도 걸어가면 도착한다.

"오늘은 슈퍼에서 시장을 안 봐도 돼?"

가전제품 양판점 앞을 지날 즈음, 옆에서 걷고 있던 마이가 사쿠타에게 그렇게 물었다.

"쇼핑 데이트를 하고 싶지만, 어제 시장을 봤거든요."

"그럼 그건 다음에 해야겠네."

두 사람은 도중에 사카이강에 걸린 다리를 건넜다. 그리고 길을 따라 나아가자, 시끌벅적한 역 앞에서 벗어나 차분한 주택가에 도착했다.

집 근처에 있는 공원 인근에 도착했을 즈음…….

"카에데 양은 순조롭게 학교에 다니고 있어?"

마이가 갑자기 그런 말을 꺼냈다.

"요즘 들어서는 매일같이 아침부터 활기차게 학교에 가고 있어요."

오랫동안 등교 거부를 해왔던 사쿠타의 여동생은 작년 말부터 겨울 방학을 통해, 집 밖으로 나가는 훈련을 해왔다. 목표는 3학기부터 학교에 다니는 것이었다. 지금까지는 그 목표가 완벽하게 달성됐다.

하지만 동급생의 시선은 아직 무서운지, 다른 이들보다 조금 늦은 시간대에 등교해서, 하루 종일 양호실에서 공부를 했다. 그리고 하교 때도 남들과 마주치지 않는 시간대에 돌아왔다. 아직 완전히 익숙해졌다고 할 수는 없다. 그래서 활기찬 걸지도 모른다.

약 1년 반 동안 집 밖으로 나가지 못했던 것을 생각하면, 이 한 달 동안 정말 최선을 다했다고 생각한다.

"학교에 좀 더 느긋한 마음으로 갈 수 있으면 좋겠는데 말이에요."

"서서히 익숙해지면 돼."

그런 이야기를 나누다 보니, 사쿠타가 사는 맨션에 도착했다. 마이도 맞은편 맨션에 살고 있기 때문에, 두 사람의 귀갓길은 완벽하게 겹쳤다.

"어? 저 사람, 카에데 양 맞지?"

호랑이도 제 말 하면 온다더니……. 마이는 역과 반대 방향의 도로를 바라보고 있었다. 그곳에는 이쪽을 향해 걸어오고 있는 카에데가 있었다.

중학교 교복 위에 코트를 걸친 카에데는 고개를 숙인 채 지면만을 쳐다보며 걸음을 옮기고 있었다.

그러던 카에데가 뭔가를 눈치챈 것처럼 고개를 들었다. 어쩌면 시선을 느낀 건지도 모른다. 한순간 움찔했지만, 카에데는 사쿠타와 마이를 보더니 약간 난처한 듯이 웃음을 흘렸다. 집 밖에서 아는 사람과 만난 것이 좀 부끄러운 걸지도 모른다.

약간 걸음이 빨라진 카에데가 사쿠타와 마이에게 다가왔다.

"어서 와, 카에데 양."

마이는 그런 카에데를 따뜻하게 맞이했다.

"다, 다녀왔어요, 마이 씨."

"내가 준 코트를 입어줬구나."

"아, 예! 정말 마음에 들었어요."

카에데는 부끄러움이 섞인 웃음을 흘렸다. 그녀가 걸친 코트는 일전에 마이가 준 것이다. 카에데는 마이보다는 작지만 그래도 꽤 키가 큰 편이라 그런지 몸에 딱 맞았다.

"오빠, 지금 돌아오는 길이야?"

마이를 대할 때와는 태도가 일변한 카에데가 통명한 표정으로 사쿠타를 올려다보았다.

"그래. 보다시피."

"흐음~."

카에데는 고개를 약간 숙이더니, 사쿠타의 손 언저리를

쳐다보았다. 지금도 마이와 맞잡고 있는 손을 말이다. 그 시선을 눈치챈 마이가 은근슬쩍 사쿠타의 손을 놓았다.

"맞다. 오빠……. 으음."

카에데는 뭔가 할 말이 있는 것 같았지만 말을 잇지 못했다.

"왜 그래?"

"내일과 모레는 뭐해?"

미적지근한 질문이다. 대체 뭘 묻고 싶은 건지 감이 오지 않았다.

"토요일과 일요일을 만끽할 예정이야."

그래서 사쿠타 또한 애매하게 답했다.

"한가한지 묻는 거야."

카에데는 사쿠타의 태도가 마음에 들지 않는지 볼을 부풀렸다. 사쿠타는 그런 카에데의 볼을 양손으로 꼭 눌렀다.

"내일은 아르바이트를 해."

"일요일은?"

"마이 씨와 데이트하고, 마이 씨에게 어리광 부린 후, 마이 씨의 어리광을 받아주느라 바쁠 거야."

"치이~."

카에데는 불만 섞인 목소리를 냈다.

"그럼 곤란한데……."

카에데는 고개를 숙이며 그렇게 중얼거렸다.

"카에데 양, 걱정하지 마. 나, 주말에 볼일이 있어."

"어~, 일요일에 일 잡혀 있어요?"

이번에는 사쿠타가 불만 섞인 목소리를 냈다.

"뭐, 그래."

마이는 사쿠타의 눈을 응시하며 미소 지었다. 사쿠타는 그런 마이의 태도를 보고 위화감을 느꼈다. 일이 잡혀 있다면『볼일』이 있다고 말하지 않을 것이다. 뭔가를 숨기고 있는 것 같은 느낌이 들었다.

신경이 쓰이기는 하지만, 추궁할 시간은 없었다. 사쿠타가 말을 걸기도 전에 흰색 미니밴이 달려오더니, 그들의 옆에 멈춰 선 것이다.

마이의 매니저가 타고 다니는 것과 같은 차종이다. 운전석에는 20대 중반 정도로 보이는 정장 차림의 여성이 있었다. 마이의 매니저가 틀림없었다. 이름은 하나와 료코다.

매니저가 차에서 내리더니…….

"또 사쿠타 군과 함께 하교한 건가요?"

분노와 난처함이 반반씩 섞인 표정으로 마이와 사쿠타를 번갈아 쳐다보았다.

"사귀는 사이니까, 따로따로 하교하는 편이 더 부자연스러울 거예요."

마이는 태연한 어조로 그렇게 대꾸했다.

"사진이라도 찍혀서 소동이 일어나면 곤란하단 말이에요."

료코 또한 한 걸음도 물러서지 않았다.

"사귀지 않는다고 잡아떼거나 교제 사실을 숨기려고 하니까 소동이 일어나는 거예요. 저와 사쿠타는 당당히 교제 선언을 했으니까, 이제 와서 스캔들이 일어나지는 않을 거예요."

마이는 잔소리에 질렸다는 듯이 그렇게 말하며 고개를 돌렸다. 연상인 료코 앞에서는 마이 또한 어린아이다운 모습을 보였다.

"저기 말이죠, 마이 씨. 몇 번이나 말했다시피……."

료코가 드디어 설교 모드에 들어가려던 순간…….

"알았어요. 앞으로는 조심할게요."

마이는 착한 아이인 척했다.

"정말, 대답 하나는 참 잘한다니까요."

연상인 료코가 마이에게 휘둘리고 있었다.

"그럼 나는 이제 가볼 건데…… 사쿠타는 카에데 양의 이야기를 진지하게 들어줘."

사쿠타를 향해 돌아선 마이가 그렇게 말했다. 그리고…….

"카에데 양, 다음에 또 봐."

마이는 손을 흔들면서 마중을 온 차를 탔다. 료코도 가볍게 인사를 건넨 후, 운전석에 탔다.

"그건 그렇고, 주말에 할 일이라도 있어?"

사쿠타는 차가 모퉁이를 돌 때까지 지켜본 후, 옆에 있는 카에데에게 말을 걸었다.

카에데도 차의 번호판을 지그시 응시하고 있었다. 언짢은 듯한 눈길로 노려보고 있는 것처럼도 보였다.

"아무것도 아냐."

카에데가 겨우 입을 열었나 싶더니, 삐친 것 같은 얼굴이었다.

"저기, 카에데."

"왜?"

아직 기분이 좋지 않아 보였다.

"마이 씨에게 불만이라도 있어?"

"이, 있을 리가 없잖아! 상냥하고, 예쁘고, 멋진 사람인걸……. 나도 저렇게 되고 싶다고 생각할 정도야."

"카에데, 내가 금과옥조 같은 조언을 해줄게."

"뭔데?"

"집에 돌아가면 일단 거울을 봐."

"오빠가 그런 소리 안 해도, 내가 마이 씨처럼 될 수는 없다는 건 알고 있거든?"

카에데는 삐친 것처럼 볼을 부풀리며 사쿠타를 노려보았다. 하지만 하나도 무섭지 않았다.

"그럼 왜 언짢은 표정을 짓는 건데?"

"다 오빠 탓이야."

카에데는 더욱 삐친 듯한 표정을 지었다. 사춘기 여동생의 생각은 정말 알다가도 모르겠다.

"뭐?"

그래서 자연스럽게 얼이 나간 목소리로 대꾸했다.

"마이 씨가 좋아죽겠다는 표정을 계속 짓고 있었잖아."

"그게 당연하지 않아? 애인이 저렇게 귀여우니까."

"그건 알지만, 그래도 싫어……"

카에데는 삐친 것처럼 고개를 돌렸다. 자기를 좀 신경 써 줬으면 하는 오라를 온몸으로 마구 뿜고 있었다.

"오늘, 학교에서 무슨 일 있었어?"

그러고 보니 사쿠타는 아직 카에데의 볼일을 듣지 못했다.

"미와코 선생님이……."

카에데가 입에 담은 것은 스쿨 카운슬러 선생님의 이름이 다. 토모베 미와코.

"그 선생님이 왜?"

"진로 상담을 하고 싶대."

카에데는 주눅이 든 것처럼 사쿠타를 올려다보았다.

"으음~. 진로 말이구나."

"응, 진로."

"누구 진로?"

"내 진로 말이야~."

"뭐, 그렇겠지."

그 생각을 아예 하지 않았던 것은 아니다. 카에데는 중학 교 3학년이다. 그리고 지금은 3학기다. 졸업까지 남은 시간 은 얼마 되지 않는다. 하지만 카에데가 학교에 다니게 된 지

아직 열흘 정도밖에 되지 않았다. 카에데의 진로라는 것은 아직 사쿠타의 내면에서 현실미를 지니고 있지 않았다.

하지만 카에데에게서 그 말을 듣자, 역시 생각해봐야만 한다는 쪽으로 인식이 변했다.

"미와코 선생님이 아빠한테도 연락해줬으면 한다고……."

사쿠타가 바라본 카에데의 눈은 무언가를 원하고 있었다. 이만큼 이야기를 들으면, 그것이 무엇인지 충분히 상상이 됐다.

"알았어. 내가 연락할게."

"응. 고마워."

카에데는 그 말을 듣고 안심했는지, 표정이 꽤 부드러워 졌다.

"그런데 진로는 이미 결정했어?"

사쿠타는 우편함을 살펴본 후, 오토록인 문을 열었다. 그리고 따라오던 카에데는…….

"그게…… 너무 갑작스러워서 아직 모르겠어."

사쿠타와 마주했던 시선을 노골적으로 돌렸다.

그런 카에데를 본 사쿠타는 동생이 가고 싶은 고등학교가 있다는 것을 눈치챘다.

하지만, 아직 말하고 싶지 않은 거라고 생각한 사쿠타 는…….

"뭐, 그럴 거야."

……하고, 전혀 눈치채지 못한 척하면서 엘리베이터의 버튼을 눌렀다.

2

모레인 일요일. 1월 18일.

약속했던 오후 한 시에 딱 맞춰 인터폰이 울렸다.

사쿠타는 스쿨 카운슬러인 토모베 미와코를 현관에서 맞이한 후, 아버지와 카에데가 있는 거실로 안내했다.

"안녕, 카에데 양."

"안녕하세요."

"일요일에 이렇게 와주셔서 감사합니다."

아버지는 미와코를 향해 가볍게 인사를 건넸다.

"아뇨. 저야말로 휴일에 시간을 내달라고 해서 죄송해요."

"자, 앉으시죠."

아버지가 자리를 권하자, 미와코는 식탁 앞의 의자에 앉았다. 사쿠타는 미와코가 의자에 걸쳐두려던 코트를 건네받더니, 현관 쪽 옷걸이에 걸어놨다. 오전에 청소를 하기는 했지만, 이런 겨울옷에는 나스노의 털이 잘 붙는디. 사쿠타의 집에서 기르는 얼룩 고양이 나스노는 코타츠 위에서 영문을 모르겠다는 표정으로 집 안을 살피고 있었다. 아버지와 미와코…… 이 집에 살지 않는 이들이 연이어 찾아오자, 좀 신경 쓰이는 것 같았다.

거실로 돌아온 사쿠타는 부엌에 가서 차를 끓였다.

그 사이, 미와코는 카에데의 수험 관련 상담을 자신이 맡기로 했다는 이야기를 했다. 원래라면 중학교 담임 교사가 할 일이지만, 오랫동안 등교 거부를 한 카에데로서는 스쿨 카운슬러인 미와코가 상담을 맡아주는 편이 안심이 될 것이라고 학교 측이 판단을 한 것 같았다. 그리고 미와코와 카에데가 어떻게 할지 상담한 결과, 학교 측이 제안한 방침에 따르기로 결정한 것 같았다.

카에데는 그 말을 듣고 살며시 고개를 끄덕였다.

쟁반에 따뜻한 차가 담긴 찻잔 네 개와 아버지가 사 온 라쿠간이라는 이름의 건과자가 놓인 접시를 올린 후, 사쿠타는 그것을 들고 식탁 쪽으로 향했다.

"드세요."

사쿠타는 차와 비둘기 모양을 한 라쿠간을 미와코 앞에 뒀다.

"고마워요. 아, 이거 참 맛있죠."

「잘 먹을게요」하고 말한 후, 미와코는 라쿠간을 입에 넣었다. 그리고 과자를 차분히 맛본 다음에 차를 홀짝였다.

사쿠타는 표정이 딱딱하게 굳은 카에데의 옆에 의자를 놓고 앉았다. 긴장한 것 같았다. 등을 곧게 폈으며, 두 손은 허벅지 위에 올려놓았다. 고개를 들 용기는 없는지, 사쿠타가 둔 찻잔 안을 지그시 쳐다보고 있었다.

"이미 알고 계시겠지만, 오늘 이렇게 찾아뵌 것은 카에데 양의 진로에 관해 상담하고 싶기 때문이에요."

"예."

아버지는 조용히 맞장구를 쳤다. 회사에 갈 때와 마찬가지로 양복 차림이었다. 재킷은 벗었지만, 넥타이는 단정하게 매고 있었다.

30분쯤 전에 이 집에 도착한 아버지를 현관에서 봤을 때는 너무 차려입었다는 생각이 들었지만, 이제는 저런 차림을 하는 것이 옳다는 것을 눈치챘다.

아버지와 마주 앉은 미와코 또한 재킷을 걸친 비즈니스 스타일이었다.

"이제 막 등교를 시작했으니, 좀 더 학교에 익숙해진 후에 진로 상담을 시작하고 싶었지만…… 일반적인 고등학교 수험 신청 시기가 1월에 집중되어 있기 때문에 이런 자리를 마련했어요."

미와코는 그렇게 말하면서 가방 안에 들어 있던 A4 사이즈의 봉투를 꺼낸 후, 그 안에서 몇 장의 서류를 꺼내 테이블 위에 놓았다.

"이것은 현립 고등학교의 수험 스케줄이에요. 1월 28일부터 1월 30일이 원서 접수 기한이죠. 2월 16일부터 입학시험을 치르며, 16, 17, 18일에 면접시험을 치른답니다. 2월 27일에 합격 발표를 하죠. 사립은 신청 시기가 일주일 정도 빠르며, 이미 시작한 곳도 있어요."

"저기……."

미와코의 설명이 잠시 끊겼을 때, 아버지가 입을 열었다.

"예. 혹시 이해가 안 되는 점이 있으신가요?"

"아, 그게……."

아버지는 잠시 망설이더니, 카에데를 언뜻 쳐다보았다. 뭔가 하기 힘든 말을 입에 담으려 하는 것 같았다. 아버지는 마음을 다잡으려는 건지, 「잠깐 실례하겠습니다」라고 말하면서 차를 한 모금 마셨다. 그리고 그 차를 천천히 삼킨 후, 아버지는 미와코 쪽을 쳐다보았다. 그리고 가볍게 숨을 들이마시며 입을 열었다.

"카에데는 평범한 고등학교에 다닐 수 있을까요?"

아버지가 솔직하게 질문을 던지자, 카에데의 어깨가 움찔했다. 매우 근본적이며, 또한 매우 중요한 질문이다. 그렇기에 카에데 앞에서는 입에 담기 힘든 질문일지라도, 아버지는 물러서지 않고 그 말을 입에 담은 것이다. 말끝을 흐리지도, 애매하게 얼버무리지도 않았다.

"이미 알고 계시겠지만…… 중학교는 의무 교육이기 때문에 출석 일수와는 상관없이 3월에 졸업하게 돼요."

"예."

"고등학교 진학 관련 부분에서 우려 사항인 카에데 양의 학력 말입니다만……."

미와코는 대화를 이으면서 아까 전의 두툼한 봉투에서 다른 종이를 꺼냈다. 테이블에 놓인 것은 채점을 마친 답안용지였다. 그리고 이름난에는 『아즈사가와 카에데』라고 적혀 있었다.

"이게 지난 금요일에 카에데 양이 작년 현립 고등학교의 입시 문제를 풀어본 결과랍니다."

자신이 친 시험 결과를 남들이 보자, 카에데는 딱딱하게 굳어버렸다. 정답률을 보니, 동그라미와 가위표가 반반 정도였다.

"성적만 보자면, 지망 고등학교는 꽤 한정되겠지만…… 이 정도 학력이면 입학 가능한 학교는 꽤 될 테니, 선택의 폭도 충분히 있을 거예요."

일전에 카에데는 말했다. 자기 자신이 공부를 한 기억은 없지만, 중학교 수준의 공부는 어느 정도 이해하고 있다고 말이다. 그것은 해리성 장애 때문에 기억을 잃은 『카에데(花楓)』를 대신해, 2년 동안 『카에데』가 열심히 공부를 했다는 증거다. 『카에데』가 존재했다는 증거인 것이다. 답안용지의 빨간색 동그라미는 전부 『카에데』가 남긴 것이다. 거기까지 생각이 미치자, 사쿠타는 눈시울이 뜨거워지면서 코끝이 시큰해졌다. 마음속에서 샘솟은 무언가를 얼버무리려는 듯이, 사쿠타는 소리를 내며 차를 마셨다.

카에데는 그런 사쿠타를 이상하다는 듯이 바라보고 있었다. 그런 카에데와 한순간 시선이 마주친 사쿠타는 고개를 돌렸다. 뭔가 신경 쓰이는 거라도 있냐고 물어볼까 했지만, 미와코와 아버지가 이야기를 시작했기에 그걸 방해할 수도 없어서 관뒀다.

"현립 고등학교일 경우, 수험에는 내신 점수가 크게 영향을 끼치죠?"

아버지가 그렇게 묻자, 미와코는 고개를 끄덕였다.

"예. 학교에 따라 비율은 다소 다르지만, 중학교 성적을 기준으로 한 내신 점수가 4할에서 5할 정도를 차지해요. 그리고 면접이 2할, 마지막으로 입시 결과가 3할에서 4할 정도예요. 그것들을 전부 합쳐서 합격 여부가 정해지죠."

"당일 시험은 그 정도 비율이었구나."

사쿠타는 수험을 치르면서 그 시스템을 제대로 파악하지 않았었다. 상황적으로도 일단 먼 곳에 있는 학교에 가자고 생각했으며, 신경을 쓸 겨를이 없었다.

"하지만 어 테스트[#1]가 있던 시절에 비하면 면접과 입시의 비율이 늘어났어요. 제가 마지막 세대였는데, 내신 점수가 5할, 어 테스트가 2할이라서 시험을 치르기 전에 7할의 점수가 정해져 있었죠. 저는 당일 시험에 대한 부담이 적어서

#1 어 테스트(ア・テスト) 카나가와현에서 예전에 실시됐던 학력고사. 정식 명칭은 어치브먼트 테스트.

정말 좋았어요."

카나가와의 현립 수험은 독특하며, 그런 시험이 있었다는 이야기를 중학생 시절에 선생님에게서 들은 적이 있다. 꽤 예전에 폐지되고, 지금의 형태로 변경되었다는 이야기 또한 들었다.

"저도 어 테스트를 쳤습니다."

아버지가 그 말에 반응했다. 생각도 안 해봤지만, 아버지도 고등학교는 카나가와에 있는 현립 고등학교에 다녔다고 한다. 그 사실을 이제야 알았다.

카에데는 사쿠타의 옆에 앉은 채, 대화에 참가하지 않으며 계속 고개를 숙이고 있었다. 뭔가 할 말이 있는 건지 두 손을 꼭 말아 쥐고 있었다.

"방금 이야기는 현립 고등학교의 수험은 힘들 거라는 말처럼 들리네요."

사쿠타는 아무 말도 하지 않는 카에데를 대신해 대화에 끼어들었다.

현립이 무리라면 사립에 가게 된다. 그럴 경우, 당연히 학비가 많이 든다. 사쿠타로서는 그 점이 신경 쓰였다.

"예. 현립은 수험 방식 자체가 현재의 카에네 양에게 불리하니까요."

등교 거부를 계속해왔던 카에데에게는 내신 점수가 없다고 해도 과언이 아니다. 게다가 면접 또한 그녀의 성격에 비춰볼 때 통과가 어려울 것이다. 미와코는 불리할 거라고 돌려 말했지만, 카에데가 현립 고등학교에 진학하는 것은 현실적이지 않은 것 같았다.

"이런 경우에는 사립 고등학교가 실시하는 오픈형 수험 방식을 권한답니다."

"오픈형?"

귀에 익지 않은 말이었기에, 사쿠타는 자연스럽게 미와코에게 되물었다.

사쿠타의 의문에 답해준 이는 바로 그의 아버지였다.

"당일에 치른 시험만으로 합격 여부를 판정하는 수험 방식……으로 알고 있습니다만, 맞습니까?"

아버지는 확인을 하듯 미와코에게 물었다.

"예. 오픈형 수험 방식은 시험 일정도 꽤 늦죠. 그러니 이제부터 서둘러야 하겠지만, 그나마 시간적 여유가 많은 선택지랍니다."

사쿠타는 미와코의 설명을 들으면서 아버지의 얼굴을 바라보았다. 수험에 관해 꽤 자세하게 알고 있는 것 같았다. 어제오늘 고등학교 수험에 대해 조사한 사쿠타와는 보유한 정보량의 차원이 다른 것 같았다. 예전부터 준비를 해온 듯한 느낌이다. 아버지는 아마 카에데의 장래에 대해 오랫동안 생각해왔을 것이다. 이런 날이 올 것도 짐작하고 있었으리라.

"수험 방식 면에서는 괜찮을지 몰라도, 사립에 진학할 경우에는 학비 부담이 커질 수밖에 없어요."

미와코는 봉투에서 종이를 한 장 더 꺼내서 아버지에게 보여줬다. 입학금과 3년 동안의 학비를 계산한 모델케이스가 적혀 있었다.

눈알이 튀어나올 것 같은 금액이었다. 고등학생이 아르바이트를 해서 부담할 수 있는 금액이 아니었다.

"이건 카에데 양의 현재 학력으로 들어갈 수 있는 사립 고등학교의 자료예요."

미와코는 대여섯 권의 팸플릿을 테이블 위에 올려놓았다.

"지금 사는 곳에서 별 무리 없이 다닐 수 있는 위치의 학교들이지만…… 범위를 넓힌다면 선택 가능한 학교는 늘어나겠죠. 그러니 학력 면만 볼 때, 카에데 양이 진학할 수 있는 학교는 있다고 생각해도 될 거예요."

"예."

이야기는 일단락됐다. 하지만 아버지와 미와코는 여전히 진지한 표정을 짓고 있었다. 이제부터가 본론이라는 것을 알고 있기 때문이리라. 그것은 사쿠타도 마찬가지이며, 입을 다물고 있는 카에데의 표정을 보니 마찬가지 같아 보였다.

"지금까지 설명을 해놓고 이런 말씀을 드리는 건 좀 그렇습니다만…… 스쿨 카운슬러로서는 지금의 카에데 양을 전일제(全日制) 고등학교에 진학시키는 것을 권하지 않는답니다."

미와코는 말 하나하나를 신중하게 고르고, 카에데의 반

응을 수시로 확인하면서 말을 이었다.

"중학교에서 등교 거부를 경험한 학생이 고등학교에서도 등교 거부를 하게 되는 케이스는 매우 많습니다."

"예."

아버지는 미와코가 말을 쉽게 이을 수 있도록 맞장구를 쳤다.

"고등학교에는 유급도 있어요. 그 탓에 학교와 점점 멀어지게 된 끝에 퇴학을 당하게 되는 학생을 저는 지금까지 수도 없이 봐왔어요."

미와코는 말로 설명하기 힘든 표정을 지으며 고개를 숙였다. 자신이 담당했던 학생 중에도 그런 이가 있었던 것이다. 그녀는 그런 안타까운 표정을 짓고 있었다. 힘이 되어주지 못했다는 후회가 그림자가 되어 미와코의 얼굴에 드리워져 있었다.

"중학교 생활이 뜻대로 되지 않았고, 고등학교 생활 또한 뜻대로 되지 않았던 거예요. ……그 탓에 자신감을 점점 잃다 보면, 그것은 앞으로의 인생에도 크게 영향을 끼치게 되죠. 다들 마찬가지라고 단정 지을 수는 없지만, 그렇게 될 가능성은 충분히 크다고 생각해요."

실제로 어떻게 될지는 아무도 알 수 없다. 고등학교에 들어간 카에데가 평범하게 친구를 만들고, 매일같이 즐겁게 학교에 다니게 될지도 모른다. 오늘 학교에서 있었던 즐거운 일을 집에 돌아오자마자 사쿠타에게 이야기해줄지도 모른다.

하지만 그것이 낙관적인 소망에 불과하다고 누군가가 말한다면, 사쿠타는 그 말에 반론할 수 없었다.

지금 묻고 싶은 것은, 『그렇다면 카에데는 어떻게 하면 되는가』다.

"고등학교 중에는 전일제 이외에도 이런 곳도 있어요."

미와코는 가방에서 다른 A4 봉투를 꺼냈다. 그것도 두꺼웠다. 그 안에서 다른 팸플릿을 꺼내더니, 다른 이들에게 보이도록 테이블에 놓았다.

언뜻 보기에는 평범한 고등학교에 입학 안내 같았다. 하지만 그 팸플릿의 학교명 앞에는 통신제(通信制)라고 적혀 있었다.

아버지와 카에데는 그것을 보고도 별다른 반응을 보이지 않았다. 이미 알고 있었다는 듯한 태도였다. 카에데는 미와코에게서 사전에 들었으리라. 아버지는 사전에 조사해봤을 것이다.

"학교별로 특색이 다르지만, 준비된 영상 수업 등을 보면서 자신의 집에서 자신의 페이스로 공부를 하는 것이 바로 통신제 고등학교의 특징이에요. 그리고 징기적으로 제출 과제를 풀면서 졸업에 필요한 학점을 취득하죠. 이 경우, 반 안에 녹아들지 못한다는 문제로부터 거리를 둘 수 있으며, 고등학교의 졸업 자격을 취득한다는 점만 본다면 전일제 고등학교와 다를 게 없답니다."

사쿠타는 팸플릿 중 하나를 들고 훑어보았다. 그것만으로는 어떤 느낌의 학교인지 알 수 없지만, 평범하게 수학여행을 가고, 평범하게 문화제를 하고, 평범하게 학교에서 직접교육을 받는 사진이 소개되어 있었다. 그런 광경은 사쿠타가 아는 고등학교의 이미지와 딱히 다르지 않았다.

학생들은 즐겁게 웃고 있었다. 오히려 전일제 고등학교에 다니지만 학교 행사에 제대로 어울리지 못하는 사쿠타보다 훨씬 충실한 학창 시절을 보내고 있는 것처럼 보였다.

"카에데 양은 이제 막 학교에 다시 등교하기 시작했으니, 3년간의 고등학교 생활을 통해 천천히 학교에 익숙해지는 것도 괜찮을 거라는 게, 제 생각이에요."

"통신제 고등학교는 진학률과 졸업하는 학생의 비율 등이 전일제에 비해 낮다고 들었습니다만……."

"아버님의 말씀이 맞아요. 통신제 고등학교가 모든 면에서 낫다고 말씀드리는 건 아니에요. 매일 학교에 다니는 게 아닌 만큼, 공부에 있어서는 자신만의 페이스를 찾을 필요가 있고, 그러기 위해서는 가족의 협력이 매우 중요하죠."

"……."

아버지는 굳은 표정으로 고개를 끄덕였다. 무엇이 카에데를 위한 건지 생각하며 고민하고 있는 것이다. 미와코가 경험에 비춰 이야기를 해준 의미도 안다. 아버지가 고민하는 이유도 안다. 두 사람 다 카에데의 장래를 생각하고 있다.

그렇기에, 고민은 두 사람에게 맡기자고 생각한 사쿠타는 여전히 몸을 웅크린 채 입을 다물고 있는 카에데에게 말을 걸었다.

"카에데는 어떻게 하고 싶어?"

카에데는 움찔하더니, 천천히 고개를 들었다. 그리고 사쿠타를 쳐다본 후, 자신을 보고 있는 아버지와 미와코도 언뜻 쳐다보았다. 하지만, 카에데는 다시 고개를 숙였다.

남들이 자신에 대한 이야기를 나누고 있는 장소에 당사자가 있는 것은 상당한 정신적 피해를 가져온다. 게다가 카에데의 성격이면 체력 소모도 격렬할 것이다. 하지만, 이것만큼은 카에데가 결정하는 편이 좋다. 카에데의 장래가 달린 일이니까 말이다.

"나는……"

카에데는 말을 하려다 다시 입을 다물었지만, 아무도 재촉하지 않았다. 카에데가 입을 열 때까지 기다려줬다. 카에데에게는 카에데만의 페이스가 있는 것이다.

나스노는 카에데가 걱정되는지, 그녀의 무릎에 올라탔다. 카에데는 그런 나스노의 등을 상냥하게 쓰다듬어줬다. 그러면서 마음이 진정된 건지, 카에데의 입술이 다시 움직였다.

"나는…… 남들과 똑같이 할래."

카에데는 작은 목소리로 자신의 의사를 밝혔다.

그 말에 희미하게 반응한 이는 미와코였다. 미간을 좁히더니, 약간 난처한 표정을 지었다. 그녀의 진의까지는 알 수 없었다.

하지만 카에데의 의견을 긍정하지도, 부정하지도 않았다.

"전일제 고등학교에 가고 싶다는 걸로 알면 되겠니?"

미와코는 상냥한 목소리로 카에데의 의사를 확인하려 했을 뿐이다.

"……."

카에데는 아무 말 없이 고개를 끄덕였다. 확고한 의지를 밝히듯 두 번 끄덕인 것이다.

"구체적으로 가고 싶은 학교가 있는 거야?"

나스노의 등을 쓰다듬던 손이 움직임을 멈췄다. 사쿠타는 그 모습을 보고, 역시 가고 싶은 학교가 있는 거라고 생각했다.

"그건……."

카에데는 기어들어 가는 목소리로 그렇게 중얼거리더니, 더는 말을 잇지 못했다.

"말 좀 한다고 돈드는 건 아니니까 부담가지지 마."

어느 정도 시간이 걸릴 거라고 생각한 사쿠타는 비둘기 모양 과자를 입에 넣었다. 그 과자가 입 안의 수분을 전부 빨아먹었다. 덕분에 차가 정말 맛있게 느껴졌다. 사쿠타가 찻잔을 테이블에 내려놓자, 카에데는 뭔가 할 말이 있는 듯한 표정으로 그를 쳐다보았다. 진심 어린 눈빛으로 오빠를 쳐다보며 호소하고 있었다. 사쿠타는 그 시선을 보자마자 눈치챘다. 카에데가 가고 싶은 고등학교의 이름을……. 사쿠타를 쳐다보고 있다는 게 그 대답이다.

"카에데도 먹고 싶으면 먹어."

하지만 사쿠타는 눈치를 챘기 때문에 일부러 모르는 척을 했다.

"그런 게 아니라……."

카에데는 남들이 자신의 마음을 몰라줘서 기분이 나빠졌는지, 입술을 삐죽 내밀었다.

"아, 차 새로 내올게요."

미와코의 빈 찻잔을 본 사쿠타가 그렇게 말하면서 자리에서 일어났다. 마이가 있다면 이 어설픈 연기를 보고 폭소를 터뜨렸을 것이다. 하지만 미와코도, 그리고 아버지도 웃음을 터뜨리지 않았다. 사쿠타 또한 부엌을 향해 걸음을 내딛지 않았다. 그 전에 카에데가…….

"오빠와 같은 학교……."

들릴락 말락 하는 목소리로 그렇게 말한 것이다.

아직 고개를 숙이고 있지만, 카에데는 조금 더 큰 목소리로…….

"오빠가 다니는 학교에 들어가고 싶어."

……하고, 자신의 마음을 다른 사람들 앞에서 밝혔다.

미와코는 오늘 들어 가장 난처한 표정을 지었다. 현립 고등학교의 수험이 힘든 이유는 방금 이야기했다. 게다가 미네가하라 고등학교는 학업 수준이 상당히 높은 고등학교이기도 했다. 이 주위에 있는 현립 고등학교 중에서는 위에서 세 번째다. 카에데가 그 학교에 들어갈 수 있을 가능성은 거의 없다. 그런 생각이 미와코의 표정에 드러나 있었다.

　　아버지는 「그렇구나」 하고 말하면서 카에데의 의견을 담담히 받아들였다.

　　사쿠타는 카에데의 머리에 손을 얹더니…….

　　"그럼 그렇다고 빨리 말해."

　　……하고 말하면서 웃음을 흘렸다.

　　결국 오늘 바로 결론이 나오지는 않았다. 그 후로 한동안 이야기를 나눈 다음, 미와코는 이 면담을 끝냈다.

　　미와코는 자신의 입장과 심정을 고려해, 꼭 전해야 할 발언을 입에 담았다.

　　"미네가하라 고등학교의 수험을 보더라도, 합격할 가능성은 한없이 제로에 가까울 거예요."

　　미와코는 단호한 어조로 자신의 견해를 말했다. 이유는 사쿠타도 알고 있다시피, 합격 여부를 결정하는 4할의 요소가 내신 점수, 그리고 2할이 면접이기 때문이다. 게다가 미네가하라 고등학교의 수험생 대부분은 지금의 카에데보다 입시에서 높은 점수를 받을 것이다. 공부를 하더라도, 시험까지 남은 시간은 한 달밖에 되지 않는다.

세 개의 요소 중 세 개 전부가 지금의 카에데에게는 갖춰져 있지 않은 상황이다. 그러니 합격할 확률은 한없이 제로에 가깝다. 아니, 제로라고 해도 과언이 아니다.

미와코는 그런 힘든 상황을 설명한 후…….

"저는 카에데 양이 미네가하라 고등학교에 지원하는 것에 반대예요. 시간이 한정되어 있는 만큼, 현실미가 있는 진로를 선택해서 준비를 해야 한다고 생각해요."

……하고, 어른으로서 올바른 판단을 입에 담았다.

카에데는 그 말을 듣고 방에 틀어박히더니, 불러도 밖으로 나오지 않았다. 그래서 오늘 대화는 이것으로 끝내기로 한 것이다.

"미움받았나 보네."

사쿠타는 풀이 죽은 듯한 미와코를 맨션 밖까지 배웅했다.

"푸딩이라도 먹으면 오늘 일을 금방 잊을 거예요."

그리고 그런 말을 작별 인사 삼아 건넸다.

엘리베이터로 5층까지 올라와서 집 안으로 들어가 보니, 아버지가 돌아갈 준비를 마치고 현관에서 구두를 신고 있었다.

"가려고?"

"그래."

대답은 짤막했다. 서두르는 이유는 듣지 않아도 짐작이 됐다. 아버지가 이유를 말하지 않는다는 것 자체가 이유나 다름없다.

　어머니가 걱정되는 것이다.

　"카에데는?"

　"방에 있단다. 돌아간다고 말했더니 대답을 하더구나. 아마 괜찮을 거야."

　"그렇구나."

　사쿠타는 아버지와 함께 현관을 나섰다. 세워져 있던 엘리베이터를 탄 두 사람은 1층으로 내려갔다. 그 와중에도 두 사람은 대화를 나누지 않았다.

　그리고 맨션 앞 도로에 도착하자…….

　"그럼 잘 가."

　사쿠타는 가볍게 손을 들어 보이며 그렇게 말했다.

　"사쿠타."

　"응?"

　아버지가 맨션으로 돌아가려 하던 사쿠타를 불러 세웠다.

　"진로는 어떻게 할 거니?"

　카에데의 진로를 말하는 게 아니라는 것은 사쿠타를 응시하는 아버지의 눈만 봐도 알 수 있었다.

　"대학에 갈 거야."

　사쿠타는 생각에 잠기거나 망설이는 일 없이, 반사적으로 대답했다. 여동생이 가고 싶은 고등학교를 남들 앞에서 밝혔는데, 오빠라는 사람이 우물쭈물할 수는 없는 것이다.

"가능한 한 학비는 직접 벌 생각이지만…… 모자란 금액은 보태줬으면 좋겠어."

사쿠타는 일단 진지한 표정을 지으며 부탁을 했다. 이런 식으로 아버지에게 뭔가를 부탁하는 것은 거의 처음이었기에, 왠지 아주 조금 긴장됐다.

"그래."

그런 사쿠타를 본 아버지는 약간 기쁘다는 듯이 미소 지었다. 아버지가 웃는 얼굴을 오래간만에 본 것 같은 느낌이 들었다.

"이게 웃을 일이야?"

사쿠타는 왠지 신경이 쓰여서 그렇게 물었지만, 아버지는 대답해주지 않았다.

"카에데를 부탁한다."

아버지는 그렇게 말하면서 역을 향해 걸어갔다. 발걸음을 서두르는 아버지의 등은 점점 작아졌다. 그 뒷모습을 보자, 아버지가 왜 웃었는지 알 것만 같았다.

아마, 기뻐서 웃는 것이리라.

아들이 자신에게…… 의지해준 것이 말이다.

3

다음 주 월요일.

조례가 끝난 후, 교실을 나선 담임 교사를 쫓아간 사쿠타는 복도에서 「선생님」 하고 그를 불렀다.

"아즈사가와냐. 별일도 다 있구나. 무슨 일이지?"

"선생님이 진로 조사서를 내라고 했잖아요."

사쿠타는 얇은 종이를 담임에게 내밀었다. 담임은 그것을 반사적으로 받아 들면서 쳐다보았다. 그러자 다음 순간, 놀란 표정을 지었다.

순서는 딱히 상관없지만 제1, 제2지망란에 요코하마에 있는 국립 대학과 시립 대학의 이름이 떡하니 적혀 있었으니 놀라는 것도 당연했다.

"대학에 가려고요."

"너, 다음에 나와 면담 좀 하자."

표정이 좋지는 않지만, 아직 무모하다는 말을 듣지는 않았다. 사쿠타의 2학기 중간고사와 기말고사의 성적이 좋았던 것을 알고 있기 때문이리라.

마이가 공부를 가르쳐준 덕분일까⋯⋯. 성적이 나빴다면 마이에게 혼찌검이 날 게 뻔했기에, 사쿠타도 나름 필사적으로 공부했다. 이유만 있다면, 사람은 나름 노력이라는 것을 할 수 있는 것 같았다.

"앞으로 많은 지도 부탁드립니다."

사쿠타가 예의 바른 목소리로 그렇게 말하자, 담임은 한 방 먹은 반응을 보였다. 하지만 기분이 나쁘지는 않은 건지…….

"그래."

……하고 말하며 가슴을 쫙 폈다.

진로 조사서도 낸 만큼, 오전 수업은 성실하게 들었다. 수학, 물리, 영어, 그리고 또 수학. 영어 이외에는 전부 이과 과목이었기에, 교실 안의 9할은 남자였다. 그래서 교실 안의 풍경 또한 꽤나 답답했다.

그렇게 칙칙한 오전 수업을 마친 후, 사쿠타는 점심시간이 되자마자 빈손으로 교실을 나섰다.

출장 판매 중인 빵을 사러 뛰어가는 학생들이 사쿠타를 제치며 지나갔다. 계단에서는 뛰어내려오는 상급생이 그를 스쳐 지나갔다.

사쿠타는 학생들의 흐름에 역류하면서 3층으로 올라갔다.

그리고 일직선인 복도의 끝에 있는 빈 교실의 문을 연 후, 안으로 들어갔다.

평소 아무도 없는 이 교실에는 먼저 온 손님이 있었다.

"아, 사쿠타."

사쿠타의 기척을 눈치채고 돌아본 이는 바로 마이였다. 창가 책상 두 개를 마주 보고 붙인 후, 사쿠타가 올 때까지 기다리고 있었다. 그녀는 도시락 사이즈의 꾸러미 두 개를 들고 있었다.

어젯밤에 사쿠타에게 전화를 한 마이가……

"도시락을 만들어 갈 테니까, 내일 점심은 같이 먹자."

……하고, 점심 데이트를 신청했던 것이다.

바다가 보이는 창가. 마주 놓인 책상 앞에 앉아서, 마이가 직접 만든 도시락을 펼친다. 밑간이 잘된 닭튀김. 차조기잎을 섞어서 깔끔한 맛을 내고 있는 달걀말이. 바삭바삭한 베이컨의 식감이 악센트가 되고 있는 감자 샐러드. 밥에는 참깨를 뿌렸고, 한가운데에 매실장아찌가 놓여 있었다. 그야말로 도시락다운 도시락이다. 전부 정성이 들어가 있으며, 정말 맛있었다. 사쿠타가 그런 감상을 「맛있다」라는 말로 솔직하게 표현하자, 마이는 기분이 좋아졌는지 딱 한 번만 사쿠타에게 음식을 먹여줬다.

평범한 점심시간이지만, 마이와 함께 보내니 행복하기 그지없었다.

"잘 먹었습니다."

"맛있게 먹어줘서 고마워."

덕분에 금방 먹어치웠다.

"그런데, 마이 씨. 갑자기 왜 이래요?"

사쿠타는 텅 빈 도시락 통을 정리하면서 소박한 질문을 입에 담았다.

"그건 또 무슨 소리야?"

"왠지 무슨 일 있는 것 같아서요."

사쿠타는 도시락 통을 싼 보자기를 쳐다보며 그렇게 말했다.

"갑자기 사쿠타의 도시락을 만들고 싶어졌을 뿐이야."

상대방은 그런 귀여운 이유를 입에 담았다.

그런 마이는 도시락 통을 가방에 넣더니, 얇은 B5 사이즈의 책자 몇 권을 가방에서 꺼냈다. 표지 상단에는 『외국어(영어·필기)』라고 적혀 있었다. 그 밑에는 주의 사항이 적혀 있었지만, 마이가 페이지를 넘긴 바람에 전부 읽지는 못했다. 하지만, OMR 답안지라는 말이 적혀 있는 것 같았다. 즉, 시험 문제다. 시기가 시기인 만큼, 대학 입시와 관련된 문제일 거라는 생각이 가장 먼저 들었다.

"마이 씨, 그건 뭐에요?"

사쿠타는 책자를 손가락으로 가리키며 질문을 던졌다. 불길한 예감을 느끼면서 말이다.

마이는 스마트폰도 가방에서 꺼내더니, 책자를 확인하면서 뭔가를 입력했다.

"센터 시험[#2]의 시험지야."

사쿠타의 예상은 들어맞았다.

"작년 시험 문세예요?"

#2 센터 시험(センター試験) 각 대학의 입시 시험에 앞서 전국적으로 일제히 실시하는 공통 시험. 우리나라의 수능시험에 해당한다.

"아니, 올해 문제야."

"올해?"

"응. 올해."

마이는 스마트폰을 조작하느라 바쁜지, 사쿠타를 쳐다보지도 않았다.

"……."

"……."

"으음, 왜 올해 센터 시험 시험지를 보여주는 건데요?"

"어제와 그저께에 치고 왔거든."

마이는 여전히 문제를 쳐다보면서 스마트폰을 계속 조작했다. 영어는 마쳤는지, 다음은 수학 시험지를 살피고 있었다.

"지금 뭐 하고 있는 거예요?"

사쿠타는 마이가 조작하고 있는 스마트폰을 손가락으로 가리키면서 질문했다.

"자가 채점."

마이는 태연한 어조로 그렇게 말했지만, 사쿠타는 그 말을 들어도 마음이 개운해지지 않았다.

"요즘 참 편리하다니깐. 스마트폰에 답을 입력하기만 해도 점수 계산을 해주잖아."

마이는 모든 교과목의 입력을 마쳤는지, 점수 집계 화면을 사쿠타에게 보여줬다. 상세한 부분까지는 알 수 없지만 900점 만점에서 830점을 획득했다. 기분이 꽤나 좋은 것 같은 마이를 보니 그게 높은 점수라는 사실은 한눈에 알 수 있었다. 미스가 1할 미만인 것이니, 그것만으로도 대단한 성적이라는 생각이 들었다. 만점인 교과목도 있는 게 아닐까.

"마이 씨, 올해 수험을 치르려고요?"

"응."

"1년 재수해서 저와 함께 캠퍼스 라이프를 즐기려던 거 아니었어요?"

"수험은 올해 치고, 1년 휴학하기로 했어."

"이유가 뭐예요?"

"그러는 편이 사쿠타가 죽을힘을 다해 공부할 것 같거든."

마이는 양손으로 턱을 괴더니, 즐거워 보이는 표정으로 사쿠타를 응시했다. 스포츠 드링크 광고에서 지었던 그 상쾌한 미소가 마이의 얼굴에 어려 있었다. 오늘 학교로 향하는 전철 안에서 다른 학교 고등학생이 「너무 귀여운 미소야」하고 말했던 그 미소…… 그것이 지금은 사쿠타만을 향하고 있었다. 그것은 행복하기 그지없는 일이지만, 사쿠타의 마음은 복잡했다.

즉, 이것이야말로 마이가 사쿠타를 점심시간에 이곳으로 부른 이유다.

수제 도시락에 낚여서 이곳에 온 사쿠타의 가슴에, 큼지막한 못을 박은 것이다.

함께 대학 수험을 한다면, 운 나쁘게 자신이 낙방을 하더라도 위로해줄지도 모른다고 사쿠타는 생각했다. 하지만 마이는 환한 미소로 그 도주로를 차단하려 했다.

이 상황에서 흉계가 사쿠타의 머릿속을 스치고 지나갔다. 국공립 수험은 2단계로 치러진다. 마이에게는 2차 시험이 아직 남아 있다. 마이가 그 2차 시험을 망친다면…….

"지금 내가 떨어졌으면 좋겠다고 생각했지?"

"그럴 리가요."

마이가 사쿠타의 마음을 꿰뚫어 보았다. 사쿠타는 동요한 마음을 가라앉히기 위해, 창밖을 쳐다보았다. 바다는 넓구나, 라고 생각한 후에 다시 마이를 향해 고개를 돌렸다.

"열심히 할 테니까 그에 걸맞은 상을 받고 싶다는 생각을 했을 뿐이에요."

할 수 있는 데까지 해본다. 그럴 작정이다. 사쿠타는 이미 그러기로 마음먹었다. 하지만 공부로 점철될 나날을 상상하니 마음이 우울해졌다. 활력소가 필요했다.

"그럼 데이트를 해줄게."

마이는 좋은 생각이 났다는 듯한 표정을 지었다.

"오늘은 일이 없거든. 방과 후에 데이트하자. 지금 에노시마에 튤립 밭이 조성됐대."

마이는 스마트폰으로 튤립 밭의 사진을 찾아서 사쿠타에게 보여줬다.

평소 같으면 사쿠타는 바로 오케이를 했을 것이다. 하지만 오늘은 그럴 수가 없었다.

"아~."

사쿠타의 입에서는 멋쩍은 목소리가 흘러나왔다.

"뭐야. 불만이야?"

마이는 언짢다는 듯이 눈을 가늘게 떴다.

"그게, 좀 볼일이……."

"아르바이트?"

"뭐, 비슷해요."

사쿠타가 애매하게 말끝을 흐리자…….

"금요일 일을 복수하는 거야?"

언짢음으로 가득한 눈빛이 마이의 눈동자에 어렸다.

"당치도 않아요. 저는 마이 씨에게 아무것도 안 숨긴다고요."

"역시 복수하는 거네."

마이는 불쾌함이라는 감정을 인정사정없이 사쿠타를 향해 뿜어댔지만, 그것도 오래가지는 않았다.

"뭐, 됐어. 사쿠타가 데이트보다 우선하는 걸 보면, 카에데 양과 관련된 일일 테니까 말이야."

금요일에 카에데가 뭔가 한 말이 있는 것 같은 반응을 보였다는 것을 마이도 기억하고 있었다. 그래서 이렇게 간단히 그 둘을 연결시킨 거라고 생각한다.

"맞아요."

"흐음. 뭐, 좋아."

마이는 그렇게 말했지만, 눈에는 여전히 불만이 어려 있었다. 책상 아래에서는 사쿠타의 발을 밟고 있었다. 실내화를 벗고 맨발로 밟고 있었기에 딱히 아프지는 않았다. 굳이 따지자면 기분이 좋았다. 사쿠타가 그런 생각을 하고 있을 때, 마이는 약간 세게 사쿠타의 발을 밟았다.

"저기, 마이 씨."

"왜~?"

마이는 태연한 표정으로 아무 일도 없다는 듯이 그렇게 대답했다.

"아뇨. 아무것도 아니에요."

그래서 사쿠타는 마이의 직성이 풀릴 때까지 밟도록 놔두기로 했다. 어떤 이유가 있더라도, 귀여운 애인의 데이트 신청을 거절했으니 어쩔 수 없다. 이 정도 벌이라면 기쁘게 받아주는 남자가 되고 싶다고 전부터 생각하고 있었으니 마침 잘 됐다. 이것이 바로 남자로서 성장할 기회이리라.

4

방과 후, 당번인 사쿠타는 교실 청소를 마친 후에 평소에는 가지 않는 교무실로 향했다.

종례가 끝난 후⋯⋯.

"아즈사가와. 교무실로 와라."

……하고 담임이 말했기 때문이다.

"청소 당번은 빼먹어도 된다는 거죠?"

"청소를 마친 후에 와도 돼. 아무튼, 꼭 와라."

담임이 이렇게까지 말하는데, 무시하고 돌아갈 수는 없다. 대체 무슨 일일까 하고 생각하며…….

"실례합니다."

……하고 인사를 한 후, 교무실의 문을 열었다.

교실 두 개 정도 넓이인 교무실 안을 둘러보았다. 그러자 교무실 한가운데에 놓인 책상 앞에 앉아 있는 담임과 시선이 마주쳤다.

담임은 프린트 몇 장을 들고 사쿠타가 서 있는 입구까지 걸어왔다.

"현재 실력을 확인할 겸, 이걸 풀어봐라."

담임이 내민 용지의 가장 윗줄에는 『외국어(영어·필기)』라고 적혀 있었다. 어딘가에서 본 적이 있는 표지였다. 그 밑에는 시험을 치를 때의 주의 사항이 적혀 있었다.

점심시간에 마이가 자가 채점을 했던 센터 시험 문제의 카피다.

사쿠타가 그것을 받지 않자, 담임은 그것을 억지로 떠넘기며 말했다.

"목표는 다섯 과목 합계로 900점 만점 중 750점 이상이다."

"오늘 아침에 진로 조사서를 냈는데, 너무 이른 거 아니에요?"

"오히려 늦었어. 다들 2학년 여름 즈음에는 시작하거든."

사쿠타가 이르다고 말한 것은 담임의 행동이지만……, 상대방은 천연덕스러운 어조로 그 뜻을 바꿨다. 더욱 깊은 의미를 지니는 방향으로…….

"하아."

"많은 지도 부탁한다고 말한 건 아즈사가와, 바로 너잖아."

사쿠타가 기운 없는 어조로 대답하자, 담임은 어이없다는 표정을 지었다.

"아무튼, 풀어봐라."

"알았어요."

다른 선생님이 직원회의가 있다며 담임을 불렀기에, 이 이야기는 그대로 끝났다.

"실례했습니다."

듣는 사람이 없는데도 인사를 한 사쿠타가 교무실 문을 닫았다.

건네받은 센터 시험의 문제는 걸음을 옮기면서 가방에 집어넣었다. 이것으로 이제 하교할 수 있다.

당번이라 청소를 한 데다 교무실에도 불려간 바람에, 종례가 끝나자마자 바로 돌아갈 때보다 30분은 늦었다. 교내는 사쿠타가 아는 방과 후보다 조용했다.

귀가할 학생들은 일찌감치 귀가했고, 부활동을 하는 학생

만이 남아 있는 시간대 특유의 분위기가 느껴졌다. 아무도 없는 복도에는 부활동을 하는 학생들의 힘찬 목소리가 울려 퍼지는 가운데, 나른한 분위기가 감돌고 있었다.

그러니, 마이가 기다려주지 않을 거라고 사쿠타는 생각했다.

하지만, 기다려줄지도 모른다는 생각 또한 들었다.

사쿠타를 놀래주기 위해, 그런 행동을 하기도 하니까 말이다.

사쿠타는 마이가 그런 행동을 취하기를 기대했다.

하지만, 유감스럽게도 신발장 앞에는 마이가 없었다.

애초에 학생이 단 한 명도 없었다.

점심 때 방과 후 데이트를 거절했으니 말이다. 이것이 현실이다······.

"뭐, 이럴 줄 알았어."

사쿠타는 납득을 하면서 신발장을 열어보았다.

그러자, 반으로 접힌 조그마한 종이가 바닥에 떨어졌다.

"어?"

사쿠타는 영문을 모르겠다는 표정을 지으며 그것을 들어보았다.

종이를 펼쳐보니, 마이의 예쁜 글씨체로 『바보』라고 적혀 있었다.

사쿠타가 데이트를 거절한 것 때문에 아직 앙심을 품고 있다고 어필하는 것이다. 하지만, 일부러 이런 종이를 신발장에 넣어둔 것을 보면 실은 화가 많이 난 것 같지는 않았다. 이것은 나중에 「내 기분을 풀어줘」라는 메시지 같은 것이다.

거기까지 생각이 미친 사쿠타는 무심코 히죽거렸다.

바로 그때, 메모 구석에 조그마하게 글자가 적혀 있다는 것을 눈치챘다.

히죽거리지 마.

마이는 사쿠타가 어떤 반응을 보일지 완벽하게 꿰뚫어 보고 있었다.

그래서 사쿠타는 더욱 히죽거렸다.

이런 별것 아닌 일도 정말 즐거웠다.

그래서 신발을 신고 걸음을 옮기면서도, 사쿠타는 계속 히죽거렸다. 『바보』라고 적힌 종이는 반으로 접어서 교복 호주머니에 소중히 넣어뒀다.

학교를 나선 사쿠타는 평소와 마찬가지로 시치리가하마 역에서 전철을 탄 후, 멍하니 바다를 쳐다보면서 후지사와 역으로 돌아갔다.

에노전 후지사와 역의 플랫폼에 설치된 시계는 오후 네 시 반을 가리키고 있었다.

개찰구를 지난 사쿠타는 연결 통로의 인파에 휩쓸려 걸음을 옮겼다. JR과 오다큐선의 역사를 지난 후, 역의 북쪽으로 나갔다.

원래는 여기서 가전제품 양판점의 옆을 지나서 집으로 향해야 하지만, 사쿠타는 반대 방향으로 향했다.

사쿠타가 향한 곳은 그가 아르바이트를 하는 역 근처 패밀리 레스토랑이다. 해도 꽤 기울어져서 그런지, 밖에서는 가게 안이 매우 밝아 보였다.

사쿠타는 이 익숙한 가게 앞에서 잘 아는 사람을 발견했다.

웨이터복 위에 상의를 하나 걸친 장신의 남자애로 사쿠타의 몇 안 되는 친구 중 한 명인 쿠니미 유마였다. 그는 빗자루와 쓰레받기를 들고 가게 주위를 한창 청소하고 있었다.

"쿠니미."

말을 걸자, 유마는 고개를 들어서 사쿠타를 쳐다보았다.

"어, 사쿠타. 너, 오늘 아르바이트하는 날이야?"

"그러는 너야말로 부활동은 어떻게 한 거야?"

유마는 농구부 소속이다. 학교 체육관에서 연습 시합을 할 때면, 여자애들이 모여서 꺄아꺄아~ 하고 나름 환성을 질러댈 만큼 인기가 좋다.

"주말에 연습 시합을 하러 원정을 가거든. 그래서 오늘은 부활동을 쉬어."

"그럼 너도 쉬라고."

아르바이트를 해서야 부활동을 쉬는 의미가 없다.

"어차피 다른 녀석들도 놀러 다니고 있을 테니까, 그게 그

거야."

시원시원한 목소리로 진실을 말했다.

"그런데, 사쿠타는 뭐 하러 온 거야?"

"아, 여기서 누구를 만나기로 했거든."

"사쿠라지마 선배?"

"아냐."

"바람은 적당히 피워."

"나는 쿠니미처럼 인기가 좋지 않으니까, 걱정하지 마."

가게 안을 쳐다보니, 벽에 걸린 시계가 4시 40분을 가리키고 있었다. 약속 시간이 되려면 20분 정도 남았다. 혼자서 가게 안에 들어가 봤자 심심할 테니, 여기서 유마의 일을 방해하기로 했다.

"저기, 쿠니미."

"응?"

유마는 어딘가에서 날아온 낙엽을 빗자루로 쓸어서 쓰레받기에 넣었다.

"쿠니미는 고등학교를 졸업하면 어떻게 할 거야?"

"뜬금없이 무슨 소리를 하는 거야?"

유마는 사쿠타가 어울리지 않는 소리를 했다는 듯이 가볍게 웃음을 흘렸다.

"딱히 뜬금없지는 않다고. 올해 들어서 진로 조사도 했잖아."

"아~. 그것도 그러네. 그러고 보니 사쿠타는 대학에 갈 거라면서? 사쿠라지마 선배와 같은 대학 말이야."

"내가 쿠니미한테 그 소리를 했었나?"

말한 기억은 없었다.

"후타바에게 들었어."

유마에게 그 이야기를 해준 사람은 바로 사쿠타와 유마, 두 사람의 친구다. 같은 학년인 후타바 리오. 방과 후에는 항상 물리 실험실에서 과학부 활동에 힘쓰고 있으며, 분명 지금도 그러고 있을 것이다. 한숨 돌릴 겸 알코올램프와 비커로 끓인 커피를 홀짝이며 휴식을 취하고 있을지도 모른다.

"『아즈사가와는 항상 즐거워 보이네』라고 말했지."

"바보 취급을 당한 느낌이 드는 건 내 기분 탓일까?"

"그냥 부러워하는 거야. 나도 그 심정은 이해가 돼."

"쿠니미에게는 과격한 애인이 있잖아."

"사쿠타한테만 과격해. 그러고 보니 카미사토와 또 다퉜다면서? 금요일쯤이었나? 네 험담을 엄청 하더라고."

"나는 이제 신경 쓰지 않으니까 안심해."

"그건 가해자가 할 말이 아니라고."

바로 그런 점 때문에 싸우는 거라는 듯이, 유마는 웃음을 터뜨렸다. 사태의 전말은 다 들었으리라. 사쿠타가 존 바람에 카미사토 사키는 교사에게 질문을 받았다. 사쿠타가 직접적으로 뭔가를 한 건 아니지만, 일단은 순순히 가해자 취급을 받기로 했다.

"그래도 대학 생활은 참 즐거울 것 같아."

유마는 빗자루를 세우더니, 손잡이 끝부분에 턱을 올려놓으며 체중을 실었다. 그의 시선은 하늘을 향하고 있었다.

"뭐, 공부는 싫지만 말이야."

사쿠타는 장난기 섞인 어조로 그렇게 말했다.

"쿠니미는 수험 공부를 안 해도 되지? 좋겠네."

"아냐. 나도 공부를 해야 해."

"어떤 공부?"

"채용 시험 공부."

"어떤 직업?"

"소방관."

"흐음~."

사쿠타는 처음 들었지만, 왠지 납득이 됐다. 사쿠타의 생각으로는 유마의 적성에 맞는 장래희망 같았다. 유마 같은 성실한 사람이 소방관이 된다면 마음이 놓일 것 같다는 생각이 들었다.

"그럼 우리 집에 불이 나도 안심이네."

"불 안 나게 조심하라고."

사쿠타가 농담을 건네자, 유마 또한 웃음을 터뜨렸다.

"후타바한테는 그 이야기 했어?"

"후타바는 앞으로 불조심을 하겠대."

"차인 데 대한 복수로 쿠니미를 실업자로 만들 생각인가

보네. 후타바 녀석, 꽤 하는걸."

"화재나 재해가 없어진다면 실업자가 되어도 좋아. 뭐, 아직 채용 전이지만 말이야."

유마는 느긋한 어조로 그렇게 말하며 웃었다. 이게 농담 삼아 한 말이 아니기에, 유마는 정말 대단하다는 생각이 들었다.

"일단 첫 월급을 받으면, 취직 축하 삼아서 나와 후타바에게 맛있는 걸 사달라고."

"그때는 사쿠타가 사줘야 하는 거 아냐?"

그런 바보 같은 이야기를 나누고 있을 때였다.

"사쿠타 군."

뒤편에서 누군가의 목소리가 들려왔다.

고개를 돌려보니, 아직 약속 시간 10분 전인데도 불구하고 토모베 미와코가 서 있었다.

"사쿠타는 정말 연상을 좋아한다니깐."

유마가 작은 목소리로 그렇게 중얼거렸지만, 사쿠타는 못 들은 척했다.

5

미와코와는 패밀리 레스토랑에서 한 시간 정도 이야기를 나눴다.

계산을 마치고 가게를 나서니, 밖은 어느새 어두워져 있었다. 하늘 또한 어둑어둑했다. 주위의 번화가에서는 찬란한 불빛이 뿜어져 나오고 있었다.

JR의 개찰구까지 미와코를 배웅한 후…….

"오늘 시간을 내줘서 고마워요."

……하고 말하면서 고개를 살짝 숙였다.

"무슨 일 있으면, 언제든 나와 상의하렴."

미와코는 살며시 손을 들어 보이면서 개찰구 너머로 사라졌다.

혼자가 된 사쿠타는 집을 향해 걸음을 옮겼다. 그리고 약 10분 후, 살고 있는 맨션에 도착했다. 사쿠타는 별생각 없이 고개를 들더니, 맞은편에 있는 커다란 맨션을 쳐다보았다. 9층 모퉁이 집이 바로 마이가 사는 맨션이다.

지금은 불이 꺼져 있는지 창문 너머가 어두컴컴했다.

방과 후 데이트를 사쿠타가 거절했기 때문에 삐쳐서 잠이라도 든 것일까. 나중에 전화라도 해야겠다. 화를 풀어줘야 할 테니까 말이다.

사쿠타는 그런 생각을 하면서 엘리베이터로 5층까지 올라갔다.

열쇠를 꺼내 자신이 사는 집의 문을 열었다.

현관 안으로 들어간 사쿠타는 발치가 좁다고 느꼈다. 평소보다 현관에 놓여 있는 신발이 많았다. 사쿠타의 신발도 아니고, 카에데의 신발도 아니다. 눈에 익지는 않지만, 어딘가에서 본 적이 있는 듯한 신발 두 켤레가 놓여 있었다.

거실 쪽에서는 여자애들의 목소리가 들려왔다. 아무래도 손님이 찾아온 것 같았다.

"다녀왔어~."

신발을 벗으며 집 안으로 들어갔다. 거실에 얼굴을 내밀어 보니…….

"아, 어서 와. 사쿠타."

부엌에서 목소리가 들렸다. 앞치마를 걸친 마이가 감자 껍질을 벗기고 있었다.

"아, 부엌 좀 멋대로 빌렸어."

"마이 씨가 왜 여기 있는 거예요?"

"집에 돌아오는 길에 카에데 양과 마주쳤어. 사쿠타, 카에데 양에게 볼일이 있다는 걸 이야기 안 했지?"

설명이라고 해도 될지 안 될지 알쏭달쏭한 설명이다.

마이는 사쿠타의 귀가가 늦어질지도 모른다고 생각해서, 카에데의 저녁을 만들어주러 온 것일까.

마이가 그런 행동을 취한 것에는 충분히 납득이 됐다. 그리고 마이의 앞치마 차림을 감상한 데다, 저녁도 같이 먹을 수 있다면 더할 나위 없다. 마음 같아서는 요리를 하는 마이의 모습을 계속 쳐다보고 싶을 지경이다.

하지만 손님은 한 명 더 있었다. 식탁 앞에 앉아 있는 금발 여고생. 헤어스타일과 전혀 어울리지 않는…… 시대와 역사가 느껴지는 상류층 여학교의 교복을 입고 있는 이는 마이와 이복자매인 토요하마 노도카다. 『스위트 불릿』이라는 아이돌 그룹의 멤버이기도 했다.

"아~, 어서 와."

노도카는 건성으로 사쿠타에게 인사를 건넨 후, 맞은편에 앉아 있는 카에데에게 말을 걸었다. 카에데는 진지한 표정으로 고개를 끄덕이면서 눈앞에 펼쳐둔 공책에 뭔가를 메모했다.

유심히 보니, 두 사람 사이에는 영어 교과서가 펼쳐져 있었다. 노도카는 그 교과서의 문장을 유창하게 읽으며 손가락으로 가리키더니…… 술술 해석했다. 「이 경우의 on은 말이지」 하고 카에데에게 상냥하게 설명도 해줬다.

겉모습은 영락없는 금발 날라리 여고생 같지만, 공부는 잘한다. 입고 있는 교복 또한 요코하마에 있는 학업 수준이 높은 상류층 여학교의 교복이었다.

"토요하마가 왜 여기 있는 거야?"

"언니가 오늘은 사쿠타네 집에서 저녁을 먹는다고 해서 따라왔어."

"따라오지 마. 언니한테서 자립 좀 하라고."

노도카는 작년 가을부터 마이의 집에 굴러들어 왔고, 지금은 자매가 함께 살고 있다. 이대로 노도카가 마이의 집에 쭉 산다면, 사쿠타로서는 불편하기 그지없었다. 사쿠타의 집에는 카에데가 있기 때문에, 마이와 단둘이 있을 공간을 확보하는 게 어려웠다.

"앞으로 한 5년은 무리야."

노도카는 단호한 어조로 당치도 않은 소리를 입에 담았다.

"뭐? 5년? 헛소리 하지 마."

아무리 그래도 너무 길다.

"그야 집보다 언니네 집이 대학에 더 가깝단 말이야."

난처하게도, 언니라면 껌뻑 죽는 노도카 또한 마이와 같은 대학에 들어가겠다고 선언했다. 즉, 앞으로 사쿠타가 목표로 삼을 대학에 노도카도 들어가려는 것이다.

"나와 같은 학과에는 절대 원서 넣지 마."

노도카는 사쿠타와 같은 학년이다. 그러니 학과가 겹친다면 사쿠타로서는 합격 인원이 한 명 줄어드는 것이나 다름없다.

"아, 잠깐만……."

거기까지 생각이 미친 사쿠타는 그제야 무언가를 눈치챘다.

"아냐. 같은 학과에 들어가는 것도 괜찮겠네."

"뭐? 겨우 1년 만에 나보다 성적이 좋아지려는 거야?"

노도카는 도발적인 시선으로 사쿠타를 쳐다보았다. 노도카는 예전에 사쿠타에게 공부를 가르쳐준 적이 있다. 그래서 사쿠타의 학력을 꿰뚫어 보고 있는 것이다. 하지만 공부를 잘한다고 해서 사쿠타의 생각을 이해할 수 있는 건 아니다. 이 세상에는 학력만으로 파악할 수 없는 게 잔뜩 있다.

"아냐, 노도카. 사쿠타는 자기가 대학에서 떨어졌을 때, 노도카 탓으로 돌릴 생각인 거야."

역시 마이는 간단히 사쿠타의 생각을 꿰뚫어 봤다.

"그럼 사쿠타와 다른 학과에 들어가야지."

"그러지 말라고. 같은 학과에서 캠퍼스 라이프를 즐기자. 응? 도카 양."

사쿠타가 팬들이 쓰는 애칭으로 부르자, 노도카는 질색을 하면서 그를 노려보았다.

아무래도 더는 놀리지 않는 편이 좋을 것 같았다.

노도카의 뚜껑이 열릴 것 같은 데다, 아까부터 사쿠타를 힐끔힐끔 쳐다보고 있는 카에데도 신경이 쓰였다.

시선이 마주치자…….

"어서 와."

카에데는 사쿠타를 향해 멋쩍은 목소리로 그렇게 말했다.

"그래, 다녀왔어."

"……."

카에데의 눈빛을 보니, 뭔가 할 말이 있는 것 같았다. 하지만 아무 말도 하지 않았다. 부엌에서 나온 마이가 그런 카에데의 뒤편에서 그녀의 두 어깨에 손을 올렸다.

"카에데 양은 사쿠타에게 할 말이 있지?"

마이는 그렇게 말하면서 어깨 너머로 카에데를 바라보았다.

그러자 카에데는 고개를 힘차게 끄덕인 후, 자리에서 일어서더니 사쿠타의 앞에 섰다.

"나, 나……!"

카에데가 갑자기 큰 목소리로 말하자, 거실 구석에 있던 나스노가 움찔하면서 눈을 치켜떴다. 그리고 지그시 이쪽을 쳐다보았다.

"으, 으음…… 나 말이야."

카에데는 목소리 볼륨을 조절하더니, 사쿠타를 올려다보았다.

"나…… 역시, 오빠가 다니는 고등학교에 가고 싶어."

카에데의 목소리는 희미하게 떨리고 있었다.

"오빠네 학교가 좋아."

눈동자는 불안과 긴장으로 가득 차 있었다.

"입학시험을 치고 싶어."

하지만, 카에데는 말을 마칠 때까지 사쿠타에게서 눈을 떼지 않았다. 무의식적으로 두 손을 꼭 말아 쥔 카에데는 불안, 그리고 긴장과 싸우고 있었다. 지금 이 순간도 말이다.

"그럼 이걸 작성해."

사쿠타가 가벼운 어조로 그렇게 말하며 가방에서 꺼낸 것은 A4 사이즈의 얇은 봉투였다. 사쿠타는 그것을 카에데의 머리 위에 뒀다.

"오, 오빠, 이게 뭐야?"

카에데는 영문을 모르겠다는 표정을 지으며 그 봉투를 향해 손을 뻗었다. 그런 카에데가 봉투에서 꺼낸 것은 바로 약간 두꺼운 종이 한 장이었다.

그 종이를 쳐다본 카에데의 눈에는 『입학 원서』라는 글자가 들어왔을 것이다.

"어…… 어?! 이게 어디서……?!"

"토모베 씨한테서 받았어."

오늘 마이와의 데이트를 포기하면서까지 미와코와 만난 것은 바로 이 때문이다. 사쿠타는 카에데가 미네가하라 고등학교의 수험을 볼 수 있게 해달라고 부탁할 생각이었다. 하지만, 미와코는 한 수 위였다. 그녀는 패밀리 레스토랑의 자리에 앉자마자 이 원서를 내밀었다. 사쿠타에게서 연락을 받자마자, 상담 내용이 짐작됐다고 말하면서…….

그 후, 미와코는 복잡한 속내를 털어놓았다. 불가능한 일을 불가능하다고 딱 잘라 말해주는 것도 어른의 역할이다. 그리고 아이의 마음을 존중해주는 것 또한 어른의 역할이다.

그리고 앞날을 생각하며 아이와 함께해주는 것이 자신의 역할이라고 말한 후…… 사쿠타에게 원서를 맡겼다.

"그러니까, 공부 열심히 해."

"열심히 할 건데…… 오빠한테 부탁이 있어."

카에데가 무슨 말을 하려는 건지 예상이 됐다. 그래서…….

"응?"

사쿠타는 시치미를 뗐다. 마이와 노도카의 따뜻한 시선을 받으니, 왠지 멋쩍었다.

"공부 좀 가르쳐줘."

카에데는 자신이 없는 표정을 지으며 사쿠타를 올려다보았다.

처음부터 대답은 정해져 있기에……

"떨어져도 내 탓으로 돌리지 마."

사쿠타는 그렇게 말한 후, 옷을 갈아입기 위해 자신의 방으로 향했다.

문을 반쯤 닫은 후, 교복을 벗었다. 그리고 팬티 한 장 차림이 되었을 때, 거실 쪽에서 마이와 노도카가 출발선에 선 카에데를 축하하는 목소리가 들려왔다.

하지만 이렇게 되니, 커다란 문제 하나가 고개를 치켜들었다.

"나, 중학교 때 배운 걸 기억하고 있을까……."

가장 걱정되는 것은 바로, 사쿠타의 기초 학력이었다.

제2장

걷는 듯한 속도로

비커 안에서 끓기 시작한 물이 보글, 보글, 하는 소리를 냈다. 처음에는 간격을 두면서 천천히……. 그리고 점점 간격이 짧아지더니, 기포의 대합창으로 변해갔다.

사쿠타는 수험 대책용 문제집을 보면서 그런 소리의 변화를 듣고 있었다. 에너지 보존의 법칙에 관한 문제의 답을 생각하면서 말이다…….

바로 그때, 굳은 표정을 짓고 있는 사쿠타에게 누군가가 말을 걸었다.

"저기, 아즈사가와."

"응?"

사쿠타는 그 목소리를 듣고 고개를 들었다. 실험용 테이블의 맞은편에는 사쿠타의 몇 안 되는 친구 중 한 명…… 동급생인 후타바 리오가 앉아 있었다.

지적인 느낌의 안경을 썼고, 머리 뒤편으로 긴 머리카락을 모아 묶었으며, 키가 155센티미터 정도 되는 아담한 체구는 오늘도 교복과 실험용 흰색 가운에 감싸여 있었다.

"아즈사가와는 사쿠라지마 선배와 같은 대학에 들어갈 거라고 했지?"

리오는 비커 밑에서 알코올램프를 빼내더니, 뚜껑을 씌워서 불을 껐다. 사쿠타와 이야기를 나누면서도, 아까부터 단한 번도 그를 쳐다보지 않았다. 불을 쓸 때는 불조심을 해야 한다. 역시 소방관이 된다는 쿠니미 유마를 실업자로 만들 결의를 굳힌 사람다웠다.

"그래. 전에 말했잖아? 덕분에 수험 공부 때문에 죽겠다니깐."

하필이면 마이가 선택한 지망 대학은 국공립 대학이다. 센터 시험의 다섯 과목을 전부 보는 곳이다. 그러니 다섯 과목의 시험 대책을 세워야만 한다.

일단 현재 실력을 파악하기 위해 올해 마이가 치른 센터 시험의 문제를 사쿠타도 풀어봤지만, 결과는 좋지 않았다.

모든 교과목의 합계는 900점 만점이며, 사쿠타의 점수는 505점. 정답률은 약 55퍼센트다.

이것이 학교 시험이라면 그렇게 비관적인 숫자는 아니지만, 센터 시험은 그렇지 않다.

사쿠타 몰래 올해 센터 시험을 치른 마이의 자가 채점 결과는 900점 만점 중 830점이었다. 정답률이 90퍼센트를 넘는 것이다.

교과목 중에는 만점을 받는 게 당연한 과목도 있다. 수학은 특히 그렇다. 사쿠타는 인생 첫 만점을 내년 센터 시험 때 받아야만 하는 것이다.

사쿠타는 한심한 점수를 받았지만, 마이는 화내지 않았다. 실망하지도 않았다. 그저 성모처럼 자애로운 미소를 지으며…….

"사쿠타, 나를 좋아하지?"

……하고 상냥하게 말했을 뿐이다.

사쿠타로서는 그게 더 괴로웠다.

차라리 마이가 화를 내거나, 실망하거나, 사쿠타를 꾸짖는 편이 낫다. 「공부 좀 해」 하고 솔직하게 말해주는 편이 훨씬 마음이 편할 것이다.

정말 감사하게도, 마이는 사쿠타를 어떻게 다뤄야 하는지 잘 알고 있었다.

"눈치채지 못했다면, 친구로서 하나만 가르쳐줄게."

사쿠타는 리오의 목소리를 듣고 정신을 차렸다.

테이블 쪽을 쳐다보니, 리오가 인스턴트커피가 든 병을 열고 있었다. 적당한 양의 가루를 새로운 비커에 넣더니, 알코올램프로 끓인 물을 부었다. 새하얀 김이 피어오르고 커피 향기가 테이블 주위에 감돌았다.

"뭔데?"

무모한 수험이니까 포기해라, 하고 말할 생각일까. 하지만 사쿠타가 아는 리오라면 그런 소리를 할 리가 없다. 만약 그런 말을 한 거라면, 마이와 같은 대학에 가겠다는 소리를 처음으로 했을 때 말했을 것이다.

리오는 실험에서 물질을 섞을 때 쓰는 막대로 커피를 가볍게 젓더니, 그제야 고개를 들었다. 한순간 사쿠타와 시선이 마주친 후, 다시 그의 손 언저리를 쳐다보더니…….

"아즈사가와가 보고 있는 그 문제집은 고등학교 수험용이야."

……하고, 걱정스러운 목소리로 말했다.

사쿠타는 덩달아 리오의 시선이 향하고 있는 그 문제집을 쳐다보았다. 아까부터 보고 있었던 에너지 보존의 법칙에 관한 문제는 고등학교 수험 대책용 내용이다. 위치 에너지에서 운동 에너지로의 변환. 중학생 레벨의 문제다.

"여러 의미에서 괜찮은 거야?"

리오는 불쌍한 사람을 쳐다보는 눈길로 안경 렌즈 너머의 사쿠타를 바라보았다.

"카에데에게 공부를 가르쳐주기 위해 예습을 하고 있는 거야."

사쿠타는 문제집을 덮어서 실험 테이블 위에 뒀다. 표지에는 현립 고등학교의 시험 대책 문제집이라고 큼지막한 글자로 적혀 있었다.

"그 말을 들으니 안심이 돼."

리오는 방금 끓인 커피에 입을 댔다.

"후타바, 알면서 물어본 거지?"

"분명 그런 거라고 생각하긴 했지만…… 아즈사가와의 학력이 중학교 공부부터 다시 해야만 할 레벨일 가능성을 부정하지 못했거든."

리오는 천천히 커피를 홀짝이면서 담담한 어조로 그렇게

말했다. 사쿠타가 그런 리오의 얼굴을 지그시 쳐다보자, 그녀는 인스턴트커피 병을 사쿠타 앞에 뒀다. 남은 비커와 끓여둔 물로 멋대로 타 마시라는 뜻이다.

커피가 마시고 싶어서 리오를 원망스럽다는 듯이 쳐다본 것은 아니지만, 이참에 한 잔 마시기로 했다.

물리 교사가 사비로 사둔 커피이니 진하게 타서 마시기로 했다.

수업이 6교시까지 있는 금요일. 1월 23일. 운동장에서는 야구부의 고함소리가 들려오는 방과 후 오후 네 시. 난방이 되고 있는 물리 실험실에서 마시는 커피는 인스턴트커피일지라도 호화롭게 느껴졌다. 물을 자유롭게 끓일 수 있기 때문인지, 이곳은 여러모로 편리했다.

"그런데 카에데는 현립 고등학교에 진학할 생각이구나."

"응? 아, 그래. 미네가하라 고등학교에 오고 싶대."

"……."

사쿠타의 대답을 들은 순간, 리오는 말문이 막혔다. 현립 고등학교의 수험 시스템을 이해하고 있기에 이런 반응을 보이는 것이다. 쭉 학교에 가지 않았던 카에데에게는 내신 점수가 없다. 그런 불리한 상황에서 미네가하라 고등학교에 들어가려 하는 것이 어떤 의미인지, 머리 회전이 빠른 리오가 눈치채지 못할 리가 없다.

"그렇구나. 아즈사가와도 고생이 많겠는걸."

"후타바한테서도 도움을 많이 받았어."

"……뭐?"

리오의 눈동자가 「내가 뭘 했는데?」라고 말하고 있었다.

"전에 공부를 가르쳐줬다며?"

"여름에 말이야? 아즈사가와의 집에 묵었을 때 말이구나."

여름 방학 때, 리오는 사정이 있어서 사쿠타의 집에서 지냈던 적이 있다.

"그래."

"하지만 내가 공부를 가르쳐준 건 카에데(花楓)가 아니라 카에데였어."

"공부를 한 기억은 없지만, 공부를 한 내용은 기억하고 있거든."

그 덕분에 카에데는 이과와 수학에 관한 내용은 쉽게 이해했다.

"그럼 아즈사가와는 그 말을 하려고 찾아온 거구나."

리오는 책상 밑에서 과학부의 실험에 쓰이는 도구를 꺼내면서 그렇게 말했다.

"아르바이트 전에 시간이 좀 남아서 심심풀이 삼아 들른 거야. 여기서는 공짜로 커피를 마실 수 있잖아."

"아즈사가와, 이럴 때는 사쿠라지마 선배와 같이 보내는 게 어때?"

"마이 씨는 어제 광고 촬영을 하러 가서 오늘 학교에 안

왔어."

　나가사키의 어딘가에 간다고 했었다. 그리고 오늘 저녁 이후에나 돌아올 예정이다. 나가사키에서는 어떤 선물을 사서 돌아올까. 가장 먼저 머릿속에 떠오른 것은 카스텔라.

　"뭐, 어찌 됐든 간에 사춘기 증후군에 관한 상담이 아니라 다행이야."

　"아~, 그게 말이야."

　리오는 실험 준비를 멈추더니 사쿠타를 향해 고개를 돌렸다. 그러자 사쿠타는 거북하다는 듯이 창 쪽으로 고개를 돌렸다. 바로 그때였다.

　"하아……."

　리오는 땅이 꺼져라 한숨을 내쉬었다.

　"아즈사가와, 아직도 질리지 않은 거야?"

　사쿠타도 좋아서 얽히는 게 아닌 만큼, 이런 소리를 듣는 것 자체가 억울했다.

　"이번에는 좀 신경이 쓰일 뿐이야. 아마 사춘기 증후군은 아닐 거라고 생각해."

　절대적인 확신은 없기에, 일단 리오의 견해를 들어보고 싶었다. 물어본다고 손해될 것은 없으니까 말이다.

　"글쎄. 그 점에 있어선 아즈사가와는 전혀 믿음이 안 가."

　"진짜라고."

　"그럼 일단 들어만 볼게."

리오는 질렸다는 표정을 지으면서도「대체 무슨 일인데?」라고 눈빛으로 말했다. 실험을 시작하고 싶으니 빨리 이야기를 하라는 것 같았지만, 사쿠타는 그것을 눈치채지 못한 척하기로 했다.

　"초등학생인 마이 씨가 꿈에 나온 건, 뭔가의 암시라고 생각해?"

　사쿠타가 진지한 표정으로 그렇게 묻자, 리오는 일단 시선을 돌리면서 커피를 한 모금 마셨다. 그리고「후우」하고 한숨 돌린 후…….

　"쇠고랑을 차게 될 징조 아닐까?"

　……하고, 차가운 목소리로 말했다.

　"안심해. 나는 지금의 마이 씨가 훨씬 좋아."

　초등학생용 가방을 멘 초등학생 상대로는, 별다른 감정이 느껴지지 않았다.

　"네가 당당히 그딴 소리를 해봤자, 전혀 안심이 되지 않아."

　"어차피 꿈에서 만날 거라면, 나는 지금의 마이 씨와 꿈같은 시간을 보내고 싶어."

　"그건 현실에서 하면 되는 거 아냐?"

　"후타바는 뭘 좀 안다니깐."

　백 번 천 번 옳은 말이다. 현실에 마이 씨가 존재하며, 사쿠타는 마이와 사귀고 있으니까 말이다. 일부러 꿈속에서 애정 행각을 벌일 필요는 없다.

"농담은 이쯤하고, 진짜로 어떻게 생각해?"

평범하게 생각해보면 단순한 꿈으로 여겨도 될 것이다. 하지만, 사쿠타에게는 그렇게 여길 수 없는 이유가 있다. 지금까지의 경험에 비춰볼 때, 그것이 어떤 징조나 신호, 혹은 뭔가가 시작된 것이라고 의심하게 되고 만다.

"아마 괜찮을걸?"

리오는 그런 사쿠타를 향해 태연한 어조로 그렇게 말했다.

"뭐가 괜찮다는 건데?"

"아즈사가와가 꾼 꿈이 사춘기 증후군과 관련된 거라도 괜찮을 거라는 의미야."

발언 자체는 차갑게 느껴지지만, 리오의 밝은 어조에서는 여유가 느껴졌다.

"어째서 그렇게 생각하는 거야?"

"실제로 어떤 일이 일어나더라도, 아즈사가와라면 충분히 해결할 수 있을 거야."

사쿠타를 향한 리오의 시선에서는 놀리는 느낌이나 장난기가 느껴지지 않았다. 그녀가 진심으로 그렇게 생각하고 있다는 것이 전해졌다.

"후타바는 나를 대체 어떤 녀석이라고 여기는 거야?"

"의외로 믿음직하다고 생각해."

리오는 사쿠타의 질문에 솔직 담백하게 대답했다. 사쿠타는 그 말을 듣고 약간 당황했다. 그것은 명백한 과대평가였

기 때문이다.

"아즈사가와는 그런 평가를 받아도 될 정도의 일을 해냈어."

"내가 한 건 전부 대수롭지 않은 일들뿐이야."

『지금』을 만든 건 사쿠타가 아니다. 사쿠타가 동경하는 한 여성이자, 한 소녀이자, 한 여자애다. 그녀의 용기가 사쿠타에게 지금이라는 행복한 시간을 준 것이다.

"게다가 믿음직한 건 후타바 쪽이잖아."

사쿠타는 그렇게 말하면서 일어서더니, 비커 안에 남아 있던 커피를 비웠다.

"잘 마셨어."

아직 조금 이르지만, 사쿠타는 아르바이트를 하러 가기로 했다. 리오와 더 대화를 나눴다간, 더 낯간지러운 이야기를 들을 것 같았다.

2

예정보다 빨리 학교를 나선 사쿠타는 오후 네 시 반 즈음에 자신이 아르바이트를 하는 후지사와 역 인근 패밀리 레스토랑에 도착했다.

"안녕하세요."

그리고 계산대를 맡고 있는 파트타임 아주머니에게 인사를 한 후, 옷을 갈아입기 위해 가게 안으로 들어갔다. 그리고 재빨리 웨이터복으로 갈아입었다.

옷을 다 갈아입은 사쿠타가 휴게실에 가보니, 방구석에 설치되어 있는 타임카드의 시계는 4시 45분을 가리키고 있었다. 아르바이트 시작 시간까지 15분이 남았다.

예전 같으면 이 시간 동안 멍하니 자리에 앉아 있었을 것이다. 하지만, 이날의 사쿠타는 평소와 달랐다.

"좀 해둘까……"

사쿠타는 로커에 넣어둔 가방에서 소설책 크기의 책 한 권을 꺼냈다. 그것을 들고 휴게실에 있는 원형 의자에 앉았다.

"하아……"

사쿠타가 한숨을 내쉬면서 펼친 것은 바로 영어 단어장이었다. 수록되어 있는 단어는 총 1400개로 이틀 전에 마이에게서 받아 거의 새 책이나 다름없었다. 일을 끝내고 귀가 중인 마이에게서 걸려온 전화를 받은 사쿠타가 맨션 앞으로 별생각 없이 나가보니, 그녀는 자기가 주는 선물이라면서 환한 미소를 지으며 이것을 건네줬다.

설마 단어장일 거라고는 생각도 못 한 사쿠타는 순순히 그것을 받았다.

"우선 이걸 석 달 안에 전부 암기해."

"양이 너무 많은 거 아니에요?"

대충 넘겨보니, 이 단어장은 300페이지가 넘는 것 같았다.

"제대로 외웠는지, 매주 테스트를 해볼 거야."

"점수가 좋으면, 상을 줄 거예요?"

"점수가 나쁘면, 벌을 줄 거야."

"그것도 나쁘지 않네요."

사쿠타가 무심코 본심을 털어놓자, 마이는 상냥한 표정을 지으며 사쿠타를 쳐다보았다. 그 덕분에 사쿠타는 헛소리를 하지 못했다. 물론, 사쿠타는 100퍼센트 진심으로 한 말이지만……

카에데의 수험 공부도 중요하지만, 사쿠타 또한 1년 후에 치를 자신의 대학 입시를 위한 준비를 해야만 했다.

아직 1년이나 남았다고는 해도, 이런 자투리 시간을 유효 활용하지 않았다간 나중에 후회하게 될 것이다.

담임 교사는 2학년 여름부터 대학 입시 준비를 시작한 학생도 많다고 말했다. 늦게 시작한 만큼, 마음을 단단히 먹고 공부하라는 말도 들었다.

사쿠타는 첫 페이지에 적힌 단어를 일단 머릿속에 집어넣었다. 왼쪽에 영단어, 그 옆에는 단어의 의미, 그리고 오른편에는 그 단어를 이용한 예문이 적혀 있어서 이해하기 쉬웠다.

첨부되어 있던 빨간색 시트를 대자 빨간색으로 적혀 있던 단어의 뜻이 보이지 않았기에, 이 단어를 실제로 외웠는지 체크해볼 수 있었다. 외우지 않은 단어는 다시 머릿속에 새겨 넣었다.

사쿠타는 그것을 반복하면서, 일단 여섯 페이지 정도 암기했다. 단어는 총 스무 개 정도다. 마이의 할당량은 일주일당 백 개 정도 기억하는 것이니, 하루에는 이 정도만 외우면 될 것이다. 문제는 오늘 외운 것을 내일도 기억하고 있느냐, 다.

"일단 밤에 자기 전에 확인을 해봐야지."

내일 일은 내일이 되어야 알 수 있다. 그러니 그것은 내일의 자기 자신에게 맡길 수밖에 없다.

그런 생각을 하고 있을 때, 휴게실 밖에서 문이 열렸다 닫히는 소리가 들렸다. 아마 여자 탈의실에서 누군가가 나온 것이리라.

잠시 후, 휴게실에 누군가가 들어왔다. 그 기척은 사쿠타의 옆으로 다가오더니, 약간 놀란 것처럼 숨을 삼켰다.

"……선배, 뭐 하고 있는 거야?"

한참 뜸을 들인 후에 누군가의 목소리가 들려왔다. 여자애의 목소리다. 사쿠타는 상대가 누구인지 보지 않고도 알 수 있었다. 사쿠타를 「선배」라 부르는 사람은 이 우주가 제아무리 넓더라도 세상에 딱 한 명뿐이다. 같은 고등학교에 다니는 1학년 후배이자, 아르바이트 동료이기도 한 코가 토모에다.

"뭐 하고 있는 것처럼 보여?"

사쿠타는 단어장에서 눈을 떼지 않은 채 토모에에게 되물었다.

"공부를 하는 것처럼 보여."

토모에는 믿기지 않는다는 투로 그렇게 말했다.

"딩동댕."

"……."

질문에 대답했을 뿐인데, 아무 말 없는 토모에에게서 의문에 찬 시선이 느껴졌다. 사쿠타가 어쩔 수 없이 고개를 들어보니, 토모에는 얼이 나간 것처럼 입을 쩍 벌린 채 그의 옆에 서 있었다.

"표정 한번 귀엽네. 무슨 일 있는 거야?"

"귀, 귀엽다는 소리 하지 마! 무슨 일 있는 건 바로 선배잖아!"

"나한테 대체 무슨 일이 일어났다는 건데?"

"자각을 못 했나 보네. 머리 괜찮아?"

토모에는 무례하기 그지없는 소리를 입에 담았다. 하지만 이런 대화는 평소에도 자주 나누기에 딱히 화가 나지는 않았다. 오히려 이렇게 편하게 대해주는 편이 사쿠타로서는 좋았다. 물론 사쿠타 또한 하고 싶은 말을 서슴없이 입에 담지만 말이다.

"학력적으로 괜찮지 않으니끼, 공부를 하는 거야."

타임카드의 시계를 보니, 2분 후면 아르바이트를 시작해야 하는 시간이었다. 사쿠타는 단어장을 덮은 후, 원형 의자에서 일어섰다. 그리고 로커에 단어장을 넣었다.

"선배, 대학에 갈 거야?"

토모에는 휴게실에 놓인 로커 너머에서 사쿠타를 향해 그렇게 말했다.

"합격한다면 말이지."

유감스럽게도 대학이라는 곳은 가고 싶다는 마음만으로는 들어갈 수 없다. 그에 걸맞은 학력과 비싼 학비가 있어야만 입학할 수 있다.

"아르바이트는 어쩔 건데? 설마 관둘 거야?"

로커 문을 닫고 휴게실로 돌아가자 토모에는 입술을 살짝 내민 채 사쿠타를 쳐다보았다. 언짢은 듯한, 삐친 표정이었다. 하지만 그녀는 곧 고개를 휙 돌렸다.

"뭐, 나야 아무래도 상관없어."

그리고 멋대로 이야기를 끝내더니, 타임카드를 찍었다. 사쿠타의 타임카드도 같이 찍어주며 휴게실을 나가 홀로 향했다. 사쿠타는 그런 토모에의 뒤를 따랐다.

"아르바이트는 계속할 거야. 돈 나갈 곳이 많거든."

사쿠타는 그녀의 등을 바라보며 방금 질문에 답했다.

"그렇구나."

토모에는 약간의 웃음기가 섞인 밝은 목소리로 대답했다.

"왜 웃는 거야?"

"우, 웃은 적 없어!"

토모에는 어깨 너머로 사쿠타를 돌아보더니, 볼을 약간

부풀렸다.

"학비 걱정을 하는 나를 비웃는 거냐? 너무하네."

"그런 이유로 웃은 게 아냐."

"뭐야. 역시 웃은 거야?"

"우, 웃은 적 없어! 선배는 진짜 짜증 나는 사람이라니깐."

토모에는 더욱 볼을 부풀리더니, 홀을 향해 화난 발걸음으로 나아갔다. 그리고 손님이 방금 돌아간 테이블을 정리하기 시작했다. 「선배는 정말……」하고, 사쿠타를 향한 불평을 중얼거리면서 말이다.

"어이, 코가."

"농땡이 치지 말고 선배도 빨리 일해."

토모에는 척척 손을 놀리면서 테이블 위의 접시를 쌓았다. 그리고 조그마한 몸을 쭉 뻗더니, 박스석의 넓은 테이블을 알코올 소독하면서 닦았다.

"그전에 너한테 해줄 중요한 이야기가 있어."

"뭔데? 어차피 또 이상한 이야기를 하려는 거지?"

토모에는 테이블 위로 몸을 쭉 뻗으면서 고개를 갸웃거렸다. 그런 토모에의 눈은 사쿠타를 의심하고 있었다.

"뭐~, 어찌 보면 이상한 이야기일지도 몰라."

"하아, 대체 무슨 소리를 하려는 건데?"

사쿠타는 그 말을 들으며 시선을 약간 옮겼다. 그의 시선이 향한 곳은 바로 토모에의 엉덩이였다.

"코가가 지금 입고 있는 치마, 너무 작은 거 아냐?"

"윽?!"

토모에는 허둥지둥 몸을 일으키더니, 사쿠타를 향해 돌아서며 두 손으로 엉덩이를 가렸다.

"팬티 라인까지 언뜻 보였어."

마주 보고 서면 괜찮지만, 테이블을 닦기 위해 몸을 앞으로 숙였을 때 치마가 당겨지면서 동그란 엉덩이가 확연하게 드러났다.

"너, 또 살쪘지?"

"살 안 쪘어!『또』는 또 무슨 소리야?!"

"올해 초에 체중이 늘었다며 야단법석을 떨었잖아."

"선배가 얼굴이 부었다고 나를 놀려서 그랬던 거잖아!"

"그랬나?"

"그리고 2킬로그램 뺐단 말이야."

유심히 보니, 토모에는 사쿠타를 노려보고 있었다.

"그런 것치고는……"

사쿠타는 토모에의 치마 쪽을 쳐다보았다. 정확하게는 토모에의 허리 언저리를 향했다. 하지만 사쿠타가 실제로 보고 싶은 건 토모에의 엉덩이다.

"어, 어쩔 수 없단 말이야."

"뭐가?"

"체, 체중이 줄었는데도, 엉덩이는 작아지지 않았거든?!"

토모에는 얼굴을 새빨갛게 붉히더니, 「내가 왜 선배한테 이딴 소리를 해야 하는데?!」 하고 작은 목소리로 항의했다.

"그랬구나. 하지만 코가답기는 하네."

"선배는 나다운 게 대체 어떤 거라고 생각하는데?!"

"으음, 엉덩이?"

"진짜 열 받네! 정말 너무해!"

"당당하게 풍기를 문란하게 만들고 있는 코가야말로 너무하다고 생각하는데 말이지."

사쿠타는 다시 토모에의 허리 언저리를 쳐다보았다.

"이쪽 쳐다보지 마!"

토모에는 신경이 쓰이는지, 앞치마를 펼쳐서 사쿠타의 시선을 차단했다.

"점장님한테 말해서, 사이즈가 큰 유니폼으로 바꿔달라고 해."

"그건 절대 싫어."

사쿠타는 최선의 조언을 했지만, 토모에는 딱 잘라 거부했다.

"분명 다이어트의 효과가 이제 곧 엉덩이에 나타날 거야. 금방 작아질 거란 말이야."

"그럼 오늘은 계산대와 주문 접수 일만 해. 아, 3번 테이블의 손님이 자리에서 일어나네."

자리에서 일어난 손님이 계산대를 향해 걸어갔다.

"식기를 치우는 건 내가 하겠어."

"선배의 그런 면이 정말……."

토모에는 사쿠타를 노려보았다. 화를 내고 있다기보다 그저 삐친 것처럼 보였다.

"그런 면이 뭐 어쨌는데?"

"아무것도 아냐."

토모에는 고개를 휙 돌리더니, 계산대 쪽으로 돌아섰다.

"제가 계산 도와드릴게요."

그리고 손님에게 말을 걸면서 사쿠타에게서 떨어졌다. 아주 약간 엉덩이를 신경 쓰면서…….

가게에 들어온 손님의 안내, 주문 접수, 그리고 계산을 토모에에게 맡긴 사쿠타는 빈 테이블의 정리와 세팅, 그리고 종이 냅킨과 유리잔 보충처럼 가게 안쪽과 홀을 오가야 하는 일을 주로 맡았다.

그렇게 시급에 걸맞은 업무를 약 두 시간 동안 하다 보니 오후 일곱 시가 되었다. 테이블의 손님들이 주문한 음식도 다 나왔을 즈음…….

"선배. 나 좀 볼래?"

토모에가 사쿠타에게 말을 걸었다.

"빠르네. 벌써 엉덩이 다이어트에 성공한 거야?"

"툭하면 그런 소리를 하네. 선배, 그러다 언젠가 고소당할 거야."

고개를 돌려보니, 토모에는 약간 삐친 표정으로 사쿠타를 쳐다보고 있었다.

"괜찮아."

"자신감이 넘치네."

"내가 이런 소리를 하는 사람은 코가뿐이거든."

"그런 말 들어도 하나도 기쁘지 않아!"

토모에는 흥분한 건지 볼을 붉혔다.

"부끄러워하지 말라고."

"부끄러워하는 게 아니거든?!"

"얼굴이 새빨개."

"화나서 빨개진 거야!"

"통통해지는 건 엉덩이만으로 충분하다고."

"반드시 날씬해질 거야! 그때는 꼭 사과해!"

토모에는 삐친 듯한, 그리고 화난 듯한 눈길로 사쿠타를 노려보았다.

"뭐, 날씬해진다면 말이지."

토모에의 다이어트 선언을 지금까지 대체 몇 번이나 들었을까. 다이어트에 성공한 건지 실패한 건지 알기도 전에 또 다음 다이어트 선언을 들은 것 같은 느낌이 들었다. 사쿠타의 기억에 따르면, 토모에는 항상 다이어트 중이다. 그게 일상인 것이다.

"뭐, 코가의 체중 문제는 일단 제쳐두기로 하고……."

"부탁이니까 사사건건 그런 소리 좀 하지 마."

"나한테 볼일이 있는 거지?"

"아, 맞다. 이쪽으로 좀 와봐."

토모에는 불현듯 생각이 난 것처럼 그렇게 말하더니, 홀쪽으로 걸어갔다. 그리고 사쿠타가 멍하니 서 있나는 걸 눈치채더니…….

"빨리 와."

……하고 말하면서 손짓을 했다.

"뭐야. 남들에게 보여주고 싶을 만큼 재미있는 손님이라도 온 거야?"

사쿠타는 어쩔 수 없이 토모에의 뒤를 따라 홀로 나가서 가게 안을 대충 훑어보았다. 딱히 특이한 손님은 보이지 않았다. 그나마 특이한 손님을 꼽자면, 와자지껄 연애 이야기 중인 여자 고등학생 4인조가 있었다. 그 외에는 4인석 테이블에 나란히 앉아 있는 젊은 커플, 노트북으로 일을 하고 있는 회사원, 패밀리 레스토랑이 술집이라도 되는 양 맥주를 마시고 있는 아저씨 집단만 있었다.

"내 인생을 아주 약간 풍족하게 해줄 재미있는 손님은 어디 있는데?"

"밖에 있는 손님 말인데……."

토모에는 계산대 옆에서 가게 입구를 쳐다보았다. 투명한 문 너머를 사쿠타가 쳐다보니, 머뭇거리며 문 쪽으로 다가오고 있는 이가 눈에 들어왔다. 몸을 약간 움츠린 그 모습에서는 자신감이 느껴지지 않았다. 그 사람은 문 너머에 서더니, 위험한 게 없는지 확인하는 동물처럼 가게 안을 살펴보았다. 그리고 안으로 들어오나 싶더니, 가게를 나서는 손님과 마주치자 도망치듯 문에서 멀어졌다.

그 사람은 롱스커트 위에 품이 낙낙한 코트를 걸쳤으며, 머리카락은 어깨 언저리까지 길렀다. 나이는 중학생 정도로 보였다. 사쿠타는 이런 조건에 부합되는 인물을 한 명 안다. 아니, 아주 잘 안다. 한 지붕 밑에서 살고 있는 피가 이어진 여동생이니 잘 아는 게 당연했다.

하지만 상대가 잘 아는 여동생이기에, 이 광경이 불가사의해 보였다.

왜 이런 곳에 있는 걸까, 하는 소박한 의문이 머릿속을 스쳤다.

자신이 잘못 본 것일지도 모른다고 생각한 사쿠타가 다시 문밖을 쳐다보았을 정도다.

그 정도로, 카에데가 외출을 하는 것은 드문 일이다.

올해 들어서부터 어찌어찌 중학교에 다니게 됐지만, 그 이외의 시간은 집에 틀어박혀 보냈다. 그것이 카에데의 일상이다.

"아까부터 계속 들어오려다 마는데, 가게 안으로 들이는 편이 좋을까?"

"내가 할게. 쟤는 내 동생이거든."

"어, 동생? 맞아. 선배한테는 동생이 있었지……."

토모에가 놀란 목소리로 그렇게 말하는 가운데, 사쿠타는 가게 입구로 성큼성큼 걸어갔다. 그리고 그대로 문을 열면서 밖으로 나갔다. 문이 열리는 소리에 깜짝 놀란 건지, 뒤돌아 서 있는 카에데의 어깨가 움찔했다.

"카에데."

사쿠타는 두려움이 어려 있는 그 등을 향해 말을 건넨다. 그러자 카에데는 또 몸을 부르르 떨더니, 사쿠타를 향해 천천히 돌아섰다.

"아, 오빠. 으음, 실은 말이야……."

"너, 혼자서 여기까지 온 거야?"

사쿠타는 카에데가 대답을 하기도 전에 그 질문에 대한 답을 알았다. 주차장에 세워져 있던 차의 뒤편에서, 카에데를 지켜보듯 서 있는 한 인물을 발견한 것이다.

스트레이트일 때가 많은 긴 흑발을 지금은 예쁘게 땋았으며, 변장용 무도수 안경을 낀 그 사람은 바로 마이였다.

"뭐야. 마이 씨와 같이 왔구나."

광고 촬영을 마치고 벌써 돌아온 것 같았다.

"방금 그 말은 좀 너무하지 않아?"

마이는 언짢은 척하면서 다가오더니, 사쿠타의 볼을 꼬집었다.

"아르바이트 중에 마이 씨와 이렇게 노닥거리니 정말 기쁘네요."

사쿠타는 솔직하게 기쁨을 드러냈다.

"가게는 한산해?"

하지만 마이는 그 말을 듣고도 별다른 반응을 보이지 않았다. 좀 더 노닥거리고 싶지만, 마이는 주저 없이 사쿠타의 볼에서 손을 뗐다. 마이는 사쿠타가 아니라 그의 뒤편…… 가게 안의 혼잡 여부를 확인하고 있었다.

"한산해요."

오늘은 비교적 손님이 적었다. 평일이라도 오후 여섯 시부터 여덟 시 사이에는 대기 손님이 있을 정도로 붐비지만, 지금은 바로 자리로 안내할 수 있을 것이다.

"들어오시죠."

사쿠타는 그렇게 말하며 문을 열더니, 마이와 카에데를 가게 안으로 안내했다. 계산대 옆에 남아 있던 토모에에게서 메뉴판을 두 개 건네받은 후, 그대로 가게 안쪽으로 이동했다.

카에데는 긴장한 표정으로 사쿠타의 뒤를 따랐다. 약간 고개를 숙인 채, 주위를 신경 쓰면서…… . 마이는 그런 카에데를 안심시키려는 듯이 몸을 찰싹 붙이더니, 카에데의 두 어깨에 두 손을 얹었다.

사쿠타가 두 사람을 안내한 곳은 가게 가장 안쪽에 있는 박스석이다. 앉아 있으면 다른 사람들의 눈에 거의 띄지 않는 자리다.

"이 자리는 어떠십니까?"

"좋아."

마이는 카에데를 앉힌 후, 긴 치맛자락을 신경 쓰면서 자리에 앉았다.

"메뉴입니다."

사쿠타는 들고 있던 메뉴판을 마이와 카에데에게 하나씩 건넸다. 그리고 「그럼 물과 물수건을 가져오겠습니다」 하고 말한 후, 그 테이블에서 벗어났다.

사쿠타는 물과 물수건을 준비해서 마이와 카에데가 있는 테이블에 간 후, 두 사람 앞에 그것들을 놓았다. 마이는 「고마워」 하고 말하면서 미소를 지었지만, 카에데는 한껏 몸을 웅크리고 있었다. 때때로 고개를 들어서 가게 안을 둘러보고 있었다. 다른 손님들의 시선을 신경 쓰고 있는 것이다……

다들 일행과의 대화에 집중하고 있는지라, 아무도 이 자리를 신경 쓰지 않았다.

"그렇게 움찔거리면 남들이 더 신경을 쓸걸?"

"하, 하지만 아빠, 엄마와도 이런 곳에 온 적이 없잖아. 익숙하지 않단 말이야……."

카에데는 어떻게 하면 좋을지 모르겠다는 눈길로 사쿠타

에게 호소했다.

"그냥 편하게 앉아 있으면 돼. 그리고 만약 주목을 받더라도 다들 마이 씨만 쳐다볼 테니까, 걱정하지 마."

"으, 응. 그렇구나."

카에데는 납득한 것처럼 대답을 했지만, 여전히 몸을 숙이고 있었다. 남들 눈에 띄지 않기 위해 가능한 한 몸을 웅크리고 있었다.

"걱정하지 마, 카에데 양. 이 자리는 다른 손님들한테는 거의 안 보여. 그렇지? 사쿠타."

사쿠타를 올려다보는 마이의 눈은 「그래서 여기로 안내한 거지?」라고 말하고 있었다.

"뭐, 맞아요."

카에데는 그 말을 듣고 마음이 편해진 건지, 그제야 고개를 들었다. 그리고 메뉴를 펼치더니, 넘겨보기 시작했다. 맛있어 보이는 요리 사진을 본 덕분인지, 표정에서도 꽤 여유가 느껴졌다.

"그런데, 뜬금없이 왜 찾아온 거야?"

사쿠타는 그런 카에데에게 소박한 질문을 던졌다.

"딱히 뜬금없이 찾아온 건 아닌데……."

카에데는 메뉴를 쳐다보면서 변명을 늘어놓듯 그렇게 말했다.

"으음……."

그리고 그녀는 도움을 청하듯 마이 쪽을 쳐다보았다.

파스타 메뉴가 실린 페이지를 펼친 마이는 「나는 이것과 이 샐러드로 할게」 하고 사쿠타에게 재빨리 주문을 한 후……

"나가사키에서 사 온 선물을 주려고 사쿠타의 집에 들렀는데, 카에데 양에게서 사쿠타가 오늘 아르바이트를 하는 날이라는 이야기를 들었어."

……하고, 알쏭달쏭한 이유를 말해줬다.

"카에데 양이 아직 저녁을 먹지 않았다고 해서 뭐가 먹고 싶은지 물어봤더니, 사쿠타가 아르바이트를 하는 곳에 가고 싶다지 뭐야."

"그래?"

사쿠타가 아르바이트를 하는 곳에 카에데가 관심을 가지고 있는 줄은 몰랐다.

"다, 다음 주에 원서를 제출해야 하잖아?"

"응. 그렇지."

이야기가 완전히 옆으로 샌 것 같은 느낌이 들었다.

"직접 학교까지 가지고 가야 하니까…… 외출 연습이 될 거라고 생각했어."

사쿠타는 미와코에게 원서를 받으면서 그 이야기를 들었다. 원서 제출은 본인 확인을 위해, 당사자가 직접 가야 하는 것이다. 뜻밖에도 우편 배송은 안 된다고 한다.

2년 전에 사쿠타도 경험한 일이지만, 원서 제출일에 어떤 일이 있었는지 거의 기억이 나지 않았다. 아마 내빈용 입구에 있는 사무실에 가서 제출만 하면 금방 끝나니까, 그래서 기억에 없는 거라고 생각한다.

사쿠타에게 있어서는 그런 별것 아닌 일에 불과했다.

하지만, 집 밖으로 나가는 것도 큰일인 카에데에게는 연습이 필요했다. 원서를 제출하지 못하면 시험을 치를 수 없다. 그러니 수험 공부보다 더 큰 문제라고도 할 수 있다.

"그건 그렇고, 마이 씨가 같이 와줬다고는 해도 용케 여기까지 왔네."

"교복 차림으로 밖에 나가는 것보다는 괜찮았어. 역 앞은 사람들이 너무 많아서 좀 무서웠지만……."

카에데는 자기 자신에게 용기를 주려는 듯이 미소를 지었다. 그런 기특한 모습을 보자, 사쿠타의 입이 저절로 움직였다.

"그래. 힘냈구나."

"으, 응."

사쿠타가 칭찬을 해주자, 카에데는 기쁜지 웃음을 흘렸다. 이번에는 억지로 지은 미소가 아니었다. 솔직한 감정에 따라, 입가에 미소를 머금은 느낌이었다. 하지만 곧 부끄러워졌는지, 카에데는 메뉴를 쳐다보면서 뭘 먹을지 골랐다.

"마이 씨, 카에데와 같이 와줘서 고마워요."

"그 정도는 아무것도 아냐."

"카에데, 뭘 먹을지 정했어? 상으로 내가 한턱낼게."

사쿠타가 쳐다보니, 카에데는 오므라이스와 파르페의 페이지를 오락가락하고 있었다.

"저녁밥이니까 오므라이스를 먹어."

"파르페가 어떤 건지 봤을 뿐이야……."

카에데는 말끝을 흐렸다. 눈까지 반짝거리는 걸 보면, 아무래도 먹고 싶은 것 같았다. 일단 파스타와 샐러드, 그리고 오므라이스를 주문용 단말기에 입력했다.

사쿠타는 매뉴얼대로 주문을 확인한 후, 마이와 카에데에게 인사를 하면서 그 자리를 벗어났다. 다른 손님도 있기에 계속 잡담을 나눌 수는 없었다.

사쿠타가 완성된 요리를 마이 일행이 있는 테이블로 가지고 가보니, 카에데는 공부를 하고 있었다.

수학 문제집과 공책을 펼치고 마이에게서 함수 문제를 푸는 방법을 배우고 있었다.

카에데는 진지하게 마이의 이야기를 듣고 있었으며, 사쿠타가 바로 옆에 왔는데도 눈치채지 못했다. 집중하고 있는 것 같았다. 카에데가 연습 문제를 다 풀 때까지 기다린 후…….

"오래 기다리셨습니다."

사쿠타는 말을 걸었다.

그러자 카에데는 깜짝 놀라면서 고개를 들었다.

"오므라이스입니다."

사쿠타가 접시를 내밀자, 카에데는 펼쳐뒀던 문제집과 공책을 접어서 옆으로 옮겼다. 그리고 빈자리에 오므라이스 접시를 뒀다. 폭신폭신하고 윤기 넘치는 노란색 달걀. 그 위에 뿌려진 데미그라스 소스가 맛있는 향기를 뿜고 있었다.

눈앞에 놓인 오므라이스를 본 카에데는 「맛있어 보여」 하고 무심코 중얼거렸다.

사쿠타는 마이 앞에 파스타와 샐러드를 뒀다.

"먹자, 카에데 양."

"아, 예."

"잘 먹겠습니다."

"잘 먹겠습니다."

마이가 식사를 권하자, 카에데는 오므라이스에 수저를 밀어 넣었다. 달걀 안에 숨겨져 있던 녹은 치즈가 또 식욕을 자극했다. 카에데는 그것을 한술 뜨더니, 약간 긴장한 표정을 지으며 입에 넣었다.

그리고 우물우물 씹어 먹는 사이, 긴장으로 가득 차 있던 표정이 서서히 풀렸다.

행복해 보이는 표정이었다.

패밀리 레스토랑의 값싼 오므라이스를 먹고 이런 표정을 짓는 사람도 드물 것이다.

카에데는 한술 더 먹었다. 첫 숟갈을 먹고 느꼈던 맛을 떠올리려는 듯이, 이번에는 천천히 음미했다. 수저를 쥔 손을 쉴 새 없이 놀리고 있는 카에데의 얼굴에는 환한 미소가 어려 있었다.

그 모습을 훈훈한 기분을 맛보며 응시하고 있을 때, 문득 사쿠타의 뇌리에 『카에데』의 미소가 떠올랐다. 매사에 최선을 다하고, 사쿠타 앞에서는 항상 싱글벙글 웃던 또 한 명의 여동생. 『카에데』는 이 패밀리 레스토랑의 오므라이스를 맛보지 못했다. 사줬으면 좋았을 거라는 생각이 머릿속을 스쳤다.

분명, 즐겁게, 기뻐하며, 「너무 맛있어서 혀가 살살 녹는 것 같아요! 오빠, 카에데의 혀가 아직 붙어 있나요?」 같은 말을 할 게 틀림없다.

하지만 사쿠타는 그 광경을 볼 수 없다. 그 말을 들을 수 있는 소망은 이제 이뤄지지 않는다. 가슴에서 느껴지는 이 욱신거림이야말로, 2년 동안 『카에데』가 존재했다는 증거이리라……

후회하고 있는 건 아니다. 안타까움에 사로잡힌 것도 아니다.

카에데는 이렇게 서서히 집 밖으로 나올 수 있게 되었으며, 수험 공부도 열심히 하고 있다. 그렇기 때문에, 『카에데』가 있었던 시간을 더욱 소중히 여기는 것이다. 그것이 기쁘고, 약간 안타까울 뿐……

"오빠?"

"응?"

사쿠타가 고개를 돌려보니, 자신을 부른 카에데가 난처한 표정으로 그를 올려다보고 있었다.

"그렇게 쳐다보면 먹기 힘들단 말이야."

카에데는 부끄러운지 우물주물하면서 그렇게 말했다.

"괜찮아. 신경 쓰지 마."

"뭐가 괜찮다는 건지 모르겠거든? 그리고 오빠가 멍하니 쳐다보는데, 어떻게 신경을 안 쓰냔 말이야. 오빠, 좀 이상해."

"그래? 나는 매일 이런데 말이야. 마이 씨, 안 그래요?"

사쿠타는 별일 아닌 척하면서 어리광 섞인 시선을 마이에게 보냈다.

마침 마이의 입술 사이로 파스타가 빨려 들어가고 있던 참이었다. 마이는 냅킨을 향해 손을 뻗더니, 입술을 가볍게 닦은 후……

"맞아. 사쿠타는 매일 이런 느낌이야."

……하고 동의를 해줬다. 자기 입으로 한 말이기는 하지만, 딱히 기쁘지는 않았다.

"……"

하지만 카에데는 아직 납득을 못 한 것처럼 사쿠타를 지그시 쳐다보고 있었다.

"혹시 오빠……"

카에데는 무슨 말을 하려다가 입을 다물며 고개를 숙였다.

"왜 그래?"

"……아무것도 아냐. 마, 맞다. 내일과 모레도 아르바이트를 해?"

카에데는 노골적으로 이야기를 돌렸다. 시선 또한 자기가 먹던 오므라이스를 향했다. 수저로 치킨라이스와 달걀을 뜨고 있는 그녀의 표정은 왠지 가라앉은 것처럼 보였다.

내일은 토요일이고, 모레는 일요일이다.

"이틀 다 낮에는 아르바이트를 해."

"그렇구나……."

"그러니까, 공부는 밤에 하자."

카에데는 아무 말 없이 고개를 끄덕였다.

"그럼 낮에는 나와 공부할래?"

바로 그때, 마이가 카에데에게 그런 제안을 했다.

"어, 마이 씨. 주말에 일 없어요?"

"원래 촬영이 잡혀 있었는데, 일정이 바뀌었어. 그래서 이번 주말은 이틀 다 쉬어. 그래서 하루는 사쿠타와 데이트를 할 생각이었는데, 아르바이트를 해야 한다니까 무리겠네."

마이는 고개를 갸웃거린 후, 일부러 사쿠타의 얼굴을 올려다보았다. 그 모습이 왠지 의미심장했다. 어쩌면 사쿠타가 한 『거짓말』이 들통 난 걸지도 모른다. 그걸 눈치챘기에, 사쿠타는 마이에게서 고개를 돌리지 않았다.

"이럴 줄 알았으면, 주말에 아르바이트를 넣지 말 걸 그랬네요."

사쿠타는 그렇게 말하며 풀이 죽은 표정을 지었다. 데이트를 할 기회를 한 번 날린 것인 만큼, 그 마음 자체는 거짓이 아니었다.

"으음, 부탁드려도 될까요?"

카에데는 약간 긴장한 표정으로 마이에게 물었다.

"응. 물론이야."

마이가 부드러운 미소를 지으며 그렇게 대답하자, 카에데 또한 환하게 웃었다.

카에데와 마이가 공부를 하기로 약속하는 사이, 사쿠타는 두 사람이 앉아 있던 테이블에서 벗어났다.

계산을 하러 가는 손님이 있었기에, 일단 계산대 쪽에 섰다. 토모에는 한창 요리를 옮기고 있었다.

"감사합니다. 또 와주십시오."

아이를 데리고 온 손님을 배웅한 후······.

"선배, 이번 주 일요일은 아르바이트 쉬지 않았어?"

요리를 다 옮긴 토모에가 사쿠타에게 다가왔다. 그리고 귓속말을 할 수 있을 만큼 가까이 붙으면서 그렇게 말했다.

"뭐야, 코가. 너, 우리 이야기를 몰래 훔쳐들은 거야?"

"우연히 들렸을 뿐이야."

사쿠타를 향한 불만으로 가득 찬 건지, 토모에의 볼은 한껏 부풀어 있었다.

"사람들 앞에서 그런 뻔한 거짓말은 안 하는 편이 좋을 거야."

"우와, 너무해. 사람을 거짓말쟁이로 모네~."

토모에는 경멸에 찬 시선으로 사쿠타를 쳐다보고 있었다. 그 눈빛은 차갑기 그지없었다. 하지만, 솔직히 말해 박력이 부족했다. 이런 표정으로 마이를 능가할 사람은 이 세상에 없을 것이다. 그 얼음장 같은 시선을 매일같이 받고 있는 사쿠타에게 있어 토모에의 시선은 애들 장난에 지나지 않았다.

"왜 사쿠라지마 선배와 동생한테 거짓말을 한 거야?"

"그야 말 안 하는 편이 나은 일도 이 세상에는 있거든."

토모에가 방금 말했다시피, 사쿠타는 일요일에 아르바이트를 하지 않는다. 원래는 아르바이트를 하기로 되어 있는 날인데, 볼일이 생겨서 유마에게 바꿔달라고 부탁했던 것이다.

"바람피우는 거야?"

토모에는 더러운 것을 쳐다보는 눈길로 사쿠타를 쳐다보았다.

"이 세상에서 가장 귀여운 애인이 있는데, 왜 귀찮게 바람 같은 걸 피우냐고."

"선배는 진짜로 그런 상황이니까, 그딴 소리 해봤자 하나도 재미없거든?"

토모에는 진심으로 재미없다는 표정을 짓고 있었다. 김샜다는 말은 이럴 때 쓰는 말일까. 사쿠타는 딱히 농담 삼아

한 말이 아니지만……. 머릿속에 떠오른 생각을 있는 그대로 말했을 뿐이다. 그것이 경우에 따라서는 객관적인 사실이기도 하기에, 토모에도 저렇게 메마른 미소를 짓고 있는 거겠지만…….

"알았어. 눈감아 준다면 탄탄멘 세트 사줄게."

닭튀김 두 개와 라이스도 같이 나오기 때문에 볼륨이 상당한 세트 메뉴다.

"그건 이 가게에서 가장 칼로리가 많은 거잖아!"

"코가가 코가답기 위해서는 칼로리가 필요하잖아?"

"선배, 부탁이니까 주먹으로 딱 한 대만 쥐어박을게."

"아, 나도 코가한테 부탁할 게 있어."

"뭐, 뭔데?"

토모에는 노골적으로 긴장했다.

"딸기 파르페를 하나 준비해줘."

겨울 시즌 한정 메뉴. 딸기가 잔뜩 들어간 그 파르페는 방금 카에데가 열심히 봤던 추천 메뉴다.

"그것도 칼로리가 엄청나거든?!"

"코가가 먹을 게 아냐."

"그럼 뭔데?"

"오므라이스를 다 먹으면, 내 동생이 있는 테이블에 가져다줬으면 해. 주문은 내가 넣어둘게."

사쿠타는 토모에를 향해 그렇게 말하면서 단말기에 주문

을 넣었다.

오늘은 열심히 여기까지 온 카에데에게, 이 정도 상을 줘도 벌은 받지 않으리라.

3

이틀 후인 일요일. 1월 25일.

이날, 카에데에게 「아르바이트 갔다 올게」라고 말한 사쿠타는 아직 해가 완전히 뜨지 않은 오전 아홉 시에 집을 나섰다.

사쿠타가 향한 곳은 걸어서 10분 정도 거리에 있는 후지사와 역이다. 세 개의 노선이 얽혀 있는 시의 중심지는 오늘도 사람들로 붐비고 있다.

사쿠타가 아르바이트를 하는 패밀리 레스토랑은 그가 사는 맨션에서 가려면 역을 지나가야 한다. 하지만 사쿠타의 발걸음은 역 앞에서 멈췄다.

오다큐 에노시마 선의 개찰구에 교통카드를 댄 후, 플랫폼 안에 들어갔다. 그리고 플랫폼 끝까지 걸어간 사쿠타는 1번 선로에 정차되어 있던 쾌속 급행 신주쿠행 열차에 탔다.

평일이면 통근 중인 회사원이나 통학 중인 학생들로 혼잡했을 시간대다. 하지만 일요일인 오늘은 좌석에 빈자리가 있었으며, 사쿠타는 바로 자리에 앉을 수 있었다.

출발 시각이 되자, 벨이 울렸다. 푸쉭~ 하는 소리가 들리더니 문이 천천히 닫혔다.

전철이 달리기 시작하자, 사쿠타는 가방 안에서 단어장을 꺼냈다. 그것을 한 페이지씩 암기했다. 몇 페이지를 외운 후, 붉은색 시트로 뜻 부분을 가리며 제대로 외웠는지 확인했다. 기억하고 있다면 다음 페이지로 넘어갔고, 기억하지 못하면 다시 외웠다. 그것을 한 시간 동안 하염없이 반복하며 40페이지 분량의 단어를 암기했을 즈음, 전철은 종점인 신주쿠 역에 도착했다.

사쿠타는 단어장을 가방에 넣으면서 플랫폼에 내렸다.

왼쪽을 봐도, 오른쪽을 봐도 사람들로 붐비고 있었다.

안내판을 발견한 사쿠타는 남쪽 개찰구 방향을 확인한 후에 걸음을 옮겼다.

자신이 찾던 개찰구를 발견한 사쿠타는 그 건너편에서 만나기로 한 상대를 발견했다. 옅은 색 재킷에 같은 색깔 타이트스커트로 수업 참관을 하러 온 패션 센스 좋은 어머니 같은 인상을 자아내고 있는 이는 바로 스쿨 카운슬러인 토모베 미와코다.

"길을 헤매지는 않았어?"

"환승도 안 하고 바로 왔거든요."

"역에서 말이야. 사쿠타 군의 그런 부분은 때때로 성가시

다니깐. 자, 그럼 가자."

미와코는 웃으면서 일방적으로 그렇게 말하더니, 사쿠타의 대답도 듣지 않고 걸음을 옮겼다. 미와코는 역 밖으로 나가더니, 요요기 방면으로 향했다. 그리고 사쿠타는 아무 말없이 그녀의 뒤를 따랐다. 역 주변에는 인파가 많아서 나란히 걷는 것도 힘들었다.

옆길로 들어간 후에야, 사쿠타는 미와코와 나란히 설 수 있었다.

"휴일인데 시간을 내줘서 고마워요."

"괜찮아. 학교 설명회 참가는 나도 부탁하고 싶었거든. 사쿠타 군이 먼저 말을 꺼내줘서 오히려 고마워."

그것이 바로 사쿠타가 한 시간이나 전철을 타고 신주쿠까지 온 이유였다.

학교 설명회.

물론 미네가하라 고등학교의 설명회가 아니다.

일전에 상담을 했을 때, 미와코가 제안했던 통신제 고등학교의 설명회다.

"사실 카에데가 직접 오는 편이 가장 좋았겠지만 말이에요."

"물론 그게 가장 낫기는 해. 하지만 지금은 현립 고등학교의 수험에 집중하게 두고 싶거든."

"토모베 씨는 카에데가 현립 고등학교에 수험하는 걸 반대한다고 말하지 않았어요?"

"어디까지나 스쿨 카운슬러로서는 말이야."

그렇게 말하면서 사쿠타를 곁눈질한 미와코는 약간 난처한 웃음을 흘렸다. 미와코 또한 카에데에게 심술궂은 소리를 하고 싶었던 것은 아니다. 어른으로서, 현실적인 의견을 말할 수밖에 없는 입장인 것이다…….

카에데가 자신이 원하는 학교에 진학한다면, 미와코는 그것이 최선이라고 생각했다. 전일제 학교에 매일 즐겁게 다닐 수 있다면, 그게 좋다고 생각한다. 미와코는 그렇게 생각하면서도, 꼭 해야만 하는 말이기에 반대한다고 말했던 것이다.

"토모베 씨의 그런 면은 신용해요."

"고마워. 그렇게 말해주니 나도 조금은 도움이 되고 있는 것 같은 느낌이 드네."

차량의 흐름이 끊길 때까지 기다린 후, 도로 반대편으로 건너갔다. 사쿠타는 행선지를 모르기에 미와코와 같은 방향으로 따라 걸었다.

"카에데 양의 수험 공부는 순조로운 것 같네."

"열심히 하고 있어요. 어제도 밤늦게까지 공부했죠."

사쿠타가 낮 시간의 아르바이트를 마치고 집에 돌아간 후, 날짜가 바뀔 때까지 쭉 공부를 했다. 밤 열 시가량에 사쿠타가 야식 삼아 주먹밥을 만들어줬고, 새벽 한 시가 지났는데도 카에데의 방에서는 계속 불빛이 흘러나왔다.

두 시가 지났을 즈음에 사쿠타가 말을 걸어보니, 방 안에서는 대답이 들려오지 않았다. 그래서 문을 열어보니, 카에데는 책상에 엎드린 채 잠들어 있었다.

　사쿠타는 그런 카에데를 안아 든 후, 침대에 뉘었다. 그리고 자신의 방으로 돌아가서 잠을 청했다.

　"뭐, 너무 열심히 하는 것 같다고나 할까, 좀 무리하는 것 같지만요."

　본격적인 입시 전에 건강을 해치지나 않을지 걱정이 됐다.

　"그렇게 생각한다면, 한마디 해주지 그래?"

　"지금은 무슨 말을 해봤자 들은 척도 하지 않을 거예요."

　최선을 다해 노력을 하는 것이, 카에데에게 있어서 가장 중요한 일이 되어 있다. 그것이 잘못됐다고 말하는 건 간단하지만, 사쿠타는 지금 노력을 하고 있는 카에데에게 찬물을 끼얹는 것이 정답이라는 생각이 들지 않았다.

　자신의 생각대로 하고 싶은 일을 할 수 있는 만큼 최선을 다하는 데 의미가 있다. 누군가가 부질없다고 말하더라도, 그 의미조차 모른 채 포기를 해버렸다간 자신의 손으로 아무것도 거머쥐지 못한다. 진정으로 중요한 순간에 최선을 다하지 못할 것 같은 느낌이 들었다. 사쿠타는 카에데가 그렇게 되지 않았으면 했다.

　"그래서 사쿠타 군은 카에데 양의 수험에 찬성한 거구나."

　옆에서 의미심장한 시선이 느껴졌다. 아니나 다를까, 미와코가 사쿠타를 곁눈질하고 있었다. 마치 시험하는 눈빛으로 쳐다보고 있었다…….

"합격할 거라고 생각하니?"

그리고 미와코가 대뜸 그런 질문을 던지자…….

"합격했으면 좋겠어요."

……하고, 사쿠타는 주저 없이 대답했다.

그러자 미와코는 빙긋 웃었다.

"사쿠타 군은 정말 귀여운 구석이라고는 눈곱만큼도 없는 대답을 하네."

그렇게 말한 미와코가 어깨를 부르르 떨며 크게 웃음을 터뜨렸다.

"카에데도 자기가 합격하기 어렵다는 건 알고 있을 거예요."

"응."

"알면서도, 실제로 시험을 쳐서 그 결과를 보지 않는 한, 포기할 수가 없는 거겠죠."

이성적으로는 현실을 이해하고 있지만, 감정이 동반되지 못하는 경우는 살다 보면 얼마든지 일어난다. 결과를 보지 않는 한 「어쩌면」이라는 생각을 완전히 떨쳐낼 수 없다. 아무리 가능성이 낮을지라도, 기대라는 감정에 얽매이고 마는 존재가 바로 인간인 것이다.

그런 감정이 생겨나면 해보기 전에, 시험해보기 전에, 가능성을 포기할 수가 없게 되고 만다.

카에데만이 아니다. 사쿠타도 마찬가지다.

그렇기에 현실적으로도 무모하다고 여겨지는 수험을 「해보고 싶다」고 말한 카에데의 심정을, 사쿠타는 우선했다.

　그것이 올바른 결단인지는 알 수 없다. 실수를 한 걸지도 모른다. 하지만 어른에게서 「이게 정답」이라는 말을 듣고, 전혀 납득하지 못했으면서도 거기에 따르는 것보다는 낫다고 생각했다. 직접 판단을 내리고, 좌절을 경험한 후, 다시 일어서려 하는 것이 카에데의 장래에 있어 진정으로 의미 있는 경험이 될 거라고 생각한 것이다.

　"수험 결과 여하에 따라서는 카에데 양이 마음에 상처를 입을지도 몰라."

　"그때는 오빠로서 위로를 해주죠, 뭐."

　"사쿠타 군은 이미 거기까지 각오했구나."

　"딱히 요란스러운 일은 아니에요. 지극히 일반적인 오빠의 대응이라고 생각하거든요."

　"충분히 요란스러운 일이고, 지극히 일반적인 오빠의 대응도 아냐. 사쿠타 군은 진짜로 고등학생 맞아?"

　"보다시피, 파릇파릇한 고등학교 2학년이에요."

　"진짜 고등학교 2학년은 파릇파릇하다는 말을 쓰지 않을 걸?"

　미와코는 사쿠타가 아저씨 같다고 말하면서 웃었다. 그리고, 웃음을 흘리며……

　"사쿠타 군은 좋은 오빠구나."

……하고, 즐거운 듯한 어조로 말했다.

"내가 진짜로 좋은 오빠였다면, 토모베 씨의 신세를 지지 않았을 거라고 생각해요."

"사쿠타 군, 선생님이 될 생각 없어?"

미와코는 느닷없이 그렇게 말했다.

"예?"

대화의 흐름을 무시하는 듯한 그 말을 들은 순간, 사쿠타 는 무심코 얼이 나간 반응을 보였다.

"대학에 갈 거지? 교원 면허를 따는 건 어때니?"

미와코는 당혹스러워하는 사쿠타를 향해 말을 연이어 건 냈다. 미와코에게 있어서는 앞뒤가 맞는 자연스러운 대화를 나누고 있는 것처럼 말이다.

"제가, 왜……."

"적성에 맞을 거라고 생각해."

느닷없이 그런 말을 듣고 실감이 날 리가 없다.

"싫어요."

"왜?"

"여러모로 귀찮을 것 같거든요."

사쿠타는 말이 통하지 않는 학생을 상대하는 자신을 상상 조차 할 수 없었다.

"그럼 장래에 어떤 일을 하고 싶어?"

"애인한테 먹여 살려달라고 할 예정이에요."

"기둥서방 지망생이구나~. 그것도 사쿠타 군답기는 해."

사쿠타는 농담으로 한 말이었는데, 미와코는 납득을 한 것처럼 깔깔 웃었다.

"아. 잠깐만, 사쿠타 군."

"제 장래 이야기 같은 건 이쯤에서 끝내는 게 어때요?"

"아, 그게 아니라 우리가 갈 학교가 바로 여기야."

미와코는 그렇게 말하며 멈춰 섰다. 그곳은 1층에 카페와 메밀국숫집이 있는 평범한 빌딩이었다. 빨간색 벽돌 건물이며, 밖에서 보니 3, 4층 정도 될 것 같았다.

언뜻 보기에는 학교 같아 보이지 않지만, 입구인 유리문에는 『학교 설명회 행사장』이라는 종이가 붙어 있었다.

학교와는 이미지가 다른 이 건물에 들어간 사쿠타는 진짜로 여기가 학교가 맞는지 의심하면서 엘리베이터로 3층까지 올라갔다.

3층에서는 『설명회는 이쪽』이라고 적힌 안내판이 사쿠타와 미와코를 기다리고 있었다. 오른쪽을 가리키는 화살표를 따라 복도를 오른편으로 돌았다. 그러자, 10미터 정도 이어진 복도 끝에 있는 널찍한 방이 보였다. 형광등 불빛이 그 방을 비추고 있었다.

입구에 서 있던 정장 차림의 젊은 여성이……

"어서 오세요. 설명회는 이곳에서 합니다."

……하고 말했다. 붙임성이 좋아 보이는 그 여성의 얼굴에는 부드러운 미소가 어려 있었다. 20대 중반 정도일까. 가슴에 『교직원』이라고 적힌 명찰을 차고 있었다. 언뜻 보기에는 선생님 같아 보이지 않지만, 아무래도 이곳의 선생님 같았다.

"안내해드릴게요."

그 여성은 방긋 웃으면서 사쿠타와 미와코를 빈자리로 데려갔다.

"설명회는 10분 후에 시작되니, 그때까지 기다려주세요."

그 여성은 정중한 목소리로 그렇게 말한 후, 종종걸음으로 입구를 향해 돌아갔다.

"저 선생님, 젊네요."

"사쿠타 군의 취향이야?"

미와코는 놀리듯 그렇게 말하면서 웃음을 흘렸다. 사쿠타는 그 말을 무시하더니…….

"우리 학교에는 아저씨, 아줌마 선생님이 대부분이라서요. 좀 부러워요."

사쿠타는 마음을 억누르면서 담담한 어조로 그렇게 말했다.

나이가 비슷하게 때문인지, 아까 전의 여성 교직원에게서는 딱딱한 분위기가 느껴지지 않았다. 그렇다고 해서 태도가 물러터지지도 않았다. 절묘한 거리감으로 상대방을 대하면서, 방금 이곳에 도착한 가족을 웃는 얼굴로 안내했다.

사쿠타와 미와코가 앉은 3인용 벤치 의자의 옆자리에는 40대로 보이는 부모님과 카에데와 비슷한 또래로 보이는 남자애가 앉았다.

　학교 교실의 서너 배는 될 것 같은 이 행사장에는 그런 나이대의 가족이 서른 팀 정도 모여 있었다. 아버지와 어머니와 남자애 혹은 여자애.

　다들 평범한 중학생 같아 보였다. 익숙하지 않은 장소에 부모님과 함께 와서 그런지 시선을 어디에 둬야 할지 모르는 느낌이었다. 스마트폰을 만지작거려도 될 분위기는 아니라고 판단한 건지, 다들 가만히 있었다. 표정에는 나이에 걸맞은 앳된 느낌과 긴장감이 감돌고 있었다.

　하지만 이곳에 온 것을 보면 그들에게도 통신제 고등학교로의 진학을 선택지로 둬야 할 이유가 있을 것이다. 긍정적인, 혹은 부정적인 이유가……

　사쿠타는 이 정적 속에 그런 이유에서 비롯된 독특한 긴장감이 배어 있는 것 같은 느낌을 받았다.

　그렇게 주위를 둘러보고 있는 사이, 10분가량의 시간이 생각보다 빨리 지나갔다. 기둥에 걸려 있던 커다란 시계의 바늘이 정각을 알렸다.

　바로 그때, 사쿠타와 미와코를 안내했던 젊은 여성 교직원이 앞으로 나섰다.

　"그럼 시간이 되었으니, 설명회를 시작하도록 하겠습니다."

이 자리에 모인 모든 이들이 자세를 바로 했다.

"먼저 교장이신 타루마에 선생님께서 인사를 하신 후, 저희 학교의 설립 경위와 이념을 설명해 드릴까 합니다. 그럼 교장 선생님, 잘 부탁드립니다."

젊은 여성 교사가 그렇게 말하자, 이 방의 구석에 서 있던 다크 그레이 색깔 양복 차림의 남성이 앞으로 나섰다. 전체적으로 젊은 인상이지만, 유심히 보니 머리카락에 백발이 섞여 있었다. 40대 후반에서 50대 초반 정도로 보였다.

그 남성은 마이크를 건네받더니, 우선 이 자리에 있는 이들을 향해 인사를 했다. 그리고 스위치가 켜져 있다는 것을 확인한 후, 마이크를 입가로 가져갔다.

"오늘 저희 학교의 학교 설명회에 와주셔서 정말 감사합니다. 저는 교장인 타루마에라고 합니다."

교장은 간략하게 자기소개를 마친 후, 우선 이곳이 개교를 한 지 2년밖에 안 된 학교라는 사실을 밝혔다. 생긴 지 얼마 안 된 고등학교. 지금은 미숙한 학교라는 점을 숨기지 않으며, 있는 그대로 이야기한 것이다.

실적이 충분하지 못하다는 점이 입학을 검토 중인 학생과 부모님에게 크나큰 불안 요소로 작용할 것이라는 사실도 언급했다.

그렇게 서론을 말한 후, 교장은 젊은 고등학교라는 점이 이 학교의 가장 큰 특징이자 큰 매력이라고 힘찬 목소리로 밝혔다.

"신설 학교이기 때문에, 아직 젊은 학교이기 때문에, 지금 시대에 맞는 새로운 교육을 만들어갈 수 있을 거라고 저희는 생각하고 있습니다. 시대는 어지러울 정도로 빠르게 변화하고 있습니다. 20년 전에는 다들 스마트폰을 가지고 다니는 인터넷 사회가 찾아올 거라고는 생각도 못 했죠. 모르는 게 있으면 바로 찾아볼 수 있습니다. 쇼핑 또한 어디서든 할 수 있어요. SNS를 이용해 언제 어디서나 가족이나 친구, 지인과 연락을 취할 수 있습니다. 저희의 생활은 이 20년 동안 크게 변했습니다. 하지만 학교 교육이라는 것은 아버님, 어머님 세대, 그리고 그 윗세대와 비교해도 크게 변화하지 않았습니다. 지금도 옛날 방식의 구태의연한 교육이 『당연한 것』, 『남들도 다 하는 것』으로서 변함없이 이어지고 있죠. 전일제 학교에서는 서른 명, 마흔 명이 한 교실에 모여서 매일 같은 시간을 보내며, 같은 내용의 수업을 받고 있습니다. 그 서른 명, 마흔 명의 학생들은 하나같이 다른 이해력과 개성을 지녔는데도 말이에요. 물론 그런 환경 속에서만 기를 수 있는 인간성도 존재한다고 생각합니다. 전일제라는 환경이 적성에 맞는 학생이 있는 것도 사실이죠. 저희는 그런 식의 교육 환경 자체를 부정할 생각은 없습니다. 하지만 저희는 고등학교 진학의 선택지 중 하나로서, 새로운 교육과 미래 지향적인 교육 시설을 여러분에게 제안하고 싶다고…… 제안할 수 있다고 생각했기에, 저희 학교는 설립됐습니다."

때때로 말을 고르고, 부족하다고 여겨지는 부분에는 표현을 더하면서 설명을 이어가는 교장의 눈은 이 자리에 모인 부모님과 미래의 학생 한 사람 한 사람을 향하고 있었다. 그리고 사쿠타 또한 교장과 시선이 마주쳤다.

"저희 학교에서는 고등학교 졸업 자격에 필요한 기본 학습을 학생 여러분 한 사람 한 사람이 자신의 페이스에 맞춰 배울 수 있습니다. 컴퓨터로도, 스마트폰으로도 시청 가능한 영상 수업이니 자택에서 공부를 할 수 있으며, 카페나 패밀리 레스토랑에서도 수업을 받을 수 있습니다. 매일 한 시간 반가량의 학습과 과제 제출을 통해 고등학교 졸업 자격을 취득할 수 있도록 전용 교육 과정을 제공하고 있습니다. 매일 등교해서 아침부터 저녁까지 지낼 필요가 없으며, 자신의 페이스에 맞춰 공부를 할 수 있습니다."

정말 부러운 이야기다. 하루 한 시간 반가량의 공부를 미네가하라 고등학교의 수업으로 환산하면, 2교시까지만 학교에 있으면 되는 것이다.

"자신의 의지로 매일 공부를 할 수 있을지 걱정하고 있는 학생분과 부모님도 계실 거라 생각합니다. 하지만 통신제 고등학교에도 담임이 있으니 안심해주십시오. 과제 제출일이 임박하면, 전화와 메일로 어떻게 되어가고 있는지 상황을 확인합니다. 또한 저희 학교의 담임은 학생 여러분과 일상적으로 커뮤니케이션을 취하고 있습니다. 영상 수업을 행하는 저희 학교에서는 담임이 수업을 맡지 않습니다. 그에 따라 발생한 시간을 전부 학생 여러분과의 커뮤니케이션에 할애합니다. 학업 상담부터 취미에 관한 이야기를 비롯해, 다양한 커뮤니케이션을 활발하게 나누죠."

사쿠타와 미와코를 안내한 젊은 여성 교직원이 왜 그런 분위기를 띄고 있었던 건지 알 것 같았다. 일상적으로 학생과 여러 가지 이야기를 나누기 때문에, 그런 독특한 거리감을 지니게 된 것일지도 모른다.

방금 교장이 한 이야기를 옆에서 듣고 있던 여성 교직원은 「맞아요, 맞아요」 하고 말하며 환한 얼굴로 몇 번이나 고개를 끄덕였다.

"그렇게 고등학교 졸업을 위해 필요한 공부를 자신의 페이스에 맞춰 진행하며, 남는 시간에 흥미가 있는 분야, 혹은 실력을 연마하고 싶은 분야의 학습에 도전하는 것이 저희 학교의 특징입니다. 영어에 흥미가 있다면 단기 유학도 가능하죠. 입학이 어려운 대학에 진학하는 것을 희망한다면, 학원과의 제휴를 통한 전용 교육 과정을 수강할 수도 있습니다. 패션과 디자인, 요리, 프로그래밍 등, 여러 분야에 있어서도 전문학교와 연계한 교육이 준비되어 있어요. 이런 식으로 예전과는 다른 교육 형태를 제안하며, 지금 시대의 아이들이 장래에 앞으로 나아갈 힘을 길러줄 수 있는 학교를, 앞으로도 만들어 나가고 싶습니다."

실제로도 방금 말한 것처럼 되어가고 있는지, 그리고 문제점은 없는지는 지금 이야기를 듣기만 해서는 알 수 없다. 하지만 교장이 초반에 했던 말에는 왠지 공감할 수 있을 것 같았다. 시대와 한 사람 한 사람의 개성에 맞춘 학교……

예전에 미와코도 말했다시피, 학교와 반이라는 집단이 만드는 분위기에 익숙해지지 못하는 학생은 분명 존재한다. 그걸 알면서도, 다들 같은 교실에 들어가서 같은 수업을 받고, 같은 학교 행사에 참가하는 것은 교육이 시대에 적응하지 못했기 때문일지도 모른다.

익숙해지지 못하는 이가 나쁘다는 생각은 시대착오적이며, 지금의 학교 시스템 안에서 잘 지내는 것만이 인생의 전부일 리가 없다.

집단이 만들어내는 무자각적인 악의와 압력은 눈에 보이지 않지만 분명 존재한다. 학교의 『반』이라는 성숙되지 않은 이들로 이뤄진 환경 안에서는 특히 쉽게 생겨난다.

그런 사실을 누구나 알고 있지만, 여전히 세상은 달라지지 않았다. 한 걸음 잘못 내디디기만 해도, 카에데처럼 된다. 반 친구들의 분별없는 말을 듣고, 학교에 가지 못하게 되며, 남들이 다 하는 것을 못하는 스스로에게 자신감을 가지지 못한다. 한 번 그런 상황에 빠지면, 그것을 극복하는 건 쉽지 않다. 엄청난 용기와 에너지가 필요한 것이다. 하지만, 그 고통은 타인에게 좀처럼 전해지지 않는다.

결국 인간은 당사자가 되기 전까지는 그 고통을 실감하지 못하는 것이다.

"제가 드릴 이야기는 이것으로 끝입니다. 지금부터 보여드 릴 영상은 1년 동안 저희 학교를 다닌 학생들의 생생한 목 소리입니다. 실제로 학생들이 저희 학교를 다니며 느낀 감상 을 여러분에게 들려드리고 싶습니다."

교장은 그렇게 말한 후, 젊은 여성 교직원에게 눈짓을 보 냈다. 그러자, 정면에 대형 모니터가 준비되더니, 노트북 컴 퓨터와 케이블로 연결됐다.

곧 경쾌한 음악과 함께 학교 소개 영상이 나왔다.

처음 부분은 아까 교장이 열정적인 목소리로 이야기한 내 용을 정리한 것이었다. 학교 설립의 이념, 학점 취득 방식, 학생들의 평균적인 하루 시간표가 소개되었다. 그것이 끝나 자, 교장이 말한 것처럼 학생들의 인터뷰 영상이 나오기 시 작했다.

—1년간 다녀보니, 어떠했습니까?

……라는 질문이 화면에 표시됐다.

"처음에는 통신제 고등학교, 그러니까 인터넷으로 수업을 받는 학교는 좀 그럴 것 같다고 생각했어요. 그걸 고등학교 라 할 수 있을지도 의문이었죠."

교복을 입은 단발 남학생이 그렇게 말했다.

"하지만 교복도 있고, 아침에 조례도 하는 데다, 담임선생님이 매일같이 채팅을 통해 출석 체크도 해요. 꼭 매일 접속할 필요는 없지만, 왠지 매일 하게 됐죠. 그리고 다른 학생들과 이야기를 나누는 게 즐거워서…… 저도 조금씩 대화에 참가하게 되었어요. 그리고 친구도 생겼죠."

남학생은 긴장한 어조로 그렇게 말했지만, 마지막에는 약간 멋쩍어하면서도 미소를 지었다. 특히 「친구도 생겼죠」라는 말을 입에 담을 때 말이다.

템포 좋게 영상이 바뀌더니, 다음 학생의 인터뷰 영상이 나왔다. 모니터에는 안경을 쓰고 몸집이 작은 남학생이 나왔다.

"부활동도 할 수 있어요. 반 채팅방에서 알게 된 애와 취향이 비슷하다는 생각을 했는데, 알고 보니 서로가 음악을 하고 있어서 밴드를 만들기로 했어요. 지금은 멤버도 갖춰져서 라이브 준비를 하고 있어요. 다들 사는 곳도 달라요. 카나가와, 치바, 사이타마, 홋카이도……. 실은 아르바이트를 해서 모은 돈으로 홋카이도에 사는 멤버네 집에 갔었어요. 다 같이 말이에요. 직접 만난 건 처음이지만, 채팅을 통해 계속 이야기하던 애라 그런지 금방 익숙해졌죠. 또 다 같이 모이기로 약속했어요."

다음에 등장한 이는 진지해 보이는 여학생이었다. 영어를 좋아하고, 공부를 하고 싶어 여름에 단기 유학을 갔으며, 그때 경험한 추억을 기쁜 어조로 이야기했다. 「또 가고 싶다」, 「내년에는 다른 곳에도 가보고 싶다」 같은 긍정적인 이야기를 했다.

학교 홍보용 영상이니 호의적인 코멘트만 나오는 것도 당연하다고 생각한다. 하지만, 자신이 다니는 학교에 대해 이야기하는 그들의 표정은 빛나고 있었으며, 활력으로 가득 차 있는 것 같았다. 거짓말을 하고 있는 것처럼 보이지는 않았다.

적어도 사쿠타는 저런 말을 할 수 없다. 미네가하라 고등학교에서의 생활이 어떤지 누가 묻더라도, 저들처럼 순수하게 학교에 대해 이야기할 자신이 없다.

그저 학교 앞에 바다가 있는 것을 자랑할 것이다. 그리고 자유로운 교풍과 『사쿠라지마 마이』가 다닌다는 것 이외에는 딱히 이야기할 내용이 없다.

그런 생각을 하면서 인터뷰 영상을 보고 있을 때, 또 다른 여학생이 화면에 나왔다.

긴 흑발. 호리호리하고 키가 큰 소녀였다. 긴 다리를 모으고 앉았으며 등을 꼿꼿이 펴고 있었디.

그녀를 본 순간, 사쿠타는 「응?」 하고 의문을 느꼈다. 어딘가에서 본 적이 있는 듯한 느낌이 들었다. 하지만 누구인지 바로 생각나지는 않았다.

"저는 원래 전일제 고등학교에 들어갔어요. 하지만 반의 교우 관계에 익숙해지지 못해서…… 얼마 지나지 않아 학교에 가지 못하게 됐죠."

이야기하는 내용과 다르게, 목소리는 묘하게 밝았다. 그 특징적인 텐션의 말투를 듣고서야, 사쿠타는 그녀를 알아봤다.

그녀는 노도카가 소속된 아이돌 그룹 『스위트 불릿』의 멤버다. 전에 라이브를 보러 갔을 때, 가장 눈에 띄던 센터의 여자애다. 이름은 히로카와 우즈키. 팬들의 붙여준 애칭은 『즛키』다.

라이브 때 MC를 보다 「아이돌은 팬티를 안 입거든?!」 하고 말했던 게 인상적이었기에, 사쿠타의 기억에 남아 있었다.

"저는 공기나 분위기를 못 읽는다는 말을 들었는데, 그러다 보니 반에서 외톨이가 되어버렸어요……. 공기는 호흡하는 건데, 그걸 읽니 못 읽니 하는 거 자체가 이상하지 않나요? 아무튼, 학교에 다니는 게 재미없어져서 등교하는 것 자체가 싫어졌고…… 반년가량 등교 거부를 하다 이 학교를 알게 됐어요. 그리고 흥미가 생겨서 전에 다니던 학교를 관뒀죠. 지금은 친구도 있어요! 여전히 분위기 못 읽는다는 소리를 듣기는 하지만, 다들 그런 저를 재미있어해요."

우즈키는 즐거운 듯이 웃고 있었다. 그녀만이 아니다. 인터뷰에 등장한 이들 모두가 즐거워 보였고, 기뻐 보였다. 다들 찬란히 빛나고 있는 것처럼 보였다. 왠지 희망을 안고 있는 것만 같은 느낌이었다.

우즈키의 코멘트를 끝으로, 학생의 인터뷰 영상은 엔딩 느낌의 음악과 함께 끝을 맞이했다.

학교 설명회가 끝난 후, 사쿠타와 미와코가 행사장 밖으로 나가 보니 태양이 하늘 높이 떠 있었다. 지금은 열두 시 반 정도였다.

두 사람은 올 때와 같은 길로 신주쿠 역을 향해 걸어갔다.

"학교의 인상은 어땠니?"

한동안 걸어간 후, 미와코가 그렇게 물었다.

"팬티 안 입는 아이돌이 다니는 학교라는 인상이네요."

마지막에 우즈키가 영상에 등장한 덕분에 사쿠타의 내면에 존재하는 학교의 인상은 약간 이상한 느낌으로 변질되어 있었다.

"팬티? 아이돌? 무슨 소리야?"

미와코가 영문을 모르겠다는 듯이 고개를 갸웃거리는 것도 당연했다. 사쿠타는 자초지종을 모르는 이가 알아들을 수 없는 발언을 했으니까 말이다.

"아, 혼잣말이니까 신경 쓰지 마세요. 그것보다, 제 상상과는 꽤나 다르네요."

그게 사쿠타의 솔직한 감상이다. 통신제 고등학교라는 말이 지닌 이미지와 정반대라고 해도 이상하지 않을 만큼, 활발하고 활동적인 학교 같았다.

"교장 선생님이 했던 말도 납득이 된다고나 할까, 공감이 됐고요."

"시대의 변화에 맞춘 학교 교육에 대해 진지하게 생각하는 점에는 나도 정말 공감해. 얽매이는 게 적은 신설 학교이기에 도전해볼 수 있는 부분도 많을 거야."

새로운 교육.

이 시대에 맞춘 교육 형태.

어디까지가 실현되고 있으며, 어디까지가 희망 사항인지는 알 수 없지만, 근본적인 사고방식과 그것을 실현시키려 하는 의욕에는 사쿠타도 공감했다.

그런 이념으로 만들어진 학교가 존재한다는 것을 안 것만으로도 충분한 수확이라고 생각한다.

남은 건 현립 고등학교의 시험을 포함해, 앞으로 어떻게 할지 카에데와 함께 생각해보기만 하면 된다.

4

다른 볼일이 있다는 미와코와 신주쿠 역에서 헤어진 사쿠타는 올 때와 같은 전철을 약 한 시간 동안 타고 가서 후지사와 역으로 돌아갔다.

이동 중에는 영어 단어장을 펼쳐서 암기를 했다.

그리고 사쿠타는 오후 두 시 경에 후지사와 역에 도착했다. 그는 역 앞의 가전제품 양판점에 들르거나 서점에 들르며 적당히 시간을 보낸 후에 집으로 돌아갔다.

사쿠타는 아르바이트를 한다는 거짓말을 했기에, 너무 일찍 돌아갈 수는 없었던 것이다.

역에서 약 10분 간 걸어간 사쿠타는 자신이 사는 맨션에 도착했다.

"다녀왔어."

사쿠타는 문을 열면서 실내를 향해 그렇게 말했다. 현관에는 사쿠타의 것도, 카에데의 것도 아닌 여성용 신발 한 켤레가 단정하게 놓여 있었다.

마이의 신발이다.

문을 잠근 후, 신발을 벗고 거실로 향했다.

"다녀왔어."

같은 말을 한 번 더 하자…….

"어서 와."

마이가 작은 목소리로 대답했다. 그녀의 눈길은 코타츠에 엎드린 채 잠들어 있는 카에데를 향하고 있었다.

"어제 밤늦게까지 공부했대. 차를 마시면서 잠시 쉬려고 했는데, 내가 눈을 뗀 사이에 잠들어 버렸네."

부엌에는 마이가 방금 말했다시피 차가 두 잔 있었다.

"요즘 무리하고 있으니까, 좀 자게 두죠."

최선을 다하고 싶은 카에데의 마음은 이해하지만, 건강을 해쳐서야 본전도 못 찾는다. 게다가 졸린 눈을 비비며 공부를 해봤자 효율은 좋지 않을 것이다.

"덮어줄 건 없을까? 감기에 걸리면 큰일이잖아."

"카에데 방에 얇은 이불이 있을 거예요."

"알았어."

마이는 작은 목소리로 그렇게 말하더니, 카에데의 방에 들어갔다. 그리고 곧 이불을 가지고 돌아왔다. 마이는 카에데가 깨지 않도록 조심하며 그 이불을 덮어줬다.

사쿠타는 그 모습을 본 후, 옷을 갈아입기 위해 자신의 방에 들어갔다.

책상 위에 가방을 두고 옷을 벗었다. 상하의 전부, 팬티 이외에는 싹 말이다.

그리고 사쿠타가 팬티 한 장 차림이 되었을 때, 누군가가 문에 노크를 했다.

"사쿠타, 들어갈게."

사쿠타가 대답을 하기도 전에 문이 열렸다. 문을 연 사람은 바로 마이다. 거의 알몸이나 다름없는 사쿠타를 보더니, 「하아」 하고 한숨을 내쉬면서 안으로 들어왔다. 그리고 손을 뒤로 돌려 문을 닫은 후……

"빨리 옷 입어."

……하고, 약간 어이없다는 표정을 지으며 말했다.

"저기 말이죠, 마이 씨."

"왜?"

"내가 대답을 하기도 전에 마이 씨가 멋대로 들어왔거든요?"

"맞아."

"꺄아~."

사쿠타는 일단 교과서 읽는 것 같은 목소리로 비명을 질렀다.

마이는 그 비명을 깔끔하게 무시하더니, 매일 사쿠타가 잠을 청하는 침대 가장자리에 걸터앉았다.

이것은 덮쳐도 된다는 신호인 걸까. 사쿠타가 그러면 좋겠다는 생각을 하고 있을 때였다.

"아르바이트하느라 수고했어."

마이는 약간 지겨운 것 같은 어조로 그렇게 말했다.

"아, 예. 오늘은 손님이 많아서 힘들었거든요. 그러니 마이 씨가 지친 내 마음을 달래주면 좋겠네요."

사쿠타는 옷을 꺼내려고 옷장을 열었다. 먼바지와 긴소매 티셔츠를 꺼냈을 때, 자신의 등을 향하고 있는 마이의 묘한 시선이 느껴졌다. 사쿠타는 마이를 돌아보았다.

"왜 그래요?"

"실제로는 대체 어디를 갔다 온 걸까?"

마이는 다리를 꼬면서 사쿠타를 올려다보았다.

"무슨 말을 하는 건지 모르겠네요."

사쿠타는 일단 시치미를 뗐다.

"오늘, 나와 카에데 양에게 아르바이트를 한다는 거짓말을 한 사쿠타가 대체 어디에 갔다 온 건지 물어보는 거야."

마이는 일부러 차근차근 이야기를 하면서 다시 추궁을 했다. 어디까지 확신을 가지고 있는 건지는 알 수 없다. 하지만 마이의 표정과 말투로 볼 때, 확신도 없이 넌지시 떠보는 게 아니었다. 그녀에게서는 100퍼센트의 확신만이 느껴졌다.

아역 시절부터 연기력을 평가받아 온 마이에게 이 정도는 식은 죽 먹기일 것이다.

어설픈 연기로 맞서봤자 승산이 없기에, 사쿠타는 학교 설명회에 가서 받은 자료를 가방에서 꺼냈다.

"여기에 갔다 왔어요."

사쿠타는 그 팸플릿을 마이에게 내밀었다.

마이는 건네받은 팸플릿을 보더니 「그랬구나」 하고 중얼거리며 납득했다. 하지만 곧 고개를 들더니 언짢은 눈길로 사쿠타를 쳐다보았다.

"왜 나한테까지 비밀로 한 거야?"

"마이 씨까지 거짓말을 하는 건 싫어서요."

"나, 사쿠타보다 거짓말을 잘하거든?"

사쿠타는 마이가 거짓말을 못할 것 같아서 그런 소리를 한 게 아니다. 그리고 마이 또한 그 점은 알고 있었다. 알면서도 이렇게 말한 것이다. 마이가 이런 소리를 하면, 사쿠타는 도망칠 수 없으니까 말이다.

"실은 카에데가 『자기만 따돌림을 당했다』 같은 형태가 되는 걸 피하고 싶었거든요. 그래서 마이 씨에게도 말하지 않은 거죠."

사쿠타가 솔직하게 털어놓자, 마이는 더 삐친 것 같은 표정을 지었다.

"그런 소리를 들으면 사쿠타를 괴롭힐 수 없잖아."

"그러니 거짓말이 서툰 마이 씨는 앞으로도 모르는 척해주면 좋겠어요."

"알았어. 카에데 양에게 학교 설명회에 대해 이야기하게 된다면, 그때는 나도 사쿠타를 괴롭혀줄게."

그제야 미소를 지은 마이가 즐거워 보이는 표정으로 그렇게 말했다.

"언제, 카에데 양에게 이야기할 거야?"

입학 안내 팸플릿을 사쿠타에게 돌려준 마이가 사쿠타에게 물었다. 사쿠타는 그 팸플릿을 일단 가방 안에 넣었다. 한동안은 카에데에게 이걸 보여주지 않는 편이 좋을 것이다.

"지금은 현립 고등학교의 수험에 집중하게 해주고 싶으니까, 그게 끝난 후에 이야기하려고요."

"분명 충격을 받을 거야."

마이는 방문을 쳐다보았다. 거실에서 자고 있는 카에데를 생각하고 있는 것이리라.

"사쿠타에게는 응원을 받고 싶을 테니까 말이야. 미움을 받을지도 몰라."

그럴지라도, 누군가는 최악의 상황에 대비해야 한다. 카에데가 수험에 집중하고 있는 지금 상황에서, 그 역할은 사쿠타가 맡아야만 하는 것이다.

"그때는 마이 씨에게 위로받을 거니까 괜찮아요."

"아까 말했지? 나, 그때는 카에데 양을 편들 거야."

"너무해~."

"나, 카에데 양에게 미움받고 싶지 않거든."

마이는 농담으로 그렇게 말하며 미소 지었다.

"마이 씨가 항상 내 생각을 해줬으면 좋겠는데 말이죠."

"사쿠타 생각이라면 항상 하고 있어."

그렇게 말하며 자리에서 일어난 마이가 사쿠타에게 다가왔다. 그리고 손을 뻗더니, 사쿠타의 가슴에 손가락을 댔다.

"상처가 사라져서 다행이야."

"예?"

"가슴에 난 상처 말이야."

오른쪽 어깨에서 왼쪽 옆구리까지 그어져 있던 커다란 세 줄기 흉터. 사춘기 증후군이 해소되면서 그 원인도 사라졌기에, 사쿠타의 가슴에는 이제 그 상처가 없다.

"제 생각에는 남자에겐 그 정도 야성미는 필요하다고 생각하는데 말이에요."

"그럴지도 모르겠네."

모든 일이 해결됐기에, 이런 식으로 농담도 나눌 수 있다.

"감기 걸리니까, 빨리 옷 입어."

"아직 마이 씨와 아무것도 안 했는데요?"

사쿠타가 그렇게 말하자, 마이는 옅은 미소를 흘리면서 예전에 상처가 나 있던 부분을 검지로 만졌다.

"오우."

사쿠타는 간지러운 나머지 무심코 이상한 소리를 냈다.

바로 그 타이밍에……

"오빠, 돌아왔어……?"

누군가가 방문을 열었다.

문을 연 사람은 카에데였다. 그녀는 문을 반쯤 연 채 딱딱하게 굳어 있었다. 카에데의 시선은 사쿠타와 마이를 향하고 있었다. 팬티만 입은 사쿠타, 그리고 사쿠타의 몸에 닿아 있는 마이의 손가락 끝을……

"……"

약 2초 후, 카에데는 아무 말 없이 문을 닫았다.

"카에데 양, 그런 게 아냐!"

드물게도 당황한 마이가 바로 카에데를 쫓아갔다. 「그런 게 아냐」라는 말만 되풀이하고 있는 마이의 목소리를 들으면서, 사쿠타는 옷을 입기 시작했다.

5

1월 말이 되자 추위는 한층 더 심해졌으며, 어젯밤의 일기 예보에서는 코트 차림의 기상 캐스터가 겨울 하늘 아래에서 「내일은 북쪽에서 불어온 한기의 영향으로, 관동 북부의 산간 지역뿐만 아니라 남부의 평야 지역과 해안 지역에서도 눈이 내릴 정도로 추울 것으로 예상됩니다」라고 말했다.

그 일기 예보는 적중했고, 관동 남부의 해안 지역인 이 마을에도 아침부터 눈이 내리고 있었다.

눈은 오후에도 계속 내렸으며, 5교시 수학 수업이 시작된 후에도 그칠 기색을 보이지 않았다.

창가인 사쿠타의 자리에서는 추워 보이는 바깥 풍경이 잘 보였다. 날씨가 맑을 때면 맑은 하늘과 바다와 수평선을 마음껏 볼 수 있는 해안가에 세워진 학교. 오늘은 바다에 눈이 내린다고 하는 흔치 않은 광경이 창밖에서 펼쳐지고 있었다.

하지만, 이날의 사쿠타는 이런 경치를 즐길 기분이 들지 않았다. 그가 신경 쓰는 것은 시계였다. 5교시 수학 수업이 시작된 후, 거의 3분 간격으로 시간을 확인하고 있었다.

수학 교사가 적분의 예제를 설명하며 풀고 있을 때, 사쿠타는 공책에 필기를 한 후에 또 시계를 쳐다보았다.

오후 두 시가 다 되어가고 있었다.

적당한 시간이 된 것일지도 모른다. 그렇게 생각한 사쿠타는······.

"선생님."

손을 슬며시 들면서 칠판 앞에 서 있는 수학 교사에게 말을 걸었다. 분필을 내려놓으며 돌아선 교사, 그리고 빈 아이들의 시선이 사쿠타에게 집중됐다.

"아즈사가와, 무슨 일이지?"

"화장실 좀 가도 될까요?"

"참아."

"금방이라도 쌀 것 같아요."

"갔다 와."

사쿠타는 허락을 받자마자 자리에서 일어났다. 그리고 칠판 앞을 지나면서······.

"큰 볼일이니까 시간이 좀 걸릴 거예요."

······하고 교사에게 말했다.

"그딴 정보는 알려주지 않아도 돼."

교사의 대답과 반 애들의 웃음소리를 등 너머로 들으면서, 사쿠타는 교실을 나섰다.

한창 수업 중인 이 학교의 복도는 독특한 정적에 휩싸여 있었다. 교실에서 교사의 목소리가 희미하게 흘러나오고 있었으며, 입을 다물고 있는 수많은 학생들의 기척 또한 느껴졌다. 이것은 인공적으로 만들어진 정적이다.

사쿠타의 발소리가 가장 크게 들렸다.

아무도 없는 복도를 홀로 걸었다. 약간의 고양감, 그리고 쌀알만 한 죄책감을 느끼며, 사쿠타는 남자 화장실 앞을 지났다.

그리고 계단을 통해 1층으로 내려갔다.

딱히 직원용 화장실에 가서 볼일을 보려는 건 아니다.

건물 입구도 지나친 사쿠타는 구석에 있는 내빈용 입구로 향했다. 교무실 또한 이쪽에 있다.

접수창구는 열려 있으며, 거기서는 40대 정도로 보이는 여성 사무원이 대기하고 있었다. 평소 같으면 사무원도 접수처를 지키고 있지 않을 것이다. 하지만 오늘이 특별한 날이라는 점은 접수처 옆에 놓인 『입학 원서 접수』라고 적힌 간판을 보면 알 수 있었다.

오늘은 1월 29일. 어제부터 사흘간, 현립 고등학교의 입학 원서 접수를 받는다.

사쿠타가 시간을 신경 쓴 것은 카에데가 혼자서 입학 원서를 가지고 이곳에 오기로 한 시간이 되었기 때문이다.

하지만 사무실 앞에는 카에데는 물론이고, 원서를 내러 온 다른 중학생도 없었다. 미와코에게 들은 대로, 지금이 사흘간의 제출 기간 중 가장 한산한 시간대라는 건 사실 같았다.

2일 차 오후.

대부분의 학생들은 첫날에 원서를 내거나, 마지막 날까지 고민한 끝에 내는 경우가 많다고 한다.

그래서 카에데는 상의 끝에 오늘 원서를 제출하기로 정했다. 오늘이 남들의 시선이 그나마 덜 몰리는 날인 것이다.

"저기……."

"응?"

사쿠타가 말을 걸자, 여성 사무원은 의아한 표정을 지으며 그를 올려다보았다. 수업 중인데 사쿠타가 이런 곳을 어슬렁거리고 있으니 그런 반응을 보이는 것도 당연했다.

사쿠타는 괜한 질문을 받기 전에 용건을 말하기로 했다.

"아즈사가와 카에데라는 애가 원서를 제출했나요? 제 여동생인데 오랫동안 등교 거부를 했거든요. 그래서 원서를 제대로 내러 왔는지 좀 걱정이……."

사쿠타는 괜히 말을 돌리지 않고 솔직하게 말했다. 그리고 사쿠타가 이 학교의 학생이자 『아즈사가와 사쿠타』라는 점을 증명하기 위해, 교복 안쪽 호주머니에 넣어뒀던 학생수첩을 꺼내서 보여줬다.

여성 사무원은 약간 당황했지만, 곧 상황을 파악했는지 「잠시만 기다리렴」 하고 말하면서 오늘 오후에 제출된 원서 다발을 안쪽에서 확인해줬다.

"아직 오지 않은 것 같구나."

"감사합니다."

사쿠타는 인사를 한 후, 창구에서 벗어났다. 그리고 내빈용 입구를 통해 실내화를 신은 채 밖으로 나갔다.

지붕 끝에 선 그는 교문이 있는 쪽을 쳐다보았다. 우산을 쓴 중학생 같아 보이는 이가 세 명 정도 눈에 들어왔지만, 그들은 카에데가 아니었다. 세 사람 다 바지를 입고 있었던 것이다.

"그 녀석, 진짜로 괜찮은 걸까?"

오늘 아침에 사쿠타가 집을 나서기 전에 「혼자서 미네가하라 고등학교에 원서를 내러 올 수 있겠어?」 하고 카에데에게 물어봤을 때만 해도 카에데는 「괜찮아」 하고 힘차게 말했다.

그 말을 믿고 싶으며, 존중하고 싶지만, 카에데는 최근 며칠 동안 사쿠타한테 토라져 있었다. 그래서 진짜로 괜찮은 건지 믿음이 가지 않았다.

일요일에 마이와 사쿠타가 한 방에 단둘이 있는 광경을 목격한 후로, 카에데는 오빠를 상대로 괜한 고집을 부리기 시작했다.

단둘이서 아침을 먹을 때도, 저녁을 둘이서 먹을 때도, 「여기를 모르겠으니까 가르쳐줘」 하고 부탁할 때도, 항상 불만 섞인 표정을 지었다.

그런 카에데의 모습은 한동안 기다렸는데도 보이지 않았다.

사쿠타는 상황을 살펴보기 위해서 지붕 밑에서 나와 교문 쪽으로 걸어갔다. 우산을 쓰지 않았기에, 바람에 흩날린 눈이 교복에 붙었다. 실내에서 볼 때와는 다르게 눈은 꽤 많이 내리고 있었다. 눈 알갱이가 하나하나가 작아서 지면에 쌓이지 않았던 것 같았다. 곧 사쿠타의 교복은 새하얗게 변했다.

바람도 차가웠다. 난방이 되는 교실로 빨리 돌아가고 싶다는 마음을 억누른 사쿠타는 교문으로 향했다.

그러자, 전철의 접근을 알리는 건널목의 경고음이 들렸다. 교문 쪽에서 보이는 시치리가하마 역을 출발한 전철이 건널목을 건너서 카마쿠라 방면을 향해 천천히 달려갔다. 후지사와 방면에서 온 전철이다. 어쩌면 카에데가 저 전철을 타고 왔을지도 모른다.

경고음이 멎었다.

잠시 후, 역 쪽에서 우산을 쓴 사람들이 나왔다. 교복 위에 코트를 걸친 중학생들이었다. 총 여섯 명이었다. 그들은 약간 거리를 두고 걸으면서 건널목을 건너더니, 교문 옆에 선 사쿠타의 옆을 약간 긴장한 표정으로 지나갔다.

그중에는 카에데가 없었다.

"다음 전철을 타고 오는 걸까……."

사쿠타의 입에서 새하얀 숨결이 흘러나왔다. 손가락 끝이 추위 때문에 얼어붙었다. 낮 시간대에는 전철이 12분 간격으로 운행된다. 일단 건물로 돌아가자고 사쿠타가 생각한

순간, 역 쪽에서 걸어오는 이가 쓴 우산 끝부분이 보였다. 수수하고 눈에 띄지 않는 감색 우산이다.

우산을 앞쪽으로 기울이고 있었기에, 얼굴은 보이지 않았다. 하지만 사쿠타는 그 모습을 보자마자 상대가 카에데라는 것을 깨달았다. 중학교 교복 위에 마이에게 받은 코트를 걸쳤고, 오늘은 양손에 벙어리장갑을 꼈다. 그리고 장갑과 세트로 보이는 머플러를 목에 둘렀다. 눈이 내릴 정도로 추운 날씨라 그런지 검은색 타이츠도 신었다. 오늘 아침에 방에서 나왔던 카에데와 똑같은 복장이었다.

벙어리장갑을 낀 손은 우산 외에도 클리어파일 같은 것을 들고 있었다. 카에데는 때때로 멈춰 서서 그 클리어파일을 확인했다. 아마 사쿠타가 건네준 지도를 보는 것이리라. 요즘 시대에는 스마트폰으로 지도를 볼 수 있지만, 카에데는 과거에 스마트폰을 이용한 교우 관계 탓에 마음의 상처를 입은 적이 있다. 지금도 착신음이나 진동음이 들릴 때마다 몸이 굳어버렸다. 스마트폰을 쓸 수 있는 상황이 아닌 것이다.

카에데는 겨우겨우 건널목 앞의 작고 짧은 다리까지 왔다. 하지만 곧 뭔가를 눈치챈 카에데가 멈춰 섰다.

원서를 제출하고 돌아가는 교복 차림의 여학생들이 눈에 들어왔기 때문이리라. 그 여학생이 옆을 지나갈 때까지, 카에데는 그 자리에서 꼼짝도 못 했다.

카에데는 잠시 휴식을 취한 후, 다시 걸음을 내디뎠다. 하지만 집으로 돌아가는 학생들이 드문드문 있었고, 그들이 스쳐 지나갈 때마다 카에데는 우산을 꼭 쥐며 멈춰 섰다.

"……"

뛰어가서 말을 거는 건 간단했다.

사쿠타가 카에데를 데리고 원서를 제출하러 가도 된다.

하지만, 한걸음씩 앞으로 나아가는 카에데를 보자, 그것은 괜한 배려라는 생각이 들었다.

그래서 사쿠타는 카에데가 눈치채기 전에 학교 건물 쪽으로 돌아갔다.

원서를 제출하고 돌아가는 중학생이 몇 번이나 그의 옆을 지나갔다. 집으로 돌아가던 그들은 눈을 뒤집어쓴 사쿠타를 보더니 의아한 표정을 지었다. 고개를 갸웃거리는 남자애도 있었다. 사쿠타가 제정신이 아니라고 생각하는 것이리라.

사쿠타는 그런 시선을 전혀 개의치 않았다. 전혀 신경 쓰이지 않았다. 알지도 못하는 이들이 자신을 어떻게 생각하든 신경 쓸 바가 아니라는 생각했다.

지금은 그런 자신의 감각을 카에데에게 나눠주고 싶었다. 하지만 그것은 불가능한 일이기에, 사쿠타는 교무실 앞으로 돌아가서 카에데가 도착하기만 기다리기로 했다.

교복에 붙은 눈을 가볍게 털어내며 잠시 동안 기다렸지만, 카에데는 오지 않았다.

5분 후에도, 10분 후에도, 카에데는 나타나지 않았다.

그런데도 끈기를 가지고 기다리자, 내빈용 입구를 통해 카에데가 건물 안으로 들어왔다. 그녀는 우산에 붙은 눈을 떨면서 안으로 들어왔다. 그리고 『입학 원서 접수』라는 간판을 보자, 그제야 안도하며 고개를 들었다.

그런 카에데의 시선이 그녀를 기다리고 있던 사쿠타를 향했다.

"어?"

"어, 는 무슨. 원서 내러 온 거 아냐?"

"으, 응."

사쿠타는 카에데가 들고 있던 우산을 건네받았다. 카에데는 클리어파일을 가방에 넣더니, 벙어리장갑을 낀 손으로 원서 봉투를 꺼냈다. 그 모습을 본 순간, 사쿠타는 위화감을 느꼈다.

카에데는 장갑을 낀 채 접수창구 앞으로 이동했다. 머플러 또한 벗지 않았다.

"자, 잘 부탁드려요."

카에데는 양손으로 쥔 원서 봉투를 여성 사무원에게 내밀었다.

"예. 으음, 아즈사가와 카에데 양이죠?"

원서를 건네받은 여성이 내용을 얼추 확인한 후, 카에데의 얼굴을 쳐다보았다.

"아, 예."

"수령했어요. 시험, 잘 치세요."

"예, 고맙습니다."

카에데는 고개를 꾸벅 숙인 후, 창구에서 벗어났다. 그리고 사쿠타를 향해 종종걸음으로 돌아왔다.

"오빠가 왜 여기 있는 거야?"

"수업 중에 볼일이 급해서 화장실에 갔다가, 이 앞을 지나던 참이야."

"이 학교 화장실은 건물 밖에 있어?"

"왜 그런 걸 묻는 거야?"

"눈이 엄청 붙어 있거든."

카에데는 사쿠타가 입은 교복을 쳐다보았다. 대충 털어냈지만, 아직 눈이 잔뜩 붙어 있었다.

"바닷가라 바람이 세서 그래."

사쿠타는 대충 둘러댄 후, 자신을 지그시 쳐다보고 있는 카에데의 머리에 손을 얹었다.

"왜, 왜 이러는 거야?"

"오늘, 수고 많았어."

"아직 원서만 냈을 뿐이거든?"

카에데는 그렇게 말했지만, 기분이 씩 나쁘지 않은지 배시시 웃었다.

예전에는 하지 못했던 일을 해낸 덕분에, 조금은 자신감이 생겼으리라.

"그럼 나는 돌아갈게."

"기다려, 카에데."

"어, 왜?"

"머플러 좀 풀어봐."

"읔?!"

사쿠타가 느닷없이 그런 소리를 하자, 카에데는 의아해하지 않았다. 그저 깜짝 놀라기만 했다. 그것이 대답이나 다름없었다.

사쿠타는 카에데가 목에 두른 머플러를 향해 손을 뻗었다. 그러자…….

"안 돼!"

카에데는 두 손으로 머플러를 움켜쥐며 그렇게 외쳤다.

완강한 거부였다.

하지만 그 탓에 카에데의 상의 소매가 팔꿈치까지 말려올라가더니, 장갑과 소매 사이의 손목이 드러났다. 햇볕에 타지 않아서 새하얀 피부에는 희미하게 멍 같은 것이 존재했다.

"아냐. 이건……."

카에데는 한 걸음 물러서면서 머플러에서 두 손을 떼더니, 손목을 숨기며 고개를 저었다.

"저기, 카에데."

"괜찮아! 이 정도는 금방 나아!"

카에데는 필사적으로 부정하며 괜찮다는 말만 반복했다. 하지만 그런 마음과는 다르게 목덜미에도 멍이 생겨났으며, 어느새 카에데의 턱 언저리까지 멍이 퍼져나갔다.

"시험도 제대로 칠 수 있어. 고등학교도 다닐 수 있단 말이야!"

카에데는 울먹이면서 그렇게 호소했다.

"그러니까……! 안 된다고 말하지 마! 나도 힘낼 수 있어……!"

카에데는 두려움에 찬 표정으로 사쿠타를 쳐다보았다.

마치, 스스로를 누군가와 비교하고 있는 말처럼 들렸다.

—나도.

대체 누구와 비교하고 있는 걸까.

매일 학교에 다니고 있는 동급생들일까.

그렇지 않은 느낌이 들었다.

아마 카에데가 입에 담은 「나도」라는 말에는, 또 한 명의 자신을 향한 마음이 어려 있을 것이다. 2년 동안, 휴식을 취한 『카에데(花楓)』를 대신해, 최선을 다해왔던 『카에데』를 향한 마음이…….

"저기, 카에데."

"……나, 더 힘낼게."

"너, 왜 미네가하라 고등학교에 진학하려는 거야?"

이유는 왠지 상상이 됐다.

"……."

그렇기에, 사쿠타는 말하기 싫다는 듯이 고개를 돌린 카에데를 추궁하지 않았다.

"뭐, 아무래도 상관없어. 나도 고등학교는 대충 골랐거든."

사쿠타는 그렇게 말하며 카에데의 두 볼을 살짝 꼬집었다.

"……오, 오빠, 뭐 하는 거야?"

"누구도 안 된다는 말은 안 했다고."

"……그래?"

"네가 하고 싶은 일을, 네가 하고 싶은 만큼 할 수 있도록 내가 도와줄게. 다른 누가 반대하더라도 말이지."

"……정말이야?"

카에데는 촉촉이 젖은 눈으로 사쿠타를 올려다보았다. 사쿠타가 볼을 꼬집은 탓에 그녀의 얼굴은 꽤나 우스꽝스러웠다.

"당연히 정말이지. 그 대신, 몸에 멍이 얼마나 생겼는지 나한테 가르쳐줘."

"으, 응……."

카에데의 사춘기 증후군이 완전히 해소되지 않았다는 건 알고 있었다. 조금씩 극복해나갈 수밖에 없다는 것도 이해하고 있다. 카에데가 미네가하라 고등학교에 가고 싶다고 말한 그날, 이런 일이 벌어질 거라는 걸 예상했다.

"집에 돌아가면, 네 온몸을 체크할 거야."

"어? 오빠, 내 몸을 볼 거야?"

"안 보면 어느 정도까지 무리시켜도 되는지 알 수가 없잖아."

"하, 하지만, 부끄럽단 말이야."

카에데가 새빨개진 얼굴을 숙이더니, 기어들어 가는 목소리로 그렇게 말했다.

"네 콧구멍까지 살피지는 않을 거라고."

"모, 몸을 보여주는 게 부끄러운 거야!"

"부끄러워할 만큼 끝내주지도 않잖아."

"그, 그야, 마이 씨에 비하면 완전 통나무지만……."

카에데는 삐친 듯한 표정으로 사쿠타에게 항의했다. 표정은 꽤 부드러워졌다. 틱 언저리까지 퍼져나갔던 멍도 썰물처럼 사라졌다. 그것을 보고 안심한 사쿠타는 카에데의 볼에서 손을 뗐다.

"저기, 카에데."

"으, 응?"

"네가 마이 씨를 비교 대상으로 삼는 것 자체가 주제넘은 짓이야."

"나, 나도 알아. 그래도 오빠한테 그런 소리 들으니까 화나거든?"

"왜?"

"아무것도 아냐."

카에데는 볼을 부풀리면서 사쿠타를 위협했다. 하지만 왠지 우스운 표정 같아 보였기에, 효과는 미미했다.

"사춘기 여동생 같은 소리를 할 기운이 있는 걸 보니, 이제 괜찮나 보네. 혼자서 돌아갈 수 있지?"

"나, 사춘기 여동생 맞거든? 그러니까, 저기…… 오빠는, 그런 것 좀 신경 써."

"어떤 거 말이야?"

"일요일에, 저기, 마이 씨와 방에서 하던 거……."

말을 이으면 이을수록 카에데의 얼굴을 빨개졌고, 목소리는 작아졌다. 뒷부분은 거의 들리지 않을 지경이었다.

"알았어. 카에데가 없을 때 할게."

"정말, 그런 소리도 하지 말란 말이야. 나 이제 돌아갈래."

완전히 기운을 되찾은 카에데가 사쿠타한테서 우산을 빼앗더니, 내빈용 입구를 통해 밖으로 나갔다. 일단 지붕이 있는 곳까지는 배웅할까 싶어 따라가 보니…….

"고마워……."

카에데가 작은 목소리로 그렇게 말했다.

"뭐가 말이야?"

"걱정해줬잖아……. 정말 기뻤어."

"발밑 조심해. 확 미끄러질라."

"그거, 수험생한테는 해선 안 되는 말이거든~?"

카에데는 그렇게 말하며 어이없다는 듯이 웃은 후, 우산을 펼쳐 쓰고 눈이 내리는 건물 밖으로 걸음을 옮겼다. 10미터 정도 나아간 후에 뒤를 돌아본 카에데는 사쿠타가 자신을 쳐다보며 있다는 사실을 알고 배시시 웃었다. 그리고 멀찍이서 살며시 손을 흔들며 집으로 돌아갔다.

　그 후, 카에데의 하루하루는 시험 대비 공부로 점철되었다.
　평일에는 아침부터 중학교에 등교한 후, 양호실에서 공부를 했다. 방과 후에는 바로 집으로 돌아와서 또 공부를 했다. 주말에는 아침부터 밤까지 책상 앞에 앉아 있었다.
　모르는 부분은 사쿠타가 가르쳐줬고, 밤늦게까지 공부를 하는 날이면 야식도 만들어줬다. 마이와 노도카도 시간이 나면 카에데의 공부를 봐줬다.
　그 성과는 날이 갈수록 착실히 드러났으며, 과거 시험 문제를 풀 때마다 카에데의 점수는 좋아졌다. 내신 점수만 있다면 문제없이 미네가하라 고등학교에 합격할 수 있는 수준에 순조롭게 도달했다. 미와코 또한 그 사실에 놀랐다.
　그렇게 2월의 하루하루를 정말 충실하게 보낸 카에데에게 드디어 결전의 날…… 2월 16일, 월요일. 즉, 현립 고등학교의 시험일이 조용히 찾아왔다.

제3장

문을 열고

1

그날 아침. 사쿠타는 「음~, 아침이구나」 같은 느낌을 받으면서 자명종시계가 울리기 전에 눈을 떴다.

이부자리 밖으로 노출된 머리와 볼에 닿은 방 안의 공기는 차가웠다. 침대 안의 온기가 사랑스러운 계절이다. 그 유혹에 진 사쿠타가 다시 잠을 청하려고 눈을 감은 순간, 베갯머리에 둔 자명종시계의 알람이 울렸다.

사쿠타는 반사적으로 이부자리 밖으로 손을 내밀어서 시계의 알람을 껐다. 그리고 반쯤 뜬 눈으로 디지털 표시된 시간을 봤다.

여섯 시 정각. 2월 16일. 월요일.

학교에 갈 준비를 하기에는 아직 이른 시간이다.

평소 같으면 알람을 잘못 맞춘 스스로를 저주하면서도, 다시 잠을 청할 수 있다는 행복을 곱씹으며 눈을 감았을 것이다.

하지만, 사쿠타는 따뜻한 온기로 유혹하는 이부자리에서 벌떡 일어났다. 그리고 하품을 하면서 침대에서 나왔다. 그리고 아직 반밖에 뜨지 못한 눈으로 앞을 바라보며 방을 나섰다.

우선 세면장에 가서 세수를 했다. 그리고 손을 씻은 후, 입을 헹궜다.

거실에 가보니, 커튼 사이로 아침햇살이 쏟아지고 있었다. 어둑어둑한 부엌에서는 뭔가가 끓는 소리가 들렸다. 그쪽을 쳐다보니, 밥솥이 낮은 소리를 내면서 증기기관차처럼 김을 뿜고 있었다.

밥이 곧 다 지어질 것 같았다. 사쿠타가 거실의 커튼을 걷으며 부엌을 둘러보니, 그의 예상대로 밥솥의 램프가 보온으로 바뀌어 있었다.

사쿠타는 어젯밤에 쌀을 씻어서 아침에 밥이 지어지도록 세팅을 해뒀다.

자기 할 일을 마친 밥솥의 옆을 지나간 사쿠타는 냉장고 앞으로 이동했다. 그리고 냉장고 안에서 양파를 꺼내 껍질을 벗겨서 잘게 다진 후, 그것을 프라이팬에 넣고 볶았다.

양파가 갈색으로 변하자, 이번에는 다진 고기와 우유, 달걀, 빵가루, 향신료인 육두구를 조리용 볼에 넣고 반죽했다. 그 안에 볶은 양파를 투입한 다음, 소금과 후추를 뿌리고 계속 반죽했다.

그러자, 햄버그 반죽이 완성됐다.

한 입 사이즈로 나눠서 뭉친 다음, 기름을 두른 프라이팬에 그것을 넣고 구웠다.

고기가 익는 맛있는 향기가 피어올랐다.

양면이 바삭하게 익자, 사쿠타는 불을 낮추고 프라이팬에 뚜껑을 덮었다. 이제 내부까지 익도록 찌기만 하면 된다.

남은 햄버그 반죽을 하나로 뭉쳐서 래핑한 후, 냉장고에 넣었다. 그것은 사쿠타의 점심 반찬이다.

사쿠타는 빈 화구에 프라이팬을 얹었다. 이번에는 네모난 프라이팬이었다.

적당히 달궈졌을 즈음, 잘 저은 달걀물을 부어서 달걀말이를 완성했다. 접시 위에 그것을 놓은 후, 한 입 크기로 잘랐다.

완성된 햄버그도 같은 접시에 담았다.

음식에서 풍겨 오는 맛있는 향기가 식욕을 자극했다. 참다못한 사쿠타는 달걀말이 하나를 입에 넣었다. 사쿠타는 희미하게 단맛이 감도는 달걀말이를 맛보면서 밥솥을 열었다. 갓 지은 밥에서 수분을 잔뜩 머금은 김이 피어올랐다.

주걱으로 정성스레 섞은 후, 조리대에 펼쳐둔 비닐랩 위에 주먹밥을 만들 밥을 올려놓았다. 그것을 두 개 준비했다.

그 후, 잠시 동안 대기했다.

밥이 약간 식었을 즈음, 매실장아찌와 명란젓을 밥 안에 넣고 주먹밥을 쥐었다.

그리고 주먹밥에 김을 두른 후, 2단으로 된 도시락 통에 넣었다. 아래 칸은 주먹밥 두 개로 가득 찼다. 위 칸에는 햄버그, 달걀말이를 넣은 다음, 양배추와 방울토마토를 곁들였다. 그 후, 어제 만들어둔 감자 샐러드를 추가하자 도시락이 완성됐다.

"뭐, 이 정도면 됐겠지."

사쿠타는 자신이 만든 음식에 만족했지만, 작업을 멈추지 않았다. 식빵을 토스트기에 넣은 후, 깨끗하게 씻은 프라이팬을 가스레인지에 올려서 버터를 녹였다. 그리고 버터가 녹자 우유를 섞은 달걀물을 흘려 넣었다. 그리고 주걱을 이용해 달걀이 단숨에 익지 않도록 섞었다. 잠시 후, 달걀물이 서서히 단단해졌다. 촉촉하면서도 폭신폭신한 느낌이 된 것이다.

달걀이 딱딱해지기 전에 불을 끈 후, 사쿠타는 접시 위에 완성된 스크램블에그를 담았다. 그리고 익힌 문어 모양 비엔나소시지도 곁들였다.

토스트기에서 튀어나온 잘 익은 토스트도 담아서 식탁으로 옮겼다. 그리고 사쿠타는 카에데의 방 앞에 서더니…….

"아침이니까 일어나."

문을 열면서 방 안을 향해 그렇게 말했다.

침대 위에서는 이불을 뒤집어쓴 동그란 물체가 꿈틀거리고 있었다. 그리고 「으음~」 하고, 숨소리인지 잠꼬대인지 분간이 안 되는 신음 소리만이 들렸다.

"오늘 시험 치는 날이잖아. 이러다 지각할 거야."

사쿠타가 그렇게 말하자, 카에데는 허둥지둥 이불 밖으로 얼굴을 쏙 내밀었다.

"오빠, 지금 몇 시야?!"

"일곱 시."

"뭐야. 아직 지각할 시간이 아니잖아."

카에데는 안심했는지 한숨을 내쉬었다.

"깜짝 놀랐네."

침대에서 나온 카에데가 사쿠타의 얼굴을 쳐다보며 볼을 부풀렸다. 하지만 카에데가 불만을 토하기도 전에 그녀의 입에서 하품이 먼저 나왔다. 눈을 보니 아직 졸린 것 같았다.

카에데는 자신의 얼굴을 쳐다보고 있는 사쿠타의 시선이 신경 쓰이는지…….

"어제, 좀처럼 잠을 잘 수가 없었거든."

딱히 묻지도 않았는데, 변명을 하듯 졸린 이유를 말해줬다.

"잠이 안 올 정도로 흥분할 이유라도 있었어?"

"나, 오늘 시험을 치잖아. 알면서 묻지 좀 마."

카에데는 불만을 표시하듯 입술을 삐죽 내밀었다.

"시험 도중에 졸리면 어쩌지…….."

"괜찮아."

사쿠타는 가벼운 어조로 그렇게 말했다.

"하나도 괜찮지 않거든?"

하지만 사쿠타를 올려다보는 카에데의 눈동자는 불안 때문에 흔들리고 있었다.

"다른 수험생들도 긴장해서 잠을 못 잤을 테니까, 괜찮을 거야."

"정말 그럴까?"

카에데의 표정에서는 불안이 사라지지 않았다.

"다들 마찬가지일 거야."

"그래. 나도 남들과 마찬가지인 거구나."

카에데는 약간 안심했는지 입가에 옅은 미소가 어리더니, 곧 사쿠타를 쳐다보았다.

"오빠도 그랬어?"

"너무 긴장해서, 시험 도중에 화장실에도 갔지."

"그러면 더 긴장될 것 같아."

"참고로 작은 볼일이 아니라 큰 볼일이었어."

"아침부터 불결한 소리 좀 하지 마."

카에데는 난처한 듯이 웃으면서 방 밖으로 나갔다. 식탁에 놓인 아침 식사를 보자, 카에데는 「아」 하고 환한 목소리로 탄성을 질렀다.

"스크램블에그, 맛있을 것 같아……."

"식기 전에 세수하고 와."

"응."

카에데는 발소리를 내며 세면장을 향해 종종걸음으로 뛰어갔다. 물소리가 들리더니, 헹구는 소리가 들렸고…… 그로부터 몇 초 후, 잠기운이 완전히 달아난 카에데가 돌아왔다.

두 사람은 식탁을 사이에 두고 마주 앉았다.

"잘 먹겠습니다."

"잘 먹겠습니다."

수저를 손에 쥔 카에데가 스크램블에그를 떠서 입에 넣었다. 갓 만들어서 김이 날 뿐만 아니라, 촉촉하고 폭신폭신했다.

이 스크램블에그는 마이에게서 배운 방식으로 만들었다. 마이가 이 집에 놀러 와서 몇 번 만들어준 적이 있고, 그때마다 카에데는 맛있다고 노래를 부르며 먹었다.

그래서 사쿠타는 시험 당일 아침에 스크램블에그를 만들기로 일찌감치 정해뒀다. 카에데가 조금이라도 더 기분 좋게 시험을 치러 갈 수 있도록…….

카에데를 보니, 아무래도 작전은 성공한 것 같았다. 카에데는 행복해 보이는 표정으로 수저를 놀리고 있었다.

"마이 씨가 만들어준 스크램블에그 같아."

카에데는 싱글벙글 웃으면서 천천히 식사를 했다.

맛있는 아침 식사 덕분에 카에데가 기분 좋게 시험을 치러 갈 수 있다면, 평소보다 좀 일찍 일어나는 것 정도는 일도 아니다.

유일한 문제점은 카에데의 식사 페이스가 평소보다 느리다는 점이다. 원래 빨리 먹는 편이 아니지만, 한 입 한 입 맛보면서 식사를 하는지라 카에데는 아직 반도 먹지 못했다.

"빨리 안 먹으면 진짜로 지각할 거야."

사쿠타는 먼저 자리에서 일어나더니, 자신의 식기를 싱크대로 가져갔다.

"허겁지겁 먹기에는 아깝단 말이야."

아침 식사를 느긋하게 즐길 여유가 있는 걸 보면, 오늘 시험도 별 무리 없이 칠 것 같은 느낌이 들었다.

"그렇게 맛있으면 내일 또 만들어줄 테니까, 빨리 먹어."

"하지만 마이 씨가 만든 스크램블에그가 더 맛있었던 것 같아."

이렇게 건방진 소리까지 하는 것을 보면, 걱정 안 해도 될 것이다.

"당연하지. 나의 마이 씨가 만든 거잖아."

"⋯⋯."

카에데는 수저를 문 채, 아무 말 없이 사쿠타를 쳐다보았다.

"왜 그래? 내 등 뒤에 유령이라도 있어?"

사쿠타는 고개를 돌려 등 뒤를 살폈지만, 거기에는 벽뿐이었다.

"오빠는 좀 이상해."

"어디가 말이야?"

"방금은 「그렇지 않아」, 「그럼 먹지 마!」 같은 소리를 해야 하지 않을까?"

"그래?"

"응."

"애인이 칭찬을 받았으니 기뻐하는 게 정상 아냐?"

"듣고 보니 그런 것 같기도 하지만······."

"하지만, 뭐?"

"오빠 같은 사람은 흔치 않을 거야."

"그건 카에데가 아직 세상을 잘 모르기 때문일걸?"

사쿠타는 대충 대답을 하면서 부엌 한편에서 식혀뒀던 2단 도시락을 포갰다. 그리고 뚜껑을 씌우고 고무밴드로 고정시킨 후, 젓가락통과 함께 냅킨으로 감쌌다. 그리고 그것을 들고 식탁 쪽으로 향했다.

식사 페이스를 올린 카에데는 마지막 남은 문어 모양 비엔나소시지를 입에 넣고 있었다. 그리고 그것을 꼭꼭 씹었다. 사쿠타는 그런 카에데의 앞에 냅킨으로 싼 도시락을 놓았다.

"이거, 까먹지 말고 챙겨 가."

카에데의 시선이 그 꾸러미를 향했다.

그리고 카에데는 입안의 음식을 삼킨 후······.

"이게 뭐야?"

······하고 물었다.

"뭐로 보여?"

"도시락."

"딩동댕."

"편의점에서 주먹밥을 사 갈 거라고 내가 어제 말했지?"

"필요 없으면, 내가 점심때 먹어야겠네."

사쿠타는 도시락을 회수하기 위해 손을 뻗었다. 그러자 카에데가 두 손으로 도시락을 채갔다. 그리고 그것을 꼭 끌어안았다.

　"필요하거든?"

　"그렇게 흔들어대면 반찬이 한쪽으로 쏠릴 거야."

　"……."

　카에데는 도시락 통을 조심조심 테이블에 내려놨다. 그리고 서 있는 사쿠타를 올려다보며 입을 열었다.

　"저, 저기, 오빠."

　"맛없어도 불평은 하지 마."

　"부, 불평할 거야. 아, 그게 아니라……."

　카에데는 자신의 말허리를 끊은 사쿠타를 향해 항의 섞인 시선을 보냈다.

　"……도시락 싸줘서 고마워. 정말 기뻐."

　"별거 아냐."

　사쿠타는 카에데가 깨끗하게 비운 접시와 컵을 들었다.

　"내가 가져다 놓을게."

　카에데가 뒤늦게 자리에서 일어났다.

　"일찍 집을 나서고 싶지? 카에데는 먼저 옷 갈아입어."

　전철이 지연되는 사태가 벌어질지도 모르는 데다, 카에데는 남의 시선을 신경 쓰는 만큼 수험생들이 몰리는 시간대를 피해 이동하는 편이 좋을 것이다. 그러기 위해 좀 일찍 이동하려는 것이다.

 뒷정리를 맡기로 한 사쿠타는 식기를 싱크대로 가져갔다. 카에데는 그런 오빠의 등을 쳐다보며…….

 "오빠, 고마워."

 ……하고 또 말했다.

 "옷 갈아입고 나면 거실로 와."

 "응."

 카에데는 힘차게 대답하더니, 방으로 들어갔다.

 사용한 식기를 얼추 씻은 후, 사쿠타도 방에 들어가서 교복으로 갈아입었다. 그리고 거실에 가보니, 고양이인 나스노가 문이 반쯤 열려 있던 카에데의 방에서 나왔기에 밥그릇에 사료를 줬다. 나스노는 「냐옹~」 하고 기운차게 울음소리를 낸 후, 사료를 열심히 먹었다.

 나스노가 사료를 다 먹었을 즈음에 카에데도 방에서 나왔다.

 중학교 교복 위에 코트를 걸치고, 머플러와 장갑, 그리고 두꺼운 검은색 타이츠로 추위 대책을 완벽하게 마쳤다. 꽤 따뜻해 보이는 복장이었다. 하지만 가방을 어깨에 걸친 카에데의 표정은 긴장 때문에 딱딱하게 굳어 있었다. 그건 어쩔 수 없다. 긴장하지 말라는 말을 듣는다고 긴장이 풀린다면, 누구도 긴장 같은 건 하지 않으리라. 그래서 사쿠타는 다른 말을 입에 담았다.

"수험표는 챙겼어?"

"응."

카에데가 살며시 고개를 끄덕였다.

"도시락도 챙겼지?"

"챙겼어."

카에데는 아까보다 힘차게 고개를 끄덕였다.

"필기도구는?"

"빠짐없이 챙겼어."

"그럼 빠뜨린 건 없는 거지?"

"응…….."

카에데는 그렇게 말했지만, 곧 「아」 하고 외치면서 뭔가를 눈치챈 반응을 보였다. 그리고 이유를 말하지 않으며 방 안으로 들어갔다. 그리고 문을 소리 나게 닫자, 나스노가 약간 놀랐다.

방 안에서는 당황 섞인 발소리가 들려왔다.

"왜 저러지?"

사쿠타는 발치에 있는 나스노에게 말을 걸었지만, 대답이 없었다. 그 대신 카에데의 방문이 열리면서 그녀가 밖으로 나왔다.

복장에는 딱히 변화가 없었다. 아까보다 어깨에 멘 가방의 끈을 세게 움켜쥐고만 있었다. 그리고 약간 굳은 표정

안에 결의 같은 것이 깃들어 있는 느낌이 들었다.

"이제, 괜찮아!"

뭐가 괜찮다는 건지는 모르겠지만, 아까보다 기운이 넘치는 것 같으니 개의치 않기로 했다.

"벌써부터 그렇게 기를 쓰다간 제풀에 지칠 거야."

"지, 진짜로 괜찮아."

"그럼 가자."

여기서 계속 이야기를 나눈다고 카에데의 긴장이 풀릴 리가 없다. 그렇게 생각한 사쿠타는 앞장서서 현관으로 향했다.

신발을 신은 후, 카에데가 준비를 마칠 때까지 기다렸다.

"……"

카에데는 준비가 다 끝났다는 듯이 아무 말 없이 고개를 끄덕였다. 그러자 사쿠타는 거실에서 얼굴을 내민 나스노에게 「집 잘 보고 있어」 하고 말하면서 밖으로 나갔다.

문을 잠근 후, 엘리베이터를 탔다. 엘리베이터는 바로 1층까지 내려갔고, 두 사람은 맨션 건물 밖으로 나갔다.

차가운 겨울 공기 때문에 입김이 새하얗게 변했다. 사쿠타도, 카에데도……

사쿠타는 자신보다 걸음이 느린 카에데의 보폭에 맞춰 나아갔다. 두 사람은 후지사와 역으로 향하고 있었다. 도중에 횡단보도의 빨간불에 멈춰 섰고, 파란불이 될 때까지 기다렸다가 다시 걸음을 옮겼다. 대로로 나간 그들은 사카이강에 걸린 다리를 건넜다.

카에데는 그동안 단 한 마디도 하지 않았다. 사쿠타 또한 아무 말도 하지 않았다. 카에데가 생각에 잠긴 것 같은 표정을 짓고 있었기 때문이다. 지금까지 공부한 것을 머릿속으로 떠올리고 있는 것이리라. 그걸 방해할 수는 없다.

시험 생각으로 머릿속이 가득 차 있는 건 카에데에게 있어 좋은 일이라고 생각한다. 집중하는 동안에는 타인의 눈길도 신경 쓰이지 않을 것이니, 사춘기 증후군의 발병도 피할 수 있을 것이다.

이번 시험을 무사히 치른다면, 이 일은 카에데에게 큰 자신감을 안겨줄 것이다. 카에데가 그 자신감을 조금씩 키워나가면서, 타인의 시선과 의견을 과도하게 의식하지 않게 되었으면 한다.

지금은 머지않아 자신감으로 탈바꿈할 한 줌의 용기에 힘입어, 첫걸음을 내디뎠을 뿐이다.

무섭지만, 카에데는 힘내고 있다. 힘내기로 결심했기에⋯⋯.

"⋯⋯오빠, 왜 그래?"

사쿠타가 자기를 쳐다본다는 걸 눈치챈 카에데가 작은 목소리로 그렇게 말했다. 「아무것도 아냐」하고 말하면 카에데가 괜히 신경 쓸 것 같았기에⋯⋯.

"그 머플러, 좋아 보이네."

⋯⋯하고 말했다.

"마이 씨한테 받은 거야. 정말 따뜻해."

카에데는 자랑하듯 그렇게 말하며 웃음을 흘렸다.

"역시 나의 마이 씨야."

"오빠는 툭하면 그 소리라니깐."

어찌 된 영문인지 카에데는 약간 삐친 것 같았다.

혼자라면 걸어서 10분 걸릴 거리를 카에데와 함께인지라 평소의 곱절인 20분 걸려서 이동한 사쿠타는 후지사와 역에 도착했다. 가전제품 양판점 앞의 계단을 한 칸씩 내려간 후, 입체 보행로 위에 섰다.

일찍 나온 덕분에 역 주위에는 출근 중인 회사원이 많았다. 교복을 입은 중고생은 사쿠타가 학교에 다니는 시간대에 비해 적었다.

하지만, 오다큐 에노시마 선과 JR의 역사 안은 평소와 마찬가지로 환승을 하는 손님들로 붐비고 있었으며, 정신을 다른 곳에 팔았다간 카에데와 떨어지고 말 것 같았다.

그 위험을 재빨리 눈치챈 카에데는 사쿠타가 무슨 말을 하기도 전에 오빠의 등에 딱 붙었다. 두 사람은 그대로 혼잡한 역사 안을 지나 역의 남쪽 출입구를 통해 밖으로 나갔다.

두 사람의 걷고 있는 연결 통로의 끝에는 백화점 빌딩이 있었다. 아직 문을 열지 않은 그 빌딩의 입구 앞에서 오른쪽으로 향하자, 에노전 후지사와 역이 보였다.

두 사람은 발권기 앞에서 멈춰 섰다.

카에데가 직접 표를 사러 갔다. 돈을 넣고 버튼을 누른 후, 기계에서 나온 표를 뽑은 카에데가 돌아왔다. 그런 카에데는 으스대는 것 같은 표정을 짓고 있었다.

"이 오빠도 전철표 정도는 뽑을 수 있다고."

"알아."

카에데는 사쿠타가 자신이 생각한 것과 다른 반응을 보이자, 재미없다는 듯이 입술을 삐죽 내밀었다.

사쿠타는 그런 카에데와 함께 몇 미터 앞에 있는 개찰구로 향했다.

"내릴 역 헷갈리지 마."

"시치리가하마 역이라면 원서 낼 때도 가봤으니까 괜찮아."

머플러로 볼을 가린 카에데는 어린애 취급을 당하는 게 불만인 것 같았다.

"뭐, 할 만큼 했으니까 할 수 있는 데까지 해보고 와."

"응."

사쿠타는 여기까지만 동행하기로 했다. 이제 카에데는 혼자서 시험장인 미네가하라 고등학교에 가서, 혼자서 시험을 친 후, 혼자서 돌아올 것이다.

사쿠타는 며칠 전에 카에데와 그렇게 하기로 정했다.

사쿠타는 자신이 학교까지 따라가서, 학교 측에 카에데가 등교 거부를 오랫동안 해왔다는 사정을 알린 후, 빈 교실에서 시험이 끝날 때까지 기다리겠다는 의견을 내놨다. 하지만 카에데가 「남들과 똑같이 할래」하고 말하며 그것을 거부했다.

미와코와도 상의해본 결과, 카에데의 생각을 존중해주기로 했다. 그것이 전일제 고등학교에 다니는 것의 전제 조건이기도 하기 때문이다. 만약 합격을 해서 미네가하라 고등학교에 다니게 되면, 카에데는 혼자서 3년 동안 등하교를 해야 한다. 이것은 오늘만의 문제가 아닌 것이다.

"무슨 일 있으면, 선생님에게 말해."

"응."

"그럼 나는 돌아갈게."

"아, 잠깐만. 오빠……."

카에데는 돌아가려 하는 사쿠타를 불러 세웠다.

"응?"

"……."

카에데는 할 말이 있는 것 같았지만 좀처럼 입을 떼지 못했다. 어깨에 걸친 가방의 끈을 꼭 움켜쥐기만 했다.

"하고 싶은 말이 있으면 시험 도중에 신경 쓰이지 않게 전부 말해. 나중에 이 일이 신경 쓰여서 시험에 집중 못 했다, 같은 변명을 늘어놓으면 내가 곤란하다고."

"그런 소리 안 해."

"그럼 할 말이 뭔데?"

"저, 저기 말이야."

카에데는 말을 잇기 힘든지 고개를 숙였다.

"응."

"나도 힘낼게."

"적당히 힘내라고."

"정말, 나는 진지하게 이야기하고 있는 거란 말이야."

"더 힘내서 어쩔 거냐고."

"아무튼, 나도 힘낼 거야."

카에데는 결의에 찬 눈길로 사쿠타를 쳐다보았다. 그런 그녀의 뒤편에 존재하는 역 플랫폼에 녹색과 크림색을 띤 고풍스러운 느낌의 전철이 들어왔다.

소리로 그걸 안 카에데도 뒤를 돌아보며 확인했다.

"자, 전철이 왔어."

"응. 배웅해줘서 고마워."

카에데는 사쿠타를 향해 손을 흔든 후, 표를 넣고 개찰구를 통과했다. 그리고 고개를 돌려 사쿠타가 아직 쳐다보고 있다는 걸 확인하더니, 약간 멋쩍은 미소를 지으면서 종종걸음으로 전철을 향해 걸어갔다.

그리고 탑승객들 가장 뒤편에 선 다음, 무사히 승차했다.

그 전철이 출발한 후, 사쿠타는 개찰구를 벗어났다.

사쿠타는 왔던 길을 따라 돌아갔다. 다시 오다큐 선과 JR의 역사 안을 지나 역의 북쪽으로 빠져나갔다. 입체 보행로의 계단을 내려가고 있을 때, 카에데가 한 말이 생각났다.

　—나도 힘낼게.

　사쿠타는 그 짤막한 말이 마음에 걸렸다. 「나도」의 「도」는 누구를 포함한 「도」인 걸까.

　이 세상에는 힘내고 있는 사람이 잔뜩 있다.

　카에데처럼 수험생인 이들도 마찬가지다.

　사쿠타도 1년 후의 대학 수험에 대비해, 나름 노력하고 있다.

　마이도 연예계 활동을 열심히 하고 있다. 노도카 또한 아이돌로서 최선을 다하고 있으리라. 그 외에도 힘내고 있는 사람이라면 얼마든지 있을 것이다.

　하지만, 카에데가 입에 담은 「도」는 그들을 가리키는 말이 아니다. 어느 단 한 명뿐인 인물을 향한 말이다.

　카에데로서는 의식할 수밖에 없는 존재.

　카에데는 만난 적이 없지만, 절대 잊을 수 없는 존재.

　또 한 명의 자기 자신.

　"하긴, 신경 쓰지 말라는 게 무리겠지."

2

　카에데를 후지사와 역까지 배웅한 후, 혼자서 집으로 돌아온 사쿠타는 일단 실내복으로 갈아입었다. 교실이 시험장으로 쓰이기 때문에, 오늘은 수업을 하지 않는다.

벗은 양말을 세면장으로 가져가서, 욕실 앞에 있는 세탁기에 집어넣었다. 그리고 세탁물 바구니 안에 있던 세탁물도 넣고, 세탁기를 돌렸다.

빙글빙글 돌고 있는 옷가지들을 잠시 동안 멍하니 쳐다보던 사쿠타는 그것에도 질렸는지 이번에는 청소기를 꺼냈다.

거실, 부엌, 현관, 그리고 사쿠타와 카에데의 방에 있던 먼지가 청소기에 빨려 들어갔다. 얼추 청소를 마쳤을 즈음, 세탁기가 삐삐 소리를 내며 사쿠타를 불렀다.

"예~ 예~, 지금 갑니다~."

청소기를 집어넣고 세면장에 간 사쿠타는 탈수가 완료된 세탁물을 한 장씩 펼쳐서 널었다. 사쿠타의 셔츠와 사쿠타의 팬티. 카에데의 잠옷과 카에데의 팬티.

그러고 보니 예전에 자기 속옷은 자기가 빨겠다고 카에데가 말했던 것 같은 느낌이 들지만, 오늘까지 그 발언은 실천에 옮겨지지 않았다.

딱히 세탁물 중에서 팬티 한두 장이 줄더라도 사쿠타가 빨래에 들여야 하는 수고에는 큰 차이가 없다. 그러니 아무래도 상관없지만……

세탁을 마친 후, 사쿠타는 나스노를 데리고 방으로 돌아왔다. 난방을 켠 후, 책상에 앉았다. 일찍 일어난 만큼 낮잠을 자고 싶었지만, 카에데는 지금쯤 열심히 시험을 치고 있을 것이다. 그러니 사쿠타도 공부를 하기로 했다.

사쿠타가 펼친 것은 수학 문제집이다. 대학 입시 대책용 문제집이었다. 그는 2차 함수에 관한 문제를 공책에 풀기 시작했다.

 책상 위에는 물리, 영어 참고서와 문제집이 예닐곱 권 정도 쌓여 있었다. 전부 최근 2주 사이에 늘어난 것이다. 사쿠타가 직접 산 것이 아니다. 마이가 카에데에게 공부를 가르쳐주러 올 때마다 이런 책이 늘어만 갔다.

 반 정도는 새 책이다. 그리고 다른 절반은 마이가 공부할 때 쓰던 책이었다. 겉으로는 수험 공부를 하는 기색을 전혀 보이지 않았지만, 마이에게서 물려받은 문제집을 보니 꽤 손때를 탄 것 같았다. 마이가 그런 책을 「이번에는 이걸로 공부해」 하고 말하면서 내밀자, 사쿠타는 순순히 받을 수밖에 없었다.

 덕분에 사쿠타의 방은 조금씩, 그리고 착실하게 수험생 방으로 변해가고 있었다. 마이에 의해서 말이다.

 이제 불합격은 용납되지 않는 분위기였다. 하지만 마이의 바람을 들어주기 위해서라도, 나름대로 최선을 다할 수밖에 없다. 열심히 했는데도 떨어진다면, 마이도 용서해줄 것이다. 아마도……

 수학 문제집의 문제는 술술 풀렸다. 2차 함수 다음은 삼각 함수. 1학년 때 수업에서 배웠던 범위다.

 마이와 사귀게 된 후로 시험 전이면 그녀에게 과외를 받았다. 그 덕분인지, 센터 시험 레벨의 문제라면 의외로 간단히 풀 수 있었다. 하지만 일반 입시와 2차 시험 레벨의 어려운 문제에는 바로 막히고 말았다.

수학도, 물리도, 여러 분야를 포함하는 문제가 많아지는 것이 막히는 요인이다. 어떤 문제인지 이해하지 못하면 푸는 방법을 알 수 없거나, 명백하게 틀린 답이 나오는 것이다. 수험생들이 2학년 여름부터 준비를 시작하는 이유가 조금이나마 이해되었다.

그런 문제와 약 두 시간가량 악전고투를 했을 때였다.

집중을 하고 있던 사쿠타의 배에서 「꼬르륵」 하는 소리가 났다. 그 소리를 듣고 배가 고프다는 것을 느꼈다. 시계를 보니 어느새 낮 열두 시가 약간 지났다.

"밥이나 먹을까."

혼잣말 삼아 한 말이지만, 그 말에 대한 대답이 들렸다. 침대 위에서 몸을 동그랗게 말고 있던 나스노가 고개를 들면서 「냐옹~」 하고 울음소리를 낸 것이다.

사쿠타는 공책과 문제집을 펼쳐둔 채로 자리에서 일어나 나스노와 함께 방을 나섰다.

먼저 나스노에게 사료를 준 후, 사쿠타는 자신이 먹을 점심을 준비하기 위해 냉장고를 열었다. 그가 꺼낸 것은 아침에 만든 햄버그 반죽이다.

한가운데를 꾹 누른 후, 프라이팬으로 구웠다. 양면이 바삭하게 익자, 약불로 낮췄다. 햄버그가 익는 사이, 사쿠타는 아침에 지은 밥을 동그란 접시에 담았다. 남아 있던 감자샐러드를 곁들인 후, 구운 햄버그도 그 접시에 담았다. 하와이풍 원플레이트 메뉴 같았다. 그게 실제로 어떤 건지 잘 알지는 못하지만 말이다.

사쿠타는 하와이 느낌이라고는 눈곱만큼도 없는 거실에 있는 코타츠로 그 접시를 들고 간 후, 코타츠를 켜고 식사를 시작했다. 햄버그도 잘 구워졌고, 맛도 괜찮았다. 이 정도면 카에데도 만족할 것이다.

도중에 별생각 없이 텔레비전을 켜보니, 정보 버라이어티 프로그램이 하고 있었다.

매일같이 매진 사례가 벌어지는 인기 디저트 가게를 개그맨과 모델이 경쟁하며 돌아다녔고, 찾는 메뉴의 유무에 따라 기뻐하거나 슬퍼했다.

사쿠타가 햄버그를 먹으면서 멍하니 화면을 보다 보니, 다음 가게에 도착하기 직전에 화면이 바뀌면서 광고가 나왔다.

"아."

사쿠타가 탄성을 터뜨린 것은 잘 아는 인물이 텔레비전에 나왔기 때문이다.

마이다.

하늘에서 내리는 눈에 의해 새하얗게 물든 세계. 어느 조그마한 역의 플랫폼에 붉은색 머플러를 두른 마이가 멍하니 서 있었다.

아마 지난달에 나가사키에서 찍었다는 광고가 이것이리라. 큐슈에도 큰 눈이 내렸으며, 그 눈을 맞으며 촬영을 했다는 말을 마이에게서 들었다.

누군가를 기다리고 있는 건지, 화면에 나온 마이의 얼굴에는 안타까움이 어려 있었다. 대사는 없었다. 새하얀 입김을 토하면서 눈을 살짝 내리깐 후, 초콜릿을 입에 넣었을 뿐이다. 『눈처럼 입에서 살살 녹는 그 느낌이 어떤가』라는 내레이션이 나오는, 겨울 한정 초콜릿 광고였다. 15초 분량의 광고 마지막에는 마이가 이곳에 찾아온 누군가를 발견하며 카메라 쪽을 쳐다보았다. 그리고 빙긋 미소 지었다.

마지막 표정이 정말 인상적인 광고였다. 분명 마이 이외의 다른 사람은 저 역할을 소화하지 못할 것이다.

"역시 나의 마이 씨는 귀엽네."

하지만 오늘, 이 타이밍에 마이가 출연한 초콜릿 광고를 보니 기분이 복잡했다.

2월 중순인 16일.

이틀 전은 2월 14일. 즉, 밸런타인데이였다.

하지만, 사쿠타는 이 사흘 동안 마이를 만나지 못했다. 목소리도 듣지 못했다.

마이는 13일부터 교토에서 촬영 중이다. 일이 바쁜지 전화도 오지 않았다.

사쿠타는 원망 섞인 눈길로 집에 있는 전화기를 쳐다보았다. 그러자, 사쿠타의 소망이 하늘에 닿기라도 한 것처럼 바로 이 타이밍에 전화기가 울렸다.

　"왠지 운명적인걸."

　사쿠타는 마이에게서 온 전화였다면 좋겠다는 기대를 가슴에 품으며 코타츠 밖으로 나갔다. 리모컨으로 텔레비전의 볼륨을 낮춘 후, 전화기의 화면을 보니 눈에 익은 열한 자리 번호가 표시되어 있었다.

　마이의 스마트폰 전화번호였다.

　사쿠타는 수화기를 들어서 귓가에 댄 후……

　"저기, 마이 씨."

　불만 섞인 목소리로 말했다.

　"왜?"

　마이는 미심쩍은 목소리로 대답했다. 사쿠타가 뜻밖의 반응을 보였기 때문이리라.

　"밸런타인데이라는 걸 알기는 해요?"

　사쿠타는 개의치 않으며 질문을 던졌다.

　"모르는 사람도 있어?"

　마이는 사쿠타를 바보 취급하는 듯한 어조로 그렇게 말했다.

　"마이 씨는 모르는 것 같아서요."

　"알아."

마이는 약간 삐친 어조로 그렇게 말했다.

"그럼 며칠인데요?"

"이틀 전인 2월 14일이잖아?"

"그럼 뭐 하는 날인데요?"

"사쿠타한테 있어서는, 내 애정이 듬뿍 담긴 초콜릿을 받고, 초콜릿보다 달콤한 한때를 보내는 날일걸?"

"구체적으로는 바니걸 차림의 마이 씨의 무릎을 베고 누워서, 마이 씨가 먹여주는 초콜릿을 먹을 예정이었던 날이에요."

"그랬다간 초콜릿이 기관지에 들어갈 거야."

마이는 어이없다는 듯이 웃음을 흘렸다.

"그것보다, 카에데 양은 어때?"

게다가 낙담한 사쿠타의 심정을 깔끔하게 무시하면서 화제까지 바꿨다. 하지만 마이에게는 그쪽이 본론일 것이다.

"나에 관한 이야기를 좀 더 하면 안 돼요?"

"아침에 스크램블에그는 만들어줬어?"

유감스럽게도 사쿠타의 소망은 깔끔하게 무시당했다. 아예 들은 척도 하지 않았다.

"만들어줬어요. 엄청 기뻐하면서 먹던데요."

사쿠타는 삐치고 싶은 심정을 억누르면서 마이에게 아침에 있었던 일을 보고했다. 스크램블에그를 만드는 법은 마이에게 배웠으니, 결과를 알려주는 게 당연했다. 도리에 비쳐 생각해봐도 그게 옳다.

"그래. 다행이야."

"덕분에 카에데는 아침부터 힘차게 시험을 치러 갔어요. 아마 지금쯤 내가 만들어준 도시락을 먹고 있을 거예요."

사쿠타가 건성으로 대답하며 텔레비전을 쳐다보니, 화면 오른편 상단에 있는 시계가 오후 한 시를 가리키고 있었다.

"오전 시험 과목은 영어, 국어, 수학이지?"

"예."

오후에는 사회와 이과(理科) 두 과목을 치른다. 그 후, 18일까지 사흘 동안 학생들의 면접이 진행된다. 카에데의 면접은 마지막 날인 18일이며, 오늘은 남은 두 과목의 시험만 치고 집에 돌아올 것이다.

"세 시 정도에는 끝나겠네."

"아마도요."

집에는 네 시경에 돌아올 것이다.

"걱정돼?"

"내가 걱정을 한다고 시험 점수가 좋아지진 않잖아요."

"사쿠타는 오늘 뭐 했어?"

"마이 씨에게 칭찬을 받으려고 공부를 했어요."

"그래. 참 잘했어."

마이는 약간 귀찮은 투로 그렇게 말했다.

"상이 받고 싶네~."

"다음에 리본을 목에 두르고 사쿠타의 집에 가면 돼? 밸런타인에 아무것도 못 해준 것에 대한 사과도 겸해서 말이야."

사쿠타가 투정을 부리자, 마이는 농담 투로 그렇게 말했다.

"꼭 그렇게 해주세요!"

"수험이 끝난 후에 말이야."

"카에데의 수험 말이죠?"

사쿠타는 가장 빨리 끝나는 수험을 언급했다. 오늘 시험을 치고 있으니, 가장 빨리 끝난다.

"아냐."

마이는 당연한 듯이 고개를 저었다.

"그럼 역시 내 시험이죠?"

그것은 적어도 1년 후에야 끝난다. 『다음에』치고는 너무 미래의 일이다. 게다가 합격 여부는 사쿠타의 노력에 달려 있는 것이다. 사쿠타는 무심코 「하아」 하고 한숨을 내쉬었다.

"사쿠타, 그때까지 기다릴 수 있겠어?"

마이는 낙담한 사쿠타에게 장난기 섞인 웃음을 흘리며 그렇게 말했다.

"예?"

마이가 예상과는 다른 대답을 하자, 사쿠타는 무심코 얼빠진 목소리를 냈다.

"그런 건 내 수험이 끝난 후에 하자."

마이의 목소리가 약간 작아졌다. 약간의 부끄러움, 그리고 그 부끄러움을 숨기기 위한 웃음기가 어린 목소리였다.

"정말요?"

"뭐야. 안 기쁜 거야?"

물론 사쿠타는 기뻤다. 하지만……

"마이 씨라면 내가 대학에 합격할 때까지 자기 몸에 손가락 하나 대지 못하게 할지도 모른다고 생각했거든요."

"그랬다간 나도 사쿠타의 몸을 만질 수 없잖아."

"마이 씨, 욕구불만이에요?"

"야한 의미로 한 말이 아냐."

사쿠타가 농담으로 한 말에, 마이는 평범한 톤으로 대답했다. 사쿠타는 그 말에서 미세한 위화감을 느꼈다. 사쿠타가 이런 말을 했을 때, 평소의 마이라면「그럼 진짜로 사쿠타가 대학에 합격할 때까지 없었던 일로 할 거야」하고 협박을 했을 것이다. 그리고 필사적인 사쿠타를 놀리며 즐거운 듯이 웃음을 흘리리라.

"마이 씨, 무슨 일 있어요?"

"무슨 뚱딴지같은 소리야? 아무 일도 없거든? 촬영도 순조로워."

그렇게 말한 마이의 목소리는 자연스러웠으며, 아까 느껴졌던 위화감 또한 사라졌다. 하지만 사쿠라지마 마이에게 그 정도는 아무것도 아니다. 아역 시절부터 연기력으로 정평이 났던 진짜배기 여배우인 것이다.

그래서 사쿠타는 자연스럽게…….

"지금 바로 마이 씨를 꼭 안아주러 가도 돼요?"

……하고 물어보았다.

"료코 씨가 화낼 테니까 오지 마."

마이는 사쿠타의 말을 농담 취급하며 웃어넘겼다. 그 목소리는 맑고 시원시원했다. 전혀 그늘지지 않았다. 진심으로 사쿠타와의 대화를 즐기고 있는 느낌이었다. 사쿠타가 좋아하는 마이 그 자체…….

"사쿠타는 카에데 양을 집에서 기다려줘. 카에데 양한테는 사쿠타가 기다리는 집으로 돌아오는 것까지가 오늘의 시험이잖아."

사쿠타가 무슨 말을 할지 생각하고 있을 때, 마이가 그렇게 말했다.

"아, 미안한데 료코 씨가 부르네. 이제 가봐야겠어."

"마이 씨, 고마워요."

"응?"

"사흘 만에 목소리를 들어서 정말 기뻐요."

"앞으로 출장 촬영 때는 매일 전화를 해줄게. 그리고 내일은 돌아갈 거야. 그럼 끊을게."

마이는 상냥한 목소리로 그렇게 말한 후, 전화를 끊었다. 아까부터 귓가에서 느껴지던 마이의 기척이 순식간에 사라졌다.

더 이상 수화기를 들고 있어봤자 소용없기에, 사쿠타는 수화기를 내려놨다.

"마이 씨는 지금 교토의 어디쯤에 있을까……."

지금 바로 출발할 경우, 가장 빨리 도착할 수 있는 교통수단은 무엇일까. 오다큐에서 열차를 타는 것보다, 신 요코하마에 가서 고속철도를 타는 편이 빠를 것 같았다.

그런 생각을 하고 있을 때, 또 전화가 왔다.

"마이 씨, 뭔가 할 말을 깜빡한 걸까."

사쿠타는 수화기를 향해 손을 뻗으면서 전화기 디스플레이에 표시된 전화번호를 확인했다. 방금과는 다른 번호였다. 익숙한 지역 번호로 시작되는, 익숙하지 않은 번호였다.

하지만, 그렇기 때문에 어떤 예감이 들었다. 좋지 않은 예감이……

"여보세요."

사쿠타는 얼굴에서 표정을 지우며 전화를 받았다.

"아, 저는 미네가하라 고등학교의 교사인……."

그 남성의 목소리는 귀에 익었다. 사쿠타의 담임이었다.

"저예요, 선생님. 아즈사가와 사쿠타예요."

"음, 아즈사가와냐."

상대방의 딱딱한 어조가 약간 누그러졌다. 하지만 목소리에 담긴 긴장감은 사라지지 않았다. 사쿠타는 전화번호를 보자마자 그 이유를 짐작했다.

"카에데에게…… 제 동생에게 무슨 일 생겼나요?"

사실 학교 측에는 카에데에 관해 알려뒀다. 오랫동안 등교 거부를 해왔으며, 어쩌면 시험 도중에 그녀의 몸에 문제가 생길지도 모른다는 것을 말이다.

"아, 그래. 점심시간에 몸이 좀 안 좋아진 것 같구나."

"……."

"지금 양호실에서 쉬고 있는데…… 누구와도 이야기하고 싶지 않은 눈치거든."

이런 상황이 벌어질 가능성을 고려하지 않았던 것은 아니다. 충분히 있을 수 있는 일이라고 생각했다. 하지만 그런 일이 벌어지지 않으면 된다고 생각했으며, 카에데가 요즘 들어 노력하는 모습을 보니 어떻게든 되지 않을까 하고 기대하기도 했었다.

그래서 담임의 말을 듣자마자 충격을 받았다.

하지만 사쿠타는 충격에 사로잡혀 있을 수 없다.

"아즈사가와, 학교에 올 수 있겠냐?"

"지금 바로 갈게요."

그렇게 대답한 순간, 사쿠타의 마음은 침착해졌다.

"부모님에게도 연락을 드리고 싶은데……."

"제가 하겠어요."

"그래? 알았다. 그럼 기다리마."

사쿠타는 그 말을 끝으로 수화기를 귀에 댄 채 전화를 끊었다. 그리고 아버지의 핸드폰으로 전화를 걸었다. 그리고 신호가 몇 번 간 후, 자동응답으로 연결됐다.

"점심시간에 카에데의 몸이 나빠졌다는 연락을 받았어. 지금 바로 가볼게. 나중에 다시 연락할게."

사쿠타는 용건만 간략하게 전한 후, 수화기를 내려놓았다.

반 정도 남아 있던 점심을 억지로 위에 밀어 넣은 후, 사쿠타는 서둘러 옷을 갈아입고 겉옷을 손에 쥐며 현관 밖으로 뛰쳐나갔다.

3

사쿠타는 오늘 아침에 카에데와 20분 동안 걸었던 후지사와 역까지의 길을 겨우 5분 만에 주파했다.

어깨를 들썩이면서 에노전 후지사와 역에 도착했을 때, 플랫폼에 카마쿠라행 전철이 서는 광경이 보였다. 교통카드를 개찰기에 대면서 통과한 사쿠타는 출발 벨이 울리는 와중에 전철 안으로 뛰어 들어갔다.

곧 전철 승차구의 문이 닫혔다.

천천히 달리기 시작한 전철은 느릿느릿 선로를 따라 이동하더니, 다음 역인 이시가미 역에 도착했다. 승객 몇 명이 타고 내리더니, 또 전철은 달리기 시작했다.

서둘러야 할 이유가 없다면 이 속도가 신경 쓰이지 않을 것이다. 아니, 바닷가 마을에 어울리는 고풍스러운 분위기의 열차가 따분할 수 있는 통학로에 정서를 더해주고 있었다.

하지만 서둘러 학교에 가야 하는 사쿠타는 속이 타들어 가는 것만 같았다. 하지만 다음 정차 역에 도착했을 즈음, 그 초조함은 자연스레 사라졌다.

전철에 탄 관광객의 웃음소리, 그리고 이 마을에 사는 이들의 분위기가 천천히 달리는 전철의 속도와 조화를 이루고 있었다. 이질적인 건 바로 사쿠타라는 사실을 눈치챈 것이다.

사쿠타는 좀 진정하라는 말을 들은 느낌을 받으며 비어 있는 자리에 앉았다.

사실 사쿠타가 안절부절못한다고 해서 달라지는 것은 없다. 전철의 속도가 빨라지지도 않으며, 카에데를 위해서라도 사쿠타는 진정하는 편이 좋다.

아버지가 와줄 거라는 보장은 없으며, 카에데가 의지할 상대는 사쿠타뿐인 것이다.

사쿠타는 이마에 맺힌 땀을 닦으며 마음을 진정시켰다. 깊게 숨을 들이마신 후, 시간을 들여 천천히 숨을 토했다. 그것을 몇 번이나 반복하다 보니, 역을 향해 뛰면서 초조해졌던 마음도 점점 진정됐다.

평소와 다름없는 페이스인 전철이 달리기 시작하고 약 15분 후, 전철은 시각표대로 사쿠타를 시치리가하마 역에 데려다줬다.

역 근처에 있는 미네가하라 고등학교의 교문을 서둘러 통과한 사쿠타는 내빈용 출입구로 향했다. 학생용 출입구보다 양호실에 가깝기 때문이다.

멋대로 슬리퍼를 꺼내고, 신발을 벗어서 아무렇게나 둔채 건물 안으로 들어갔다. 아직 시험 중인 학교 안에서는 독특한 정적이 감돌고 있었다. 어렴풋이 인기척이 느껴지기는 하지만, 소리는 거의 들리지 않았다. 겨울의 차가운 공기와 함께, 숨죽인 긴장감만이 사쿠타의 피부를 자극했다.

그것을 떨쳐내듯, 사쿠타는 발소리를 내면서 복도를 성큼성큼 나아갔다.

양호실 앞에는 사쿠타에게 전화를 했던 담임이 있었다. 사쿠타를 보더니 기특하다는 표정을 지었다.

"아즈사가와, 빨리 왔구나."

"서둘렀거든요."

사쿠타는 당연하다는 듯이 그렇게 대답한 후, 「제 동생은요?」 하고 작은 목소리로 말했다.

"안에서 쉬고 있는데……."

담임은 양호실 문을 쳐다보며 짤막하게 말했다. 카에데에 대한 구체적인 이야기는 하지 않았다. 그저 당혹스러운 표정만 짓고 있었다.

"죄송해요. 폐를 끼쳤네요."

사쿠타는 고개를 살짝 숙였다.

"학교 측이야말로 도움이 되지 못해 미안하구나. 네 동생에 관한 이야기는 미리 들었는데 말이지."

"아뇨, 괜찮아요. 연락 주셔서 감사합니다."

사쿠타는 그렇게 말하며 양호실의 문을 열었다. 가능한한 소리를 내지 않으려 하면서…….

양호실 안쪽에 놓인 책상 앞에는 양호 선생님이 등을 보이며 앉아 있었다. 사쿠타가 문을 열자, 의자를 돌리며 돌아앉았다.

시선이 마주쳐서 인사를 하자, 양호실 선생님은 아무 말없이 커튼이 쳐진 침대를 손가락으로 가리켰다. 카에데가 저기서 자고 있다는 신호다.

커튼 틈으로 안에 들어간 사쿠타는 침대 옆에 놓인 원형 의자에 앉았다.

카에데는 눈앞의 침대에 없었다. 아니, 카에데의 모습은 보이지 않았다. 보이는 건 봉긋하게 부푼 이불뿐이다.

"카에데."

사쿠타가 말을 걸자, 침대 위의 동그란 덩어리가 움찔했다. 아무래도 잠들지는 않은 것 같았다.

"나야. 얼굴 좀 내밀어볼래?"

"……."

카에데는 대답하지 않았다. 이번에는 움찔거리지도 않았다.

"어디 아픈 거야?"

"……."

이번에도, 대답하지 않았다.

아마 사쿠타가 오기 전에도 계속 이런 상태였으리라. 그래서 담임은 말문이 막혔고, 양호 선생님 또한 자리를 지키고 있지만 카에데와 거리를 두고 있었으리라. 누군가가 자신의 곁에 있는 것 자체가 카에데에게는 고통스러운 일이니까 말이다.

"점심시간에 몸이 나빠졌다며? 선생님한테 들었어."

"……."

"설마 내가 만든 도시락 때문이야? 그럼 미안해."

이번에도 대답을 하지 않을 거라고 생각했다. 하지만……

"……도시락, 맛있었어."

약간 갈라진 목소리가 이불 안에서 흘러나왔다.

"그럼 너무 맛있어서 컨디션이 나빠진 걸지도 모르겠네."

"……아냐."

카에데는 약간 감정적이 된 듯한 목소리로 말했다.

"……아침에 일찍 출발해서……."

"응."

"학교에도 남들보다 일찍 도착했는데……."

"그랬구나."

"교실에 나보다 먼저 온 애가 두 명 있었어……."

"3위면 표창대에 서겠네. 동메달이야."

사쿠타가 농담을 했지만, 카에데는 피식 웃지도 않았다.

"처음에는 교실에 들어가는 게 무서웠지만…… 안에 들어 갔는데 아무도 나를 쳐다보지 않았어. 그래서 무사히 자리에 앉았고……."

"일찍 집을 나서기 잘했네."

"응. 그 후로 사람이 점점 늘어났지만, 다들 시험 직전이라 공부를 했어……. 아무도 나를 신경 쓰지 않았어."

"다들 필사적이네."

합격인가, 불합격인가. 둘 중 하나뿐인 갈림길. 실패하면 아무것도 보이지 않게 되며, 눈앞이 깜깜해지고 만다. 중학생에게 있어서는 중요한 일인 것이다.

"그 후에 벨이 울렸고, 시험에 관한 설명을 받았어……. 그리고 시작된 1교시 영어 시험은 엄청 쉽게 풀었어."

목소리 톤이 약간 밝아졌다.

"그랬구나."

"노도카 씨가 가르쳐준 문제가 나와서, 마음속으로 쾌재를 외쳤다니깐."

"토요하마는 고학력 아이돌을 목표로 삼고 있거든."

금발 날라리 같은 외모와 다르게, 공부를 잘한다.

"2교시인 국어도 마이 씨한테서 배운 한자 구분 문제가 나와서 맞췄어."

"역시 나의 마이 씨야."

"3교시 수학 시험에도 오빠한테서 푸는 법을 들었던 인수 분해가 나왔어……."

"제대로 푼 거야?"

"응. 풀었어."

"열심히 공부한 보람이 있네."

미네가하라 고등학교에 진학하기로 정한 날부터 시험일인 오늘 사이에 그렇게 긴 시간이 존재하지는 않았다. 약 한 달. 하지만 카에데는 그 한정된 기간 동안 정말 열심히 공부했다고 생각한다. 밤늦게까지 공부했고, 그러다 필름이 끊긴 것처럼 잠든 적도 몇 번이나 있었다.

"오빠와 마이 씨, 노도카 씨 덕분에 오전 시험은 잘 쳤어."

"다행이네."

"정말 잘 쳤는데……."

말을 이을수록 카에데의 목소리가 점점 젖어들었다. 그리고 훌쩍이는 소리가 섞이며 점점 갈라졌다.

"점심때도 도시락이 정말 맛있어서…… 오후에도, 힘내자고, 생각했어……."

카에데는 어금니를 깨물면서 떨리는 목소리로 그렇게 말했다.

"그랬구나."

"그런데…… 그런데……."

"……응."

"나는 구제 불능이야. 진짜 구제 불능이야!"

조용한 양호실에 카에데의 새된 목소리가 울려 퍼졌다.

"뭐가 구제 불능이라는 거야. 오전 시험은 잘 쳤다며?"

"……같은 교복을 입은 애가 있었어."

"……."

"화장실에 가다, 복도에서…… 눈이 마주쳤는데……."

같은 교복을 입었다는 건, 카에데와 같은 교복을 입고 있었다는 의미다. 카에데가 겨우 양호실 등교를 시작한 중학교의 교복 말이다. 즉, 같은 중학교에 다니는 동급생이다. 시험을 치르는 교실이 다른 건 카에데가 사람들이 몰리지 않은 날에 원서를 냈기 때문이다. 같은 학교 학생들과 함께 원서를 내러 오지 않은 것이다. 그런 만큼, 같은 중학교의 학생과는 수험번호가 차이 날 것이다.

"그 애가 쳐다본다고 생각하니까…… 무서워지면서, 기분이 나빠지더니…… 손도, 발도, 배도, 몸 전체가 아프기 시작했고…… 멍이 퍼져나가면서, 꼼짝도 할 수가 없었어……. 시험, 쳐야 하는데……."

카에데는 훌쩍이면서 몸을 부르르 떨었다.

"힘내고 싶었는데…… 남들이 있는 교실에 돌아가고 싶었는데, 돌아가야 한다고 생각하면 할수록, 가슴이 옥죄어들면서…… 돌아가는 게, 무서워지더니…… 아까 전까지 괜찮았는데, 두려움에 휩싸이면서……."

온몸을 부르르 떨고, 노력하지 못한 스스로를 한탄하며, 이불 속 어둠에 둘러싸인 채 울고 있다.

"카에데는 충분히 힘냈다고 생각해."

"그렇지 않아."

사쿠타가 그렇게 말하자, 카에데는 더욱 울음을 터뜨렸다.

"힘냈으니까, 카에데는 지금 이렇게 분한 거잖아."

"흑!"

카에데는 사쿠타의 말을 듣고 흔들렸지만…….

"힘내지 않았어!"

새된 비명에 가까운 목소리로 그 말을 부정했다.

"전혀 힘내지 못했어……. 최선을 다하지 못했단 말이야……."

카에데는 우직하게 그 말만 반복했다.

"완전 구제 불능에…… 힘내지 못했어. 힘내고 싶었는데…… 나는……."

"카에데는 힘냈어. 옆에서 지켜본 내 말이니까, 믿어도 돼."

물론 그것은 사쿠타의 진심에서 우러난 말이었다. 아니, 오히려 지나치게 노력했을 정도다. 그러나 사쿠타의 말은 카에데의 마음까지 전해지지 않았다.

"또 한 명의 나는 훨씬 힘냈잖아!"

비통한 외침이 또 양호실에 울려 퍼졌다. 신경이 쓰인 모양인지 양호 선생님이 커튼 사이로 얼굴을 비추자, 사쿠타는 눈빛을 통해 「괜찮아요」라고 말했다. 그러자 양호 선생님은 고개를 끄덕이며 자기 자리로 돌아갔다.

"……."

"……."

남겨진 것은 사쿠타와 카에데의 침묵이다.

아까까지만 해도 신경 쓰이지 않았던 스토브의 작동음이 명확하게 들렸다.

카에데에게 건넬 말을 찾고 있지만, 정답이 뭔지 짐작조차 되지 않았다.

—또 한 명의 나는 훨씬 힘냈잖아!

떨리는 마음으로 그렇게 외친 카에데의 슬픔에 버금가는 강도를 지닌 말이, 흔할 리가 없다.

먼저 입을 연 이는 바로 카에데였다.

"전부, 또 한 명의 나 덕분이야……."

"카에데의 노력은 카에데만의 것이야."

그것이 엄연한 사실이다.

"마이 씨가 상냥한 것도, 노도카 씨가 상냥한 것도, 또 한 명의 내가 힘냈기 때문인걸……."

카에데는 이불을 뒤집어쓴 채 오열 섞인 목소리로 울었다.

"또 한 명의 내가…… 전부 준 거야. 다른 사람들의 상냥함을 나에게 줬어……. 그런데, 나는…… 아무것도 못 해……."

카에데의 마음이 깊은 슬픔에 빠져드는 것이 느껴졌다.

"열심히 공부했는데…… 마이 씨와 노도카 씨, 오빠에게 보답할 수 없어. 또 한 명의 나에게…… 나는 보답할 수가 없단 말이야……."

카에데는 그게 너무 슬퍼서 울고 있는 것이다.

"보답 같은 건 안 해도 돼."

그 누구도 보답을 바라고 카에데를 응원한 게 아니다. 본심을 말하자면, 사쿠타는 카에데가 미네가하라 고등학교에 다니기를 애초에 바라지도 않았다. 그것이 유일한 정답이라고 생각하지 않는 것이다.

더욱 중요한 것이 있다. 더욱 단순하고, 간단한 것이 말이다.

카에데가 행복하기를, 행복을 느끼며 살아가기를, 사쿠타는 소망하고 있을 뿐이다. 별것 아닌 일로 웃고, 그런 나날이 나쁘지 않다고 생각하며 살아가기를 바랄 뿐……. 사쿠타는 카에데가 그런 행복을 느끼길 바라고 있었다.

"그렇지 않아!"

하지만 카에데는 그런 사쿠타의 마음을 알아주지 못했다. 지금의 카에데에게는 보답이 그 무엇보다 중요하며, 사쿠타가 그것을 바라고 있을 거라 생각하고 있는 것이다.

"예전의 내가 나은 거야……."

머리가 그 말의 의미를 이해한 순간, 경악 혹은 초조와 비슷한 감정이 사쿠타의 온몸을 휩쓸고 지나갔다. 그 후에야 사쿠타는 그 감정이 이루 말할 길 없는 분함이라는 사실을 눈치챘다.

"저기, 카에데."

그런 사쿠타의 입에서 나온 말 속에는 희미한 분노가 어려 있었다. 카에데를 향한 분노가 아니었다. 카에데가 이런 소리를 하게 만든 현실을 향한 분노다.

"오빠도 또 한 명의 내가 낫다고 생각하지……?"

"윽!"

사쿠타는 말로 형용할 수 없는 뜨거운 감정을 느끼며 의자에서 벌떡 일어섰다. 몸 안에서 이해할 수 없는 기분이 소용돌이쳤다. 불꽃의 소용돌이다. 그것이 입 밖으로 튀어나오려던 순간…….

"아즈사가와, 잠시 나 좀 보자."

다른 이에게 방해를 받았다.

커튼을 걷으면서 얼굴을 내민 이는 사쿠타의 담임인 남성 교사였다.

"……."

사쿠타는 무심코 아무 말 없이 상대를 노려보았다.

"나중에 다시 올까?"

자신의 시선 때문에 약간 당황한 담임을 본 사쿠타는 마음을 조금이나마 진정시킬 수 있었다.

"……괜찮아요. 무슨 일이죠?"

"방금 시험이 끝났다는 연락을 받았다. 네 동생의 짐이 아직 교실에 있어."

사쿠타는 그 말을 듣고 카에데를 향해 고개를 돌렸다.

"……."

카에데는 여전히 이불을 뒤집어쓰고 있었다.

마음이 거칠어진 상태에서 이야기를 나눠본들, 감정에 휘둘리기만 할 뿐이다. 그러니 사쿠타는 담임을 향해 「알았어요」 하고 대답했다.

그리고 카에데를 향해 「잠깐 갔다 올게」 하고 말한 사쿠타는 대답을 듣지 않고 침대 곁을 떠났다.

담임이 데려간 곳은 2학년 1반 교실이었다.

평소에 사쿠타가 수업을 듣는 교실이다. 카에데는 이곳에서 시험을 친 것이다.

사쿠타의 책상에서 시험을 치지는 않았지만, 카에데가 자신에게 익숙한 풍경 속에 있었다고 생각하니 왠지 감개무량했다.

"뒷일은 맡겨도 되지? 나는 해야 할 일이 있거든."

담임은 왠지 미안해하는 듯한 표정을 지으며 그렇게 말했다.

"예. 감사합니다."

"무슨 일 있으면 불러라."

사쿠타가 고개를 끄덕이자, 담임은 마주 고개를 끄덕인 후에 교실을 나섰다.

교실에는 사쿠타 혼자뿐이었다.

사쿠타는 교탁 앞을 지나 창가로 향했다. 창가의 앞에서 네 번째 자리에만 필기도구와 수험표, 그리고 가방이 놓여 있었다.

이 자리에서는 시치리가하마의 바다가 잘 보였다. 지금은 태양이 서쪽으로 기울어서 왠지 쓸쓸한 분위기를 자아내고 있었지만, 날씨가 좋은 오전에는 기분 좋은 경치를 볼 수 있을 것이다.

"바다를 볼 여유는 없었겠지만……."

카에데는 교실에 들어서자마자 고개를 살짝 숙인 채 자리로 이동했을 것이다. 자리에 앉고, 수험표와 필기도구를 꺼낸 후, 아무와도 시선을 마주치지 않기 위해 쭉 고개를 숙이고 있었을 게 틀림없다.

왠지 그게 아쉬웠다.

사쿠타는 그런 생각을 하면서 카에데의 가방 안에 수험표와 필기도구를 넣었다. 바로 그때, 손이 가방 안에 있던 두꺼운 공책에 닿았다.

"이건……?"

눈에 익은 공책이었다. 사쿠타가 산 공책이니 기억하는 게 당연했다. 사쿠타가 『카에데』에게 준 공책이다. 표지에는 『아즈사가와 카에데』라고 적혀 있었다.

평생 잊지 못할 『카에데』와의 2년간이 담긴 일기다.

"일부러 가지고 왔구나."

시험에 필요한 게 아니다. 일기에 유효한 시험 대책이 적혀 있지도 않을 테니까 말이다.

하지만 카에데는 공책을 가방에 넣고, 이 장소까지 함께 왔다.

사쿠타의 손이 자연스럽게 그 공책을 향했다.

가방에서 꺼내서 가볍게 훑어보았다.

그러자, 몇 번이나 펼쳐보며 접힌 듯한 페이지가 활짝 펼쳐졌다.

그 페이지에는 『카에데』의 글씨체가 적혀 있었다. 『카에데』가 정성 들여 쓴 말들이 거기에 가득 적혀 있었다.

사쿠타는 그 안에서 어떤 문장을 발견했다.

—오빠와 같은 고등학교에 다니고 싶어요. 그게 카에데의 꿈 중 하나예요.

그 문장을 본 순간, 몸속 깊은 곳이 뜨거워졌다. 그 열기는 단숨에 코끝까지 치솟더니, 사쿠타의 눈시울을 뜨겁게 만들었다.

반사적으로 고개를 치켜들며 참지 않았다면, 공책에 눈물이 떨어졌을 것이다.

"그랬, 구나……."

쥐어짜 낸 목소리에는 아직 뜨거운 눈물이 어려 있었다.

짐작은 했다. 아마 그럴 거라고 상상은 했다. 하지만, 이렇게, 『카에데』의 말을 본 순간, 뜨거운 마음이 사쿠타의 가슴을 쳤다.

그렇다. 그랬던 것이다. 그래서, 카에데는 미네가하라 고등학교를 고집했다.

그것이 『카에데』의 소원이었기에……

열심히 힘내줬던 또 한 명의 자기 자신. 카에데가 쉬고 있었던 2년 동안, 필사적으로 살아줬던 『카에데』의 꿈이니까…… 『카에데』가 이루지 못했던 꿈이니까…….

또 한 명의 자신에게 보답하고 싶어서, 카에데는 미네가하라 고등학교에 가고 싶다는 말을 했던 것이다.

그리고 합격하기 위해, 매일같이 최선을 다했다.

그랬기에 오늘, 점심시간에 몸 상태가 나빠진 자기 자신을 저렇게 탓하고, 사쿠타에게 그런 말까지 한 것이다.

─오빠도 또 한 명의 내가 낫다고 생각하지……?

천천히 심호흡을 하자, 마음이 진정됐다. 그러자 사쿠타는 천천히 『카에데』의 일기를 덮었다. 그리고 그것을 가방에 넣었다.

그 후, 카에데의 코트를 챙긴 사쿠타는 2학년 1반 교실을 나섰다.

복도를 따라 나아간 그는 1층으로 내려갔다.

걸음을 옮기던 사쿠타는 양호실을 지나쳤다.

사쿠타가 향한 곳은 교무실 앞이다. 복도 구석에 놓여 있던 공중전화의 수화기를 들었다.

그리고 10엔짜리 동전 몇 개를 연이어 넣었다.

"……."

사쿠타는 열한 자리 숫자를 아무 말 없이 눌렀다.

그것은 사쿠타가 가장 최근에 외운 전화번호였다.

신호음이 세 번 정도 들린 후, 전화가 연결됐다.

"여보세요……?"

경계심이 어린 여자애의 목소리가 들렸다.

"토요하마? 나야, 아즈사가와."

"역시 사쿠타구나."

"공중전화 같은 걸 이용하는 사람은 이 세상에 나뿐이거든."

"갑자기 무슨 일이야?"

노도카는 사쿠타의 말을 무시하며 용건을 물었다.

"너한테 부탁이 있어."

그러자 사쿠타는 단도직입적으로 그렇게 말했다.

"……뭐?"

노도카는 사쿠타의 말이 뜻밖인지 약간 놀란 듯한 목소리로 그렇게 말했다.

"토요하마만이 들어줄 수 있는 부탁이야."

사쿠타가 한 번 더 말을 건네자, 그의 목소리에서 뭔가를 느낀 건지…….

"그 부탁이란 게 대체 뭔데?"

⋯⋯하고, 노도카가 말했다.

4

2월 16일부터 18일까지 시험장으로 쓰이느라 휴강이었던 미네가하라 고등학교의 수업이 다시 시작되자, 교내에는 드디어 졸업 분위기가 감돌고 있었다.

고등학교 수험과 같은 시기에 사립 대학의 시험도 진행됐다. 이미 수험에서 해방된 3학년도 있으며, 수업 재개 다음 날인 2월 20일이 되자 학교 안에서는 약간 들뜬 웃음소리가 들렸다.

1, 2주 전의 날 선 분위기와는 명백하게 달랐다.

사쿠타는 그런 학교 분위기의 변화를 피부로 느끼면서, 점심도 먹지 않고 도서실로 향했다.

딱히 읽고 싶은 책이 있는 것은 아니다. 빌리고 싶은 책도 없다. 사쿠타가 일부러 추운 복도를 걸으며 도서실로 향한 이유는 딱 하나다.

마이와 약속을 했기 때문이다.

사쿠타는 닫혀 있던 슬라이드식 문을 열었다.

그러자 도서실 안의 정적이 복도로 흘러나오는 것 같았다.

사쿠타는 도서실 안으로 들어갔다. 그리고 손을 등 뒤로 돌려서 문을 닫은 후, 인기척이 느껴지지 않는 도서실 안을 나아갔다.

　난방이 잘 된 실내의 나무 책장 사이를 조용히 나아갔다.

　사쿠타보다 큰 책장 사이로 나아가자, 창가 자리에 앉아 있는 사람 한 명이 눈에 들어왔다.

　등을 꼿꼿이 편 뒷모습.

　윤기 넘치는 긴 흑발.

　마이다.

　사쿠타가 다가가는데도, 마이는 그의 인기척을 눈치채지 못했다.

　그것을 의아하게 생각하며 사쿠타가 더 다가가보니, 마이는 두 귀에 이어폰을 꽂고 있었다. 책상 위에는 공책과 수험 대책용 문제집이 펼쳐져 있었다. 하지만 마이의 의식은 손에 쥔 스마트폰의 화면을 향하고 있었다.

　꽤나 집중하고 있는 건지, 마이는 사쿠타가 다가오는 것을 눈치채지 못했다. 기회를 잡았다고 생각한 사쿠타는 두 팔을 뻗더니, 마이를 등 뒤에서 감싸듯이 꼭 끌어안았다.

　"……."

　화들짝 놀랄 거라고 생각했지만, 마이는 비명을 지르는 것은 고사하고 깜짝 놀라며 벌떡 일어서지도 않았다. 사쿠타가 끌어안았는데도 몸이 굳지 않았다. 아무래도 사쿠타가 온 것을 눈치채고 있었던 것 같았다.

　약간 실망한 사쿠타의 코끝을 달콤한 향기가 스치고 지나갔다.

"마이 씨한테서 엄청 좋은 냄새가 나네."

그것만으로도 기운이 났다.

"냄새 맡지 마."

마이는 웃으면서 사쿠타의 이마에 꿀밤을 놨다.

"아야."

"호들갑 떨지 마."

사쿠타의 반응을 본 마이는 간지럽다는 듯이 웃음을 흘렸다. 뜻밖에도 계속 포옹 중인 사쿠타에게 벌을 주지 않았다. 「이제 그만 떨어져」 같은 소리도 하지 않았다.

"……."

"……."

마이는 사쿠타의 행동을 받아들인 채, 지금도 느긋하게 스마트폰을 보고 있었다.

그 점에서 거꾸로 불안을 느낀 사쿠타가 질문을 던졌다.

"마이 씨."

"왜?"

"이렇게 안고 있어도 돼요?"

"물론이지. 겨울이잖아."

마이는 장난스러운 어조로 그렇게 말하며 사쿠타를 도발했다.

"겨울은 진짜 최고네."

1년 365일이 항상 겨울이었으면 좋겠다.

"그래도 이상한 곳을 만지면 화낼 거야."

"마이 씨한테 이상한 곳은 없는데요?"

사쿠타의 손이 은근슬쩍 마이의 가슴 쪽으로 향했다.

"지금 바로 떨어져줄래?"

"마이 씨한테 이상한 곳이 없다는 말은 진심인데 말이죠."

"……"

무언의 압력이 무서운 나머지, 사쿠타는 순순히 손을 원래 위치로 되돌렸다. 마이는 사쿠타에게 어깨까지만을 만질 수 있게 허락했다. 그래도 마이의 몸에서 나는 샴푸 향기를 맡을 수 있고, 심장 박동과 체온 또한 느껴졌다. 좋아하는 사람과 이렇게 몸을 밀착시키고 있으니 왠지 마음이 편안해졌다.

"마이 씨, 뭘 보고 있어요?"

사쿠타는 마이의 어깨 너머에서 그녀가 들고 있는 스마트폰을 쳐다보았다. 화면에는 CG 가공이 된 영상이 나오고 있지만, 그것이 무엇인지는 알 수가 없었다.

그러자 마이는 이어폰 하나를 빼서 사쿠타에게 넘겨줬다. 그것을 왼쪽 귀에 꽂자, 경쾌한 음악과 함께 여성의 평온한 목소리가 들렸다.

"SNS를 중심으로 인기를 얻고 있는 건데, 요즘 중고생 사이에서 유행이래. 얼마 전에 함께 촬영했던 같은 사무소의

애가 가르쳐줬어."

마이는 그렇게 말하면서 사쿠타에게도 화면이 잘 보이도록 스마트폰을 기울였다. 어딘가 신비롭고 몽환적인 분위기가 감도는 영상이 음악에 맞춰 바뀌고 있었다. 스토리성을 지닌 듯한 그 영상은 처음에는 잔잔하다가, 도중부터 감정에 호소했으며, 그리고 후렴 부분에서 속내를 폭발시켰다. 뮤직비디오…… MV라고 하는 걸까.

어딘가에서 들어본 적이 있는 것 같은 느낌도 들었다. 하지만 그게 어디인지는 기억나지 않았다. 중고생 사이에서 유행한다니 자연스레 접할 기회가 있었던 걸지도 모른다. 학교 쉬는 시간이나 아르바이트를 하는 패밀리 레스토랑, 혹은 전철 안에서 말이다.

때때로 노래를 하는 당사자로 보이는 인물이 비쳤지만, 얼굴은 가려져 있어서 보이지 않았다. 인상만으로 보면 사쿠타나 마이와 비슷한 또래 같았다.

"얼굴과 정체가 드러나지 않은 것도 인기의 비밀 같네."

영상은 『키리시마 토코』라는 등록명으로 투고되어 있었다. 왠지 아름다운 이름이라는 생각이 들었다. 얼굴을 드러내지 않은 것을 보면, 그 이름도 펜네임 같은 걸지도 모르지만…….

이름에서 느껴지는 투명한 느낌과 합쳐져 동화 같은 느낌을 자아내고 있는 노래가 계속됐다.

하지만 그 안에 담긴 감정은 현대 사회에도 통용되는 사람과 사람 사이에서 탄생한 애정이자, 우정이며, 고독이자, 상냥함이었다.

왠지 중고생에게 인기가 있는 이유를 알 것도 같았다. 막연한 불안과 불만을 드러내며, 그런 감정에 다가가는 느낌이 감돌기 때문이다.

사쿠타도 마이도 도중부터 아무 말 없이 약 5분간의 노래를 들었다.

화면은 처음 컷으로 돌아갔다. 방금 영상을 다시 틀 것인지를 묻는 표시가 뜨자, 마이는 이어폰을 뺐다. 그리고 스마트폰의 화면도 껐다.

"마이 씨의 감상은 어때요?"

"영상도 잘 만들었고, 노래도 기분 좋았어. 이제 가르쳐준 애한테 감상을 말해줄 수 있겠네."

마이는 마지막으로 본심이 묻어나는 말을 장난스럽게 입에 담았다. 연예인도 대인 관계 때문에 고생하는 것 같았다.

"그것보다, 사쿠타."

"예?"

"슬슬 떨어져."

"에이~."

"덥단 말이야."

"지금은 겨울인데요?"

"이 자세로는 사쿠타의 얼굴이 안 보이잖아."

사쿠타가 떨어지기 싫어하자, 마이는 여유 넘치는 어조로 그렇게 말했다.

"마이 씨가 그런 소리를 하니 어쩔 수 없네요."

사쿠타는 포옹을 풀며 마이에게서 떨어졌다. 그리고 몸을 일으키더니, 마이의 맞은편 자리에 앉았다.

"마이 씨, 의외로 제 얼굴이 마음에 드나 보네요."

"봐도 봐도 질리지 않기는 해."

그것은 그다지 기쁜 평가는 아닌 것 같은 느낌이 들었다.

"미인은 사흘만 봐도 질린다는 건 거짓말이 틀림없어요."

"왜?"

마이는 사쿠타의 대답이 뭔지 알고 있으면서도 왠지 즐거워 보이는 어조로 물었다.

"그야 마이 씨와 아무리 같이 있어도 질리지 않거든요."

사쿠타의 대답에 만족한 건지, 마이는 입가에 미소를 머금었다. 약간 기뻐 보이는 미소였다.

하지만 마이는 이내 뭔가가 떠오른 듯한 반응을 보이더니, 그 표정을 마음속에 집어넣으며 입을 열었다.

"그 후로 카에데 양은 좀 어때?"

"순조롭게 낙심하고 있어요."

"그렇구나……."

나흘 전, 카에데는 시험을 치르기 위해 지금 사쿠타와 마이가 있는 미네가하라 고등학교에 왔다. 그리고 지금은 올해부터 양호실 등교를 해오던 중학교에도 가지 않을 뿐만 아니라, 그날 이후로 카에데는 한 걸음도 밖으로 나가지 않았다. 다시 자택경비원으로 되돌아간 것이다.

"최선을 다했는데 말이야."

그렇다. 마이가 방금 말했다시피, 카에데는 최선을 다했다. 열심히 공부를 한 것도, 두려움을 참으며 시험을 치러 간 것도, 오전 시험을 어엿하게 친 것도…… 카에데는 자랑스러워해도 된다.

하지만 카에데는 「또 한 명의 내가 더 힘냈다」는 생각에 사로잡혀 있다. 『카에데』에 비하면, 자신은 노력한 축에도 들어가지 못한다는 생각에 빠져 있다.

미네가하라 고등학교에 다니고 싶다는 『카에데』의 꿈을 이뤄주지 못한 것에 책임감을 느끼고 있으며, 자신에게 공부를 가르쳐준 사쿠타와 마이와 노도카에게 보답하지 못한 것도 신경 쓰고 있다.

사쿠타도, 마이도, 노도카도, 그리고 『카에데』도, 이 결과를 가지고 그녀를 탓할 생각이 전혀 없는데도 말이다.

"이것만은 카에데가 직접 극복할 수밖에 없어요."

"응."

마이는 상냥한 표정을 지으며 고개를 끄덕였다.

그 후, 점심시간 종료 5분 전을 알리는 종소리가 들렸다.

"유감이지만, 오늘 데이트는 이걸로 끝이네."

"앞으로 5분이면 충분해요."

마이는 미소를 지으며 사쿠타의 제안을 거절하더니, 책상 위에 펼쳐둔 공책과 문제집을 가방에 넣었다. 그리고 자리에서 일어서며 코트를 걸쳤다.

"……."

사쿠타는 그런 마이를 앉은 채 올려다보았다.

"그럼 나는 돌아갈게."

사쿠타가 아무리 고집을 피워도 마이는 그의 어리광을 받아주지 않았다.

어쩔 수 없이 사쿠타 또한 자리에서 일어났다.

"다음 주에 수험을 치르는 애인에게 할 말은 없어?"

마이는 미소를 지으며 사쿠타에게 코멘트를 요구했다.

"힘내세요."

사쿠타는 약간 복잡한 기분을 느끼면서도 마이에게 응원의 한 마디를 건넸다.

그것에 대한 마이의 포상은 약간의 부끄러움과 즐거움, 그리고 기쁨이 섞인 미소였다. 마이가 저런 표정을 보여주는 이는 이 세상에 사쿠타뿐이리라.

마이가 돌아간 후, 어쩔 수 없이 2학년 1반 교실로 돌아간 사쿠타는 6교시까지 수업을 나름대로 성실하게 들었다.

그 후, 하굣길에 아르바이트를 하러 간 사쿠타는 평소와 마찬가지로 토모에를 놀리며 밤 아홉 시까지 일했다.

그로부터 30분 후, 사쿠타는 귀가했다.

"다녀왔어~."

사쿠타는 문을 열면서 집 안을 향해 그렇게 말한 후, 신발을 벗으며 안으로 들어갔다.

거실의 불은 꺼져 있었고, 카에데의 모습은 보이지 않았다. 코타츠 위에서 몸을 동그랗게 말고 있던 나스노가 「냐옹~」 하고 울음소리를 냈다.

카에데의 방은 문이 굳게 닫혀 있었다.

하지만 쭉 방 안에 틀어박혀 있지는 않았던 것 같았다. 나스노가 있는 코타츠 위에는 카에데가 방에서 나온 듯한 흔적이 있었다.

잘 정돈되어 쌓여 있는 A4 사이즈 봉투가 눈에 들어왔다. 파란색과 노란색, 녹색과 흰색 등, 다양한 색깔의 봉투였다. 그 안에는 통신제 고등학교의 입학 안내서가 들어 있다.

사쿠타가 주말마다 학교 설명회에 참가해서 받아 온 게 절반, 그리고 다른 절반은 아버지가 모아 온 것과 미와코에게서 받은 것이다. 전부 열다섯 개다.

카에데가 봐줬으면 하는 마음에 은근슬쩍 두고 갔던 팸플릿 다발은 놓여 있는 순서가 오늘 아침과 달랐다.

아마 카에데가 살펴본 것이리라.

봉투의 내용물을 확인해보니, 팸플릿을 열어본 흔적이 있었다.

사쿠타가 그것을 코타츠 위에 다시 뒀을 때, 등 뒤에서 문이 열리는 소리가 들렸다. 그리고 카에데가 머뭇거리며 문틈으로 얼굴을 슬며시 내밀었다. 그런 카에데와 시선이 마주친 사쿠타는⋯⋯.

"다녀왔어."

⋯⋯하고 말을 건넸다.

그러자 카에데는 바로 시선을 피했다. 하지만⋯⋯.

"어, 어서 와. 오빠."

⋯⋯하고, 작은 목소리로 말했다. 그리고 문을 열고 방에서 나왔다.

"⋯⋯."

뭔가 할 말이 있는 듯한 분위기지만, 카에데는 고개를 들 용기가 없는지 그저 우물쭈물하기만 했다.

그래도 사쿠타가 끈기를 가지고 기다리자⋯⋯.

"저, 저기 말이야."

카에데가 입을 열었다.

"응?"

"일전의, 일⋯⋯."

카에데는 바닥을 응시하며 말을 이었다.

"일전의 일?"

"시험 날의, 그 일⋯⋯."

"응."

"내가, 오빠한테, 했던 말……."

카에데는 허리춤에 모은 손을 딱히 이유도 없이 꼼지락거렸다.

카에데가 무슨 말이 하고 싶은 건지는 사쿠타도 이해하고 있었다. 오늘만이 아니다. 어제도, 그저께도, 카에데와 사쿠타는 비슷한 일을 반복했다.

시험 날의 그 일.

카에데가 사쿠타에게 했던 말.

그것이 무엇을 가리키는 건지는 충분히 예상이 됐다.

하지만, 사쿠타가 「뭘 말하는지 알아」 하고 말하는 것은 카에데를 위한 일이 아닐 거라는 생각이 들었다. 아마 카에데 본인이 직접 해결해야만 하는 일일 것이다. 사쿠타가 멋대로 결판을 내도 되는 문제가 아니다.

"……."

"……."

한동안 기다렸지만, 카에데는 말을 하지 못했다. 겨우 입을 여나 싶더니…….

"아무것도 아나……."

……하고 말하면서 더욱 고개를 숙였다.

사쿠타는 그런 카에데에게 평소와 다름없는 어조로 말을 걸었다.

"저기, 카에데."

"으, 응?"

카에데가 깜짝 놀라며 어깨를 부르르 떨었다. 경계심으로 물든 눈빛으로 사쿠타를 응시하고 있었다.

"내일, 한가해?"

"뭐?"

"토요일이라서 학교도 쉬니까, 한가하지?"

"어, 아, 응⋯⋯."

카에데는 약간 당황한 것 같지만, 사쿠타의 의도대로 고개를 끄덕였다.

"내일 점심 먹고 나와 같이 외출하자."

"뭐?"

"그럼 결정한 거다?"

사쿠타는 일방적으로 약속을 한 후, 옷을 갈아입기 위해 자신의 방에 들어갔다. 그 후, 카에데가 다가오는 기척이 느껴졌지만 결국 사쿠타에게 말을 걸지는 않았다.

5

"오빠, 어디 가는 거야?"

후지사와 역에서 토카이도 선 전철에 탔을 즈음, 카에데는 행선지를 알려주지 않은 사쿠타에게 질문을 던졌다.

어젯밤에 약속을 했던 대로, 카에데는 사쿠타가 만든 볶음밥을 함께 먹은 후에 그와 단둘이서 외출한 것이다.

창밖에 펼쳐진 맑은 겨울 하늘은 집에서 멀어져갈수록 흰색으로 물들어갔다.

"츠지도."

사쿠타는 역의 이름을 입에 담았다.

문 옆에서 손잡이를 잡고 서 있던 카에데는 차내에 붙어 있는 간략화된 노선도를 쳐다보았다. 후지사와부터 찾아본다면 츠지도는 금방 발견할 수 있을 것이다.

"츠지도라면 바로 옆 역 아냐?"

"그래. 바로 옆 역인 츠지도야."

문 위의 전광판에는 다음 정차역이 『츠지도』라고 표시되어 있었다.

두 사람이 그런 이야기를 나누는 사이, 기분 좋게 달리던 전철이 다음 역에 가까워졌는지 브레이크로 속도를 줄이기 시작했다. 카에데는 양손으로 손잡이를 쥐었다.

전철이 역에 도착하자, 사쿠타와 카에데는 플랫폼에 내렸다.

개찰구로 향하는 인파가 좀 줄어들 때까지 기다린 후, 두 사람은 걸음을 옮겼다.

"오빠, 대체 어디 가는 거야?"

플랫폼에서 계단을 내려가고 있을 때, 뒤편에서 카에데가 또 질문을 던졌다.

"그러니까, 츠지도에 가는 거야."

"이미 츠지도에 도착했거든?"

"그럼 다음은 동쪽 개찰구로 나가서 북쪽 출입구로 갈 거야."

동쪽인지 북쪽인지 알쏭달쏭하지만, 안내판을 보니 개찰구는 동쪽과 서쪽에 하나씩 있었다. 역의 규모는 전철 선로 셋의 환승역인 후지사와 역에 비해 약간 작지만, 승하차하는 승객은 많았다.

최근 들어 대규모 재개발이 이뤄진 역 주변의 건물은 후지사와 역보다 새롭고 근대적이었다.

개찰구를 나가자, 북쪽 출입구가 바로 보였다. 북쪽 출입구 이외에는 남쪽 출입구밖에 없으니 헷갈릴 리가 없다.

역 안을 수많은 이들이 오가고 있으며, 연령층 또한 젊어 보였다. 사쿠타와 비슷한 또래로 보이는 이들도 있으며, 대학생 커플도 자주 보였다. 그리고 어린아이들을 데리고 있는 20대 후반에서 30대 초반의 가족도 눈에 띄었다.

인파의 흐름에 따라 그들 사이에서 걸음을 옮기고 있을 때였다.

"오빠, 대체 어디에 가는 건데?"

카에데가 약간 언짢은 듯한 어조로 또 같은 질문을 던졌다.

드디어 인내심이 바닥난 것 같았다.

"이제 도착했어."

사쿠타가 그렇게 말하며 쳐다본 곳은 눈앞에 있는 거대한 쇼핑몰 건물이었다. 역과 천장 달린 통로로 연결되어 있으며, 개찰구를 나간 많은 이들이 그곳으로 향하고 있었다.

"여기야?"

사쿠타는 고개를 갸웃거리는 카에데를 데리고 건물 안으로 들어갔다.

"분명 여기 어디쯤인데……."

한동안 걸음을 옮기던 사쿠타가 멈춰 섰다. 대충 걸어가다 보면 목적지가 보일 거라고 생각했는데, 그것은 사쿠타의 착각이었다.

이 쇼핑몰은 너무 넓어서 어디에 무엇이 있는지 알 수 없었다. 주위를 둘러보니 시설의 안내 지도가 눈에 들어왔기에, 그것을 살펴보기로 했다.

하지만 안내 지도에 수록된 정보량이 너무 많은 탓에 그 안에서 목적지를 찾는 건 쉽지 않아 보였다.

"……."

사쿠타가 마치 시체 같은 눈길로 안내 지도를 보고 있을 때, 카에데가 걱정스러운 표정으로 그를 응시했다.

"오빠?"

"카에데, 이벤트 스테이지를 찾아봐 줘."

"뭐?"

"지금 믿을 사람은 카에데뿐이야."

"으, 응……."

카에데는 약간 당황한 상태에서도 열심히 안내 지도를 살펴보았다. 바로 그때, 어떤 대학생 커플이 「여기는 도쿄돔의 세 배나 될 정도로 넓대」, 「우와, 엄청나네~」 같은 소리를 하면서 두 사람의 뒤편을 지나갔다.

"도쿄돔 세 배라네."

사쿠타는 카에데도 들었을 거라고 생각하며 그렇게 말했다.

"도쿄돔에 가본 적이 없어서 감이 안 와."

"일본인이면 다다미로 넓이를 표현해주면 좋겠는데 말이야."

"다다미면 어느 정도인데?"

"아마 10만 다다미 정도 될걸?"

"……그것도 전혀 감이 안 와."

"그래? 다다미 열 장 넓이의 1만 배 정도인데?"

"아, 이벤트 스테이지를 찾았어."

사쿠타의 알기 쉬운 해설을 깔끔히 무시하며 각 층별 가이드 팸플릿을 펼쳐서 보던 카에데가 환한 목소리로 그렇게 말했다. 그녀는 1층 야외 에어리어를 손가락으로 가리켰다.

"여기야."

그곳에는 이벤트 스테이지라고 적혀 있었다.

그것은 바로 입구 근처였다.

쓸데없이 시간 낭비를 한 끝에 도착한 스테이지 앞에는 얼추 삼백 명 정도 되는 사람들이 모여 있었다. 남성이 7할,

여성이 3할 정도였다. 나이대도 10대부터 40대까지 다양했다. 그들의 눈길은 물론 스테이지를 향하고 있었다.

"오늘, 짧은 시간 동안이지만 함께 해주셔서 감사합니다."

스피커에서 흘러나온 것은 마이크를 쥔 여자애의 목소리였다. 스테이지 위에는 컬러풀한 의상을 입은 아이돌 분위기의 3인조가 있었다. 사쿠타는 모르지만, 아이돌이라는 직업군에 속인 이들이 틀림없으리라.

성원을 보내는 관객을 향해 힘차게 손을 흔든 후, 세 소녀는 재빨리 스테이지에서 내려갔다.

그녀들이 모습을 감추자, 성원이 잦아들면서 잠시 동안 조용해졌다.

"여기가 목적지야?"

카에데는 이벤트 스테이지의 관객석 뒤편에 멈춰 선 사쿠타를 당황한 눈길로 쳐다보았다.

"오빠한테는 마이 씨가 있잖아?"

아무래도 카에데는 착각을 하고 있는 것 같았다.

"여기 온 이유는 곧 알 수 있을 거야."

사쿠타는 개인적 취미 때문에 아이돌 이벤트에 온 게 아니다. 예정대로 이벤트가 진행되고 있다면, 곧 사쿠타가 볼 일이 있는 인물이 등장할 것이다.

스테이지를 쳐다보자, 사회를 맡은 여성이 다른 아이돌 그룹을 단상으로 불렀다.

"스위트 불릿!"

그 순간, 스테이지에 뛰어 올라온 것은 7인조 아이돌 그룹이었다.

"아."

그 모습을 본 카에데는 입을 쩍 벌렸다.

"노도카 씨잖아."

전원이 흑발인 가운데, 유일한 금발이라 눈에 띄는 이가 바로 노도카다. 노도카가 아이돌이라는 것은 알고 있었지만, 카에데가 그녀의 무대를 보는 것은 이번이 처음이다. 그 모습을 실제로 본 카에데가 얼이 나간 듯한 표정을 짓는 것도 이해가 됐다. 사쿠타 또한 마이나 노도카와 만날 때까지는 연예인이 실제로 존재한다는 사실에 회의적이었다.

그 두 사람을 만나고서야 그들의 존재를 믿게 됐다.

노도카를 비롯한 일곱 명의 아이돌들은 무대 위에서 한 줄로 서더니, 한목소리로 관객들을 향해 인사를 했다.

"이벤트 진행이 밀려서 서둘러야 한다니, 바로 첫 곡을 부를게요!"

그리고 한가운데에 서 있는 키가 큰 여자애…… 히로카와 우즈키가 힘찬 목소리로 그렇게 외쳤다.

한순간 관객들 쪽에서 웃음이 터져 나왔다.

그 웃음소리를 삼키려는 듯이, 반주가 시작됐다. 우즈키의 힘찬 솔로 파트를 통해, 스위트 불릿의 라이브가 시작됐다.

관객의 열기는 단숨에 상승했다. 스테이지 바로 앞에는 한낮인데도 불구하고 형광봉을 열심히 흔들어대는 이들도 있었다.

　그에 호응하듯, 일곱 명의 멤버가 포메이션을 바꿔가면서 호흡이 척척 맞는 댄스를 선보였다. 힘차면서도 유연한 퍼포먼스가 관객들을 매료시켰다. 특히 한가운데에 서서 노래와 댄스를 리드하고 있는 히로카와 우즈키는 잘 모르는 이들이 보기에도 확연하게 돋보이고 있었다. 카에데의 눈이 자연스럽게 그녀를 좇고 있다는 사실을 알 수 있을 정도였다.

　옆에서 춤추고 있는 노도카가 눈에 띄지 않는 건 아니다. 하지만, 우즈키에게는 불가사의한 존재감이 있었다. 생동감과 함께 생명력이 넘쳐나는 느낌이다. 스테이지 위에서 짓는 미소가 찬란히 빛나고 있는 것처럼 보였다. 그 에너지가 어디서 생겨나는 건지는 모르겠지만, 남들의 눈길을 끄는 확연한 매력을 지니고 있었다.

　스위트 불릿은 최선을 다해 첫 곡을 끝까지 불렀다.

　음악이 끝나자, 환성이 터져 나왔다. 팬들 쪽에서는「즛키~!」하고 우즈키를 부르는 목소리가 가장 먼저 터져 나왔다. 다른 멤버들도 애칭으로 불리고 있었다. 누군가가「도카 양~!」하고 노도카를 응원했다. 부르는 사람이 없다면「도카 양~!」하고 부르려고 준비하고 있었던 사쿠타로서는 좀 유감이었다.

　팬들이 성원을 보내자, 땀을 닦던 스위트 불릿의 멤버들은 숨을 고르면서도 미소를 지으며 손을 흔들었다.

겨우 첫 곡이 끝났을 뿐이다. 게다가 한겨울인데도 불구하고, 그리고 이렇게 멀리 떨어진 곳에서 보고 있는데도, 그녀들이 구슬땀을 흘리고 있다는 것을 알 수 있었다. 그 정도로 온 힘을 다해 격렬한 댄스를 춘 것이다.

우즈키의 몸에서는 김마저 나고 있었다. 그걸 눈치챈 노도카가…….

"즛키, 오라가 몸에서 나오고 있어."

……하고 가볍게 놀렸다.

"정말? 오늘은 컨디션이 좋나 보네."

우즈키는 마치 칭찬을 받은 듯한 표정을 짓더니, 약간 멋쩍은 듯이 웃음을 흘렸다.

"역시 여기에 돌아오니 기합이 들어가는 것 같아."

우즈키는 미소를 지으며 멤버들에게 동의를 구했다. 하지만 노도카를 비롯한 다른 여섯 명은 영문을 모르겠다는 표정을 지었다.

"어? 나만 그런 거야?"

다른 이들이 공감해주지 않자, 우즈키의 당혹스러운 목소리가 스피커에서 흘러나왔다.

"즛키~, 『여기에 돌아오니』가 무슨 소리야?"

우즈키의 옆에 있던 단발머리 멤버가 머뭇거리면서 물었다.

"그야 우리가 첫 라이브를 한 곳이 바로 여기잖아."

"......."

스위트 불럿의 멤버도, 이 자리에 모여 있던 팬들도 침묵했다. 분위기가 얼어붙는다는 말은 이럴 때 쓰는 것이리라.

우즈키도 뭔가 이상하다고 생각한 건지…….

"어? 우리의 첫 라이브 장소, 여기가 아닌 거야?"

……하고 말하며 애매한 미소를 지었다.

"우리, 이 스테이지에는 처음 섰거든?"

단발머리 여자애가 작은 목소리로 가르쳐줬다. 하지만 그 목소리는 마이크를 탔다. 멤버들끼리의 은밀한 대화도 팬들에게 다 들렸다. 당연히 일부러 저러는 거겠지만…….

"정말?! 우주인이 내 기억을 뜯어고친 거 아냐?! 어쩌지?!"

"우주인 탓으로 돌리지 마!"

노도카가 웃으면서 바로 태클을 걸자, 행사장 안은 웃음소리로 가득 찼다. 훈훈하면서도 따뜻한 분위기였다. 이 자리에 모인 팬들에게 있어서는 흔한 일인 것 같았다. 그게 느껴졌다.

"으음, 두 번째 곡을 부를게요! 오늘 공연은 이걸로 끝이니까, 전부 불살라 버려야지!"

우즈키가 얼버무리듯 그렇게 말한 순간, 진짜로 다음 곡이 흘러나왔다.

"뭐, 뭐랄까, 대단한 사람이네."

카에데는 당황한 듯한 어조로 솔직한 감상을 말했다.

"저 대단한 사람이 말이지? 전일제 학교가 맞지 않아서, 통신제 학교에 다니고 있어."

"뭐?"

"카에데 몰래 학교 설명회에 갔더니, 학생 인터뷰 영상에 저 사람이 나오더라고. 토요하마를 통해 확인해보니, 사실 이래."

"……그랬구나."

카에데는 건성으로 대답했다. 방금 사쿠타가 한 말이 와닿지 않는 것 같았다.

스테이지 위에서 힘차게 노래하고, 춤추고, 미소를 짓고, 푼수 같은 소리를 연달아 입에 담는 모습만 봤기에 사쿠타의 말이 믿기지 않는 걸지도 모른다.

"미네가하라 고등학교 말이야."

"……읔."

학교의 이름을 들은 순간, 카에데는 긴장한 것처럼 딱딱하게 굳었다. 지금은 가능한 한 듣고 싶지 않은 이름일 것이다. 이번 주 초에 치른 시험을 망쳤으니, 최선을 다하지 못한 자기 자신에 대한 자괴감을 느끼고 있으리라. 전혀 그렇지 않은데도 말이다.

"미네가하라 고등학교에 다니고 싶다는 게 카에데의 솔직한 심정이라면, 나는 앞으로도 최선을 다해 너를 응원해줄게."

"……이미 시험이 끝났는데?"

"2차 모집 같은 게 있을 거잖아."

"……"

"하지만 말이야. 네가 진심으로 미네가하라 고등학교에 다니고 싶은 게 아니라면, 무리해서 다닐 필요는 없어. 마이 씨도 그렇게 생각하고, 토요하마도 마찬가지야. 아버지도, 토모베 씨도, 그런 걸 바라지 않아. 분명 『카에데』도 마찬가지일 거야."

"윽!"

"나는 카에데가 별것 아닌 일로 행복을 느끼면서 하루하루를 살아줬으면 해. 아침 식사의 스크램블에그가 맛있다거나, 요리를 망쳐서 딱딱해진 걸 「완전 실패작이네」 하고 말하면서 즐겁게 먹거나, 카에데도 마이 씨한테 만드는 법을 배워서 악전고투하며 요리해보는 것도 좋겠지. 별것 아닌 일로 웃고, 왠지 즐겁다고 생각하며, 오늘도, 내일도, 모레도, 살아줬으면 좋겠어. 그게 내 바람이야. 『카에데』의 소원을, 카에데가 이뤄주기를 바라지는 않아."

사쿠타는 숨 한 번 쉬지 않고 그 긴 이야기를 끝까지 입에 담았다. 머릿속으로 생각을 하며 말을 할 필요는 없었다. 전부 사쿠타의 마음속에 존재하는 마음이다. 말이다. 예전부터 생각해왔던 것이다.

"……오빠."

"설령 카에데가 미네가하라 고등학교에 합격하더라도, 카에데가 뭔가를 인내하며 다녀야만 한다면, 나는 전혀 기쁘지 않을 거야."

"응. 하지만……."

카에데는 말을 이으려다 도중에 입을 다물었다.

"신경 쓰이는 게 있으면 전부 말해."

사쿠타가 그렇게 말하자, 카에데는 잠시 생각에 잠긴 후에 천천히 입을 열었다.

"하지만…… 남들과 똑같이 하고 싶은 건 내 진심이야."

카에데는 자신의 마음을 털어놓았다.

"남들과 다른 게, 부끄러워……."

"그럼 저 그룹의 센터인 애도 부끄러워하는 것처럼 보여?"

방금, 저 소녀는 말도 안 되는 소리를 했다가 남들의 웃음을 샀다. ……만약 카에데가 같은 상황에 처했다면 견디지 못했을 것이다. 도망치고 싶었으리라.

"저 사람은, 대단하다고 생각해……."

스테이지 위에 선 우즈키는 긴 머리카락을 흔들며, 구슬땀을 사방으로 흩뿌렸다. 이 행사장을 환한 미소로 가득 채우고 있다.

"그녀는 카에데가 말하는 『남들』과 다른데도 말이야?"

카에데는 말을 하기 위해 입을 열었지만, 곧 입을 꾹 다물면서 생각에 잠기듯 고개를 숙였다.

간주가 흐르는 동안, 입을 다물고 있던 카에데는 우즈키가 다시 노래를 시작하자…….

"……모르겠어."

……하고 말했다.

"그럼 저 사람의 이야기를 들어보며 이해를 한 다음에, 다시 진로를 생각해봐도 괜찮지 않을까?"

카에데는, 카에데가 모르는 『남들』이 있다는 것을 알아야 한다고 생각한다. 카에데가 모르는 곳에도 『남들』이 있으며, 카에데와 친해질 수 있는 『남들』과 만나는 것이, 카에데에게 용기와 자신감을 불어넣어 줄 것 같은 느낌이 들었다.

"이야기?"

"토요하마에게 부탁해서, 이 공연이 끝난 후에 저 사람한테 시간을 내달라고 해뒀어. 학교에 관한 이런저런 이야기를 들어보려고 말이야."

"……그래서, 여기에 온 거구나."

잠시 후, 카에데는 오늘 이곳에 온 목적을 이해했다.

그런 카에데의 눈은 다시 스테이지 위를 향했다.

사쿠타의 제안을 승낙하지도, 거절하지도 않았다. 하지만, 우즈키를 쳐다보는 카에데의 얼굴을 보자, 그녀가 말을 하지 않아도 대답을 알 것만 같았다.

"오빠."

카에데는 스테이지를 쳐다보면서 사쿠타에게 말을 건넸다.

"응?"

"진짜로, 미네가하라 고등학교에 가지 않아도 괜찮아?"

괜찮아, 하고 말하는 것은 간단했다. 하지만 그것을 결정할 사람은 사쿠타가 아니다. 카에데가 직접 정해야만 하는 것이다. 카에데가 카에데이기 위해서, 카에데가 카에데가 되기 위해서 필요한 결단이라고 생각한다.

그래서 사쿠타는 카에데의 질문에 답하는 척하면서 전혀 다른 말을 꺼냈다.

"『카에데』는 말이지? 매사에 최선을 다했어."

"……."

"느닷없이 병원 침대에서 눈을 뜬 후…… 처음에는 여기가 어디인지도, 자기가 누구인지도 몰라서, 정말 불안했을 거야."

"……응."

"정말, 최선을 다해, 내 동생이 되려고 노력했어."

카에데를 구해주지 못한 사쿠타가, 이번에야말로 후회하지 않도록…….

"여동생이 되는 것으로, 『카에데』는 나를 오빠로 만들어줬어."

"또 한 명의 나는 정말 대단하네……."

사쿠타가 떨리는 목소리로 그렇게 말하자, 카에데는 아랫입술을 깨물었다.

"그래서 『카에데』가 사라졌을 때, 나는 정말 슬펐어. 믿기지 않을 정도로 울었지. 인간이 그렇게나 울 수 있다는 걸 알고 놀랐을 정도야."

사쿠타는 그 정도로 엉엉 울었다. 온몸의 수분이 전부 눈물이 되어 몸 밖으로 흘러나가는 것이 아닐까 만큼 울었던 것이다.

"지금도, 『카에데』를 생각하면 눈물이 날 것만 같아."

"역시, 나보다……."

옆에 있던 카에데가 고개를 숙이는 모습이 눈에 들어왔다. 그렇기에, 사쿠타는 카에데가 말을 끝까지 잇기 전에 자신의 마음속에 있던 소중한 말을 그녀에게 전했다.

"하지만 카에데. 나는 그 슬픔에 버금갈 만큼, 기뻤어. 정말 기뻤다고."

"뭐?"

"카에데가 돌아왔잖아."

고개를 돌려보니, 카에데가 깜짝 놀란 표정으로 사쿠타를 쳐다보고 있었다. 그런 카에데의 눈가에 눈물이 어렸다.

"……오빠, 진짜야?"

"당연하지. 너는 대체 나를 어떻게 생각하는 거야?"

"하지만 말을 해주지 않으면, 그런 걸 어떻게 아냔 말이야."

카에데는 울음을 터뜨렸다.

하지만 그 울음소리는 아직 이어지고 있는 스위트 불릿의 노랫소리에 완전히 가려졌다.

"오빠는 또 한 명의 나를 좋아한다고 생각했으니까……
그래서……."

카에데의 눈물이 방울져서 지면에 떨어졌다.

"내가…… 내가, 또 한 명의 나를 대신해야만 한다고……."

사쿠타는 카에데의 머리에 손을 얹었다.

"누구 한 명을 더 좋아할 리가 없잖아."

"……정말?"

"양쪽 다 좋아하지도, 싫어하지도 않아."

"그건 또 무슨 소리야?"

카에데는 눈물을 줄줄 흘리면서 사쿠타를 올려다보았다.

"둘 다 내 여동생이거든. 여동생을 좋아한다면 여러모로
문제 있잖아?"

사쿠타의 말에 납득한 건지, 카에데는 아직 눈물을 흘리
면서도 빙긋 웃었다. 그것은…… 기억이 되돌아온 후로 항
상 애매한 미소만 짓던 카에데가 지은, 진심에서 우러난 미
소였다.

미니 라이브가 끝난 후, 이벤트 스테이지는 철수 분위기
에 휩싸였다. 그리고 이 행사장에 모였던 삼백 명가량의 관
객도 어느새 모습을 감췄다.

뒷정리 작업이 한창인 스테이지 앞에 남아 있는 사람은
사쿠타와 카에데뿐이었다.

두 사람이 여기에 남은 것은 노도카와 합류하기 위해서다.

남매 둘 다 핸드폰이 없기 때문에, 약속 장소에서 함부로 이동했다간 만나기로 한 이와 엇갈릴 가능성이 큰 것이다.

카에데는 어찌어찌 울음을 그쳤다. 하지만 아직 코를 훌쩍이고 있었다. 슬슬 티슈가 바닥날 것 같았다. 편의점에 가서 사 오는 편이 좋을지도 모른다고 사쿠타가 고민하고 있을 때였다.

"사쿠타~!"

누군가가 사쿠타의 이름을 불렀다.

30미터 정도 떨어진 스테이지 뒤편에서 금발 소녀가 손을 흔들고 있었다. 노도카다. 아이돌이라는 자각이 부족한 것 같지만, 뒷정리 중인 스태프와 주위에 있던 이들은 딱히 신경 쓰지 않는 눈치였다.

이쪽으로 오라고 손짓하고 있는 노도카의 옆에는 사복으로 갈아입은 히로카와 우즈키도 있었다.

"카에데, 토요하마가 오라고 손짓하고 있네."

"응……. 아, 오빠. 잠깐만."

"어?"

걸음을 옮기려던 사쿠나는 멈춰 서서 뒤편에 있는 카에데를 돌아보았다.

"나, 동물원에 가고 싶어."

카에데는 사쿠타와 시선을 마주하더니, 그렇게 말했다.

"연간 패스포트의 본전을 뽑아야지."

적어도 네 번은 가야 본전을 뽑을 수 있을 것이다.

"판다를 보러 갈 거야."

카에데는 사쿠타의 말을 듣더니, 볼을 부풀리면서 항의하듯 그렇게 말했다.

"너, 판다를 좋아했어?"

판다를 좋아했던 건 『카에데』다.

"나, 판다를 존경해."

카에데는 사쿠타가 이해하기 힘든 소리를 하면서 그의 옆에 섰다.

"남들이 그렇게 쳐다보는데도 전혀 개의치 않잖아. 판다는 진짜 대단하다니깐."

사쿠타가 느끼고 있는 의문이 얼굴에 드러난 건지, 카에데는 그 이유를 말해줬다.

"그렇구나."

사쿠타도 그 말을 듣고 납득했다. 『카에데』도 그런 이유로 판다를 좋아했던 걸지도 모른다.

사쿠타는 그런 생각을 하면서, 빨리 오라고 손짓을 하고 있는 노도카를 향해 카에데와 함께 걸어갔다.

제4장

꿈을 꾸는가

　카에데와 스위트 불릿의 라이브를 보러 갔던 주말이 끝나자, 2월 마지막 한 주가 찾아왔다. 다음 일요일은 3월이다. 1일은 미네가하라 고등학교 졸업식 날이다. 사쿠타에게 있어서는 마이가 고등학교를 졸업하는 날이다.

　하지만 졸업식까지 일주일 남았다고 해서 사쿠타의 일상에 큰 변화가 찾아오지는 않았다.

　이 세상이 다 그러하듯, 월요일부터는 평범한 일상이 반복됐다.

　아침에 일어나서, 학교에 갈 준비를 한 후, 지각을 하지 않도록 집을 나섰다. 학교에서는 성실하게 수업을 들었다. 아르바이트를 하는 날이면 아르바이트를 했고, 아르바이트를 하지 않는 날이면 바로 집으로 돌아갔다.

　마이의 말에 따라 수험 공부도 매일 했다.

　굳이 변화를 꼽자면, 카에데가 양호실 등교를 다시 시작했다는 것이다. 그리고 학교에서 귀가한 카에데는 열심히 통신제 고등학교의 팸플릿을 읽어봤다. 그리고 인터넷과 메일을 이용하기 위한 특훈도 시작했다.

　그 특훈에는 수요일에 대학 입시를 마친 마이, 그리고 마이와 함께 놀러 온 노도카가 동참했다.

　"예전에 쓰던 건데, 카에데 양이 써주면 좋겠어."

게다가 마이는 무선 통신이 가능한 노트북 컴퓨터까지 줬다…… 마우스까지 덤으로 얹어서 말이다.

카에데는 중학교 때 당했던 집단 괴롭힘, 그리고 사춘기 증후군 발병의 원인이 된 인터넷과 메일에 두려움을 느끼는 것 같았다. 코타츠 위에 놓인 노트북 컴퓨터 앞에 앉는 데도 2, 3분가량 걸렸다. 그리고 마우스와 키보드를 만지는 손 또한 떨리고 있었다.

하지만 마이와 노도카에게 격려를 받고, 두 사람과 몇 번 메일을 주고받다 보니, 긴장이 풀리면서 손가락 끝의 떨림도 잦아들었다. 그뿐만 아니라 마이와 노도카에게 메일을 보내고 받을 때마다 표정이 부드러워지더니, 점점 미소를 지었다.

결국 구닥다리 인간인 사쿠타만 따돌림을 당했다. 하지만 지금까지의 나날을 생각해보면, 카에데가 사쿠타를 통하지 않고 마이나 노도카와 이야기를 나누고 메일을 주고받는 게 감개무량했다. 그렇기에 사쿠타에게 있어서는 그저 훈훈하기만 한 시간이었다.

유감스럽게도 카에데한테서는 「오빠, 히죽거리니까 이상해 보여」라는 말을 들었고, 노도카는 「야한 생각 하지 마」라고 말하면서 코타츠 안에서 사쿠타를 걷어차려 했다. 물론 사쿠타는 미리 그것을 눈치채고 노도카의 발차기를 피했다.

마이는 아무 말 없이 사쿠타의 허벅지를 꼬집었기에, 사쿠타는 그것을 상으로 여기며 감사히 받아들였다.

아무튼, 카에데가 인터넷과 메일을 이용하게 된 것은 크나큰 진전이었다. IT라는 말이 이제는 고리타분하게 느껴질 만큼 당연한 것이 된 현대 사회에서, 앞으로도 인터넷 환경과 거리를 두며 생활하는 것은 솔직히 어려우리라. 언젠가는 극복해야만 할 문제였으며, 무엇보다 통신제 고등학교에 다니기 위해서는 결코 피해서 지나갈 수 없는 길이기도 했다.

그래서 마이와 노도카와 메일을 주고받는 것을 계기로, 카에데가 직접 통신제 고등학교의 홈페이지를 살펴보게 된 것은 정말 좋은 경향이라는 생각이 들었다. 카에데는 팸플릿을 보고 관심이 간 고등학교를 적극적으로 조사해본 후, 자신에게 맞는 고등학교를 직접 찾으려 하고 있었다.

카에데가 이렇게 통신제 고등학교를 긍정적으로 생각하게 된 것은 히로카와 우즈키 덕분이기도 했다. 라이브 후에 우즈키의 이야기를 차분히 듣고, 카에데도 나름 생각하는 바가 있는 것 같았다. 사쿠타 또한 우즈키의 이야기를 듣고 많은 것을 깨달았다.

그날…… 2월 21일 토요일. 츠지도의 쇼핑몰에서 열린 스위트 불릿의 미니 라이브를 보러 갔던 사쿠타와 카에데는 이벤트가 끝난 후, 노도카에게서 우즈키를 소개받았다.

합류하자마자 「일단 이동하자!」 하고 힘차게 말한 우즈키가 그들을 데려간 곳은 쇼핑몰 정면에 위치한 역 앞 로터리였다. 일반 차량이 들어가는 차선이다.

"아, 저기 있네. 저 차야."

우즈키는 영문을 모르는 사쿠타와 카에데를 내버려 둔 채, 감색 미니밴 쪽으로 뛰어갔다. 그리고 조수석의 문을 열더니, 바로 탔다.

"자, 빨리 타."

그리고 창문을 열더니, 힘차게 손짓을 했다.

사쿠타와 카에데가 영문을 모르겠다는 듯이 서로를 쳐다보는 사이, 노도카가 뒷좌석의 문을 열었다. 그리고 그대로 차에 타더니, 세 번째 줄의 좌석에 앉았다. 이렇게 되면 사쿠타와 카에데도 탈 수밖에 없다.

사쿠타는 카에데를 먼저 태운 후, 나란히 두 번째 줄의 좌석에 앉았다.

"안전벨트를 꼭 매렴."

운전석에서 그렇게 말한 이는 서른 살 전후로 보이는 털털한 인상의 여성이었다. 어깨 근처까지 기른 머리카락은 약간 밝은 색으로 물들였다. 그리고 청바지와 파카 차림이 시원시원한 느낌을 자아내고 있었다.

그 여성은 룸미러로 전원이 안전벨트를 맸다는 것을 확인한 후,「출발할게」하고 말하면서 차를 발진시켰다. 저 사람은 대체 누구일까.

"으음……."

사쿠타가 핸들을 쥔 여성의 정체를 물어보려고 한 바로 그때…….

"히로카와 우즈키라고 해요."

조수석에서 뒤편을 돌아본 우즈키에게 방해를 당했다. 운전석과 조수석 사이로 몸을 내민 우즈키가 사쿠타를 향해 손을 내밀었다. 아무래도 악수를 하자는 것 같았다.

악수를 거절하는 건 실례라고 생각한 사쿠타는…….

"아즈사가와 사쿠타예요."

……하고 말하면서 우즈키의 손을 잡았다. 그러자 우즈키는 다른 한 손도 내밀어서 두 손으로 사쿠타의 손을 꼭 잡았다.

"잘 부탁해요!"

우즈키는 힘찬 목소리로 그렇게 말하더니, 움켜쥔 손을 위아래로 두 번 흔들었다.

"……잘 부탁합니다."

사쿠타가 그렇게 대답하자, 우즈키는 환하게 웃으면서 손을 놨다. 그리고…….

"히로카와 우즈키예요."

이번에는 카에데를 향해 손을 내밀었다.

"아, 예……. 아즈사가와 카에데예요."

카에데가 악수에 응하기 위해 무릎 위에 둔 손을 머뭇머

뭇 들었다. 그러자 우즈키는 몸을 쑥 내밀면서 그 손을 움켜잡았다. 양손으로 카에데의 손을 감싸더니, 아까와 마찬가지로 위아래로 두 번 흔들었다.

"잘 부탁해요!"

"저, 저야말로 잘 부탁해요."

카에데는 완전히 당황한 것 같았다. 그야말로 압도당했다.

라이브 도중의 발언을 들었을 때부터 느꼈던 거지만, 우즈키는 타인과 거리를 재는 방식이 약간 개성적이었다. 처음 보는 상대를 매우 살갑게 대하고 있었다.

일단 가능한 한 거리를 두려 하는 카에데와는 정반대이니, 그녀가 당황하는 것도 당연했다.

게다가 우즈키는 악수를 마친 후에도 카에데의 손을 계속 잡고 있었다. 그리고 사쿠타와 카에데를 번갈아 쳐다보더니……

"으음."

……하고 낮은 신음을 흘렸다. 그리고……

"두 사람 다 아즈사가와니까, 오빠 쪽은 사쿠타 군이라고, 그리고 동생 쪽은 카에데 양이라고 부를게. 나는 노도카와 동갑이라 오빠 쪽과도 동갑이니까, 그냥 반말을 써도 되지? 두 사람은 나를 뭐라고 부를래?"

……하고 단숨에 말을 늘어놓았다.

멋대로 이야기가 이어져나가고 있었다.

세 번째 줄의 좌석에 앉아 있던 노도카가 어이없음과 피곤함이 묻어나는 한숨을 토했다. 「하아, 또 시작됐네」 같은 의미가 담긴 것 같았다. 라이브 직후인데도 우즈키가 기운이 너무 넘친다고 생각하는 걸지도 모른다.

"으, 으음……."

카에데는 그런 우즈키의 시선을 받더니, 도움을 청하듯 사쿠타를 향해 고개를 돌렸다.

"그냥 히로카와 양이라고 부를게."

"우즈키 씨라고 부를게요."

사쿠타가 대답을 한 후, 카에데가 작은 목소리로 이어서 말했다. 그러자 우즈키는 「에이~」 하고 불만 섞인 목소리를 냈다.

"즛키라고 불러도 되는데~."

"마음속으로는 그렇게 부르고 있어."

사쿠타가 솔직하게 말하자, 우즈키는 소리 내서 웃었다.

"그거 괜찮네! 그럼 『도카 양』도 그렇게 부르는 거야?"

그것은 노도카의 별명이다.

"물론이지."

"그렇게 부르지 마!"

뒷좌석에 있는 노도카가 고함을 질렀다. 고개를 돌려보니, 뒷좌석 한가운데에 앉은 노도카가 불만 섞인 표정으로 사쿠타를 쳐다보았다.

"저기, 토요하마."

"왜?"

"팬티 보여."

"윽?!"

노도카는 새된 비명을 질렀다.

짧은 치마에 부츠 차림인 노도카는 차에 타자마자 상의를 벗었기에, 허벅지, 그리고 치마 안에 존재하는 옅은 남색을 띤 무언가가 보였다.

"아, 진짜네."

우즈키가 재미있다는 듯이 웃음을 터뜨렸다.

"보지 마!"

"그러는 우즈키도 아까부터 팬티가 훤히 보이거든?"

핸들을 쥔 여성이 우즈키에게 지적을 했다.

"미니스커트 입은 채로 다리를 벌리지 마."

"하지만 안 그러면 뒤쪽을 쳐다볼 수가 없단 말이야."

"위험하니까 이제 그만 앞쪽을 보라는 말이잖니."

붉은색 신호에 걸려 차를 세웠을 때, 운전석의 여성이 우즈키의 목을 잡고 조수석에 똑바로 앉혔다.

룸미러에는 벗은 다운코트를 무릎에 덮은 노도카의 모습이 비쳤다. 그녀의 시선은 사쿠타의 뒤통수에 인정사정없이 꽂히고 있었다. 팬티가 보인 것은 사쿠타 탓이 아니지만, 노도카의 시선은 그것이 사쿠타 탓이라도 외치고 있었다. 옆

자리에 앉은 카에데 또한 무언의 항의를 하고 있었으며, 운전석의 여성은 이 정체불명의 침묵에 휩싸인 차 안의 분위기를 즐기고 있었다.

다시 차가 달리기 시작했을 때……

"그건 그렇고 히로카와 양."

사쿠타는 아무 일도 없었다는 듯이 입을 열었다. 팬티를 봤니 마니 하는 상황에 어울려주는 것도 바보 같이 느껴진 것이다.

"왜~?"

조수석에서 우즈키의 느긋한 목소리가 들렸다.

"중요한 이야기를 할까 하는데 말이야."

"어? 느닷없이 고백이라도 하려는 거야?"

"저쪽에 계신 누님은 누구신데?"

사쿠타는 우즈키의 착각을 깔끔하게 무시하면서 운전석 쪽을 쳐다보았다. 그곳에는 아까부터 안전 운전을 하고 있는 여성이 앉아 있었다.

"들었어, 엄마?! 누님이래, 누님!"

우즈키가 운전석에 앉은 여성의 어깨를 찰싹찰싹 소리 나게 때렸다.

"위험하니까 그만해. 그만하라잖아!"

커브를 돈 후, 그 여성은 운전을 방해한 우즈키의 이마에 꿀밤을 날렸다. 그러고 나서…….

"우즈키의 엄마란다."

……하고 룸미러 너머로 사쿠타를 향해 인사를 건넸다. 시선이 마주친 사쿠타는 고개를 꾸벅 숙였다. 솔직히 말해 고등학생인 딸을 둔 나이처럼 보이지는 않았다.

"나이가 어떻게 되시는지 물어도 될까요?"

사쿠타는 머릿속에 떠오른 소박한 질문을 입에 담았다.

"몇 살로 보이니?"

"아, 그냥 안 가르쳐주셔도 돼요."

상대방이 질문에 질문으로 답하자, 사쿠타는 순순히 물러섰다. 그러자…….

"열여덟 살 때 우즈키를 낳았단다."

우즈키의 어머니는 웃음을 흘리면서 가르쳐줬다. 즉, 지금은 30대 중반인 것이다. 머리카락과 복장, 그리고 털털한 태도 때문에 실제 나이보다 젊어 보이는 것 같았다. 고등학생인 딸이 있는 것도 어찌 보면 납득이 되긴 하지만…….

"학교에 관해 묻고 싶은 게 있지 않니?"

이야기가 계속 제자리걸음을 한다고 느낀 건지, 우즈키의 어머니가 차 안에 있는 이들을 향해 그렇게 말했다.

"참, 그랬지. 카에데 양, 뭐든지 물어봐."

우즈키는 그렇게 말하면서 또 뒷좌석을 향해 몸을 내밀려고 했다. 하지만 이번에는 도중에 어머니에게 잡힌 바람에 「으어~」하고 괴상한 소리를 내더니, 결국 조수석에 다시 똑

바로 앉았다.

"애도 아니고, 얌전히 앉아 있어."

"애 맞단 말이야!"

사쿠타는 저 두 사람이 사이좋은 모녀지간이라는 생각이 들었다. 부모님과 떨어져서 생활하는 사쿠타와 카에데에게 있어서는 그저 눈부신 광경이었다.

"……."

카에데가 아무 말 없이 두 사람의 등을 쳐다보고 있는 것도, 아마 사쿠타와 같은 생각을 하고 있기 때문이리라.

카에데는 집단 괴롭힘을 당한 것을 계기로 사춘기 증후군이 발병했으며, 해리성 장애로 인해 기억마저 잃었다. 안 좋은 일이 연달아 벌어지자, 사쿠타와 카에데의 어머니는 어머니로서의 자신감을 잃고 말았다. 그 후로 함께 사는 게 어려워졌고, 그 상태는 지금도 계속되고 있었다.

카에데는 그것이 전부 자기 탓이라 여기고 있었다.

"카에데, 묻고 싶은 게 있으면 물어봐도 된대."

사쿠타는 마음을 다잡으면서 카에데를 향해 그렇게 말했다.

"아, 으, 응. 하지만……."

"히로카와 양이 자기와 전혀 다르다고 생각하는 거지? 하지만 이 세상에는 똑같은 사람은 없으니까 개의치 마."

"오빠분, 말 한번 잘했어!"

"저, 저기…… 우즈키 씨는……."

카에데는 말을 이으려 했지만, 교차로를 돌던 차의 경적 소리에 막히고 말았다.

하지만 차 안에 있는 사쿠타와 노도카, 우즈키, 그리고 우즈키의 어머니는 카에데에게 재촉을 하지 않았다. 그저 카에데가 다시 입을 열 때까지 조용히 기다렸다.

"저, 저기, 우즈키 씨는, 왜 지금 다니는 학교에 가자고 생각했나요?"

차가 해안선 도로에 접어들었을 때, 카에데는 질문을 끝까지 입에 담았다. 차는 국도 134호선을 통해 카마쿠라 방면을 향해 질주하고 있었다.

우즈키는 바로 대답하지는 않았다. 「으음~」 하고 신음을 흘리며 생각에 잠겼다.

차가 다음 신호등 근처까지 달렸을 즈음……

"……엄마가, 이 학교를 찾아줬기 때문일까?"

우즈키는 의문을 입에 담았다. 그것은 자기 자신을 향한 질문처럼도 들렸다.

"질문에 의문으로 답하지 마."

운전석에 앉아 있는 우즈키의 어머니가 지적했다.

"으음~, 그렇지만 그게 사실이잖아. 학교에 가지 않게 된 나한테 엄마가 「지금 학교를 그만두고 여기에 가는 건 어떠니?」 하고 말하면서 팸플릿을 보여줬는걸. 아, 내가 전일제 고등학교에 진학했다는 건 알고 있어?"

"학교 소개 인터뷰 때 이야기한 내용이라면 알고 있어."

사쿠타가 미와코와 함께 학교 설명회에 참가했을 때 본 홍보 영상에 우즈키가 나왔다. 예전에 다니던 학교의 동급생들에게 익숙해지지 못했고, 학교에 가는 게 재미없어져서 자연스럽게 멀어졌다고 이야기했다. 카에데처럼, 친구였던 상대에게서 메일이나 메시지를 통해 신랄한 말을 듣지는 않았으리라. 좀 더 소극적인 불화가 발생한 것이다.

"고등학교 때부터 학교에 나가지 않게 된 건 아냐. 중학교 때…… 아이돌 활동을 시작했을 때부터 레슨 때문에 다른 애들과 놀 시간이 없었거든."

"몇 번 같이 놀자는 걸 거절하면, 그 다음부터는 아예 말도 꺼내지 않거든. 여자들은 다들 그래."

노도카도 비슷한 일을 경험한 적 있다는 투로 그 말에 동의했다.

"응! 맞아!"

사쿠타가 우즈키의 반응을 살피면서 뒤편을 힐끔 쳐다보니, 노도카와 한순간 시선이 마주쳤다. 하지만, 노도카는 곧 고개를 돌렸다.

상류층 여학교에 다니고 있는 노도카 또한 반 안에서 잘 지내지 못하고 있다는 이야기를 예전에 들었다. 즐거운 학창 생활을 보내고 있지는 않으리라. 그런데도 노도카가 그 학교를 계속 다니는 것은 어머니가 그것을 바라기 때문이다. 어머니의 소망을 가능한 한 들어주고 싶다는 마음을 노도카는 지니고 있었다. 어머니에게 반발해서 집을 뛰쳐나와 마이의 집에 얹혀살고 있지만, 본질적으로는 어머니를 좋아하는 것이다.

"고등학교 때부터는 학교에서도 잘 지내보고 싶었지만…… 여름 방학이 끝나고 2학기가 막 시작되었을 즈음부터, 학교에 못 가게 됐어. 나만 빼고 다들 여름 방학 때 같이 놀러 다녔는지, 남들의 이야기에 끼지를 못했거든."

우즈키의 목소리는 밝았다. 말투 또한 태연했다. 하지만 그 말에서는 학교에 가지 못하게 된 자신에 대한 떳떳하지 못한 마음이 존재했으며, 그것을 쓴웃음으로 얼버무리려 하고 있었다.

"처음에는 하루만 안 갈 생각이었거든? 하지만 다음 날에도 안 갔고, 그 다음 날에도 집에 있었더니…… 쭉, 안 가게 된 거야."

뭔가를 떠올리듯 말을 멈춘 우즈키의 시선은 창밖을 향하고 있었다. 오른쪽 전방에 에노시마가 있었다. 서쪽으로 기운 태양은 하늘을 오렌지빛으로 물들이고 있었다. 그림엽서로 써도 될 만큼 멋진 풍경이었다.

사쿠타는 그 경치를 보면서 자연스럽게 입을 열었다.

"그럴 때, 어머니는 어떤 심정인가요?"

갑작스러운 질문이었을 것이다. 하지만 우즈키의 어머니는 전혀 당황하지 않았다.

"솔직히 말하자면, 걱정만 앞섰어."

우즈키의 어머니는 농담 투로 그렇게 말하더니, 룸미러를 통해 사쿠타를 한순간 쳐다보았다.

"그 당시에도 어머니 경력이 15, 16년은 됐거든? 하지만 딸이 등교 거부를 한 건 처음이었지. 무슨 말을 해주면 좋을지 모르겠고, 다른 사람과 상의해봤자 원론적인 대답만 들었어……. 우리 우즈키를 어떻게 하면 좋을지 몰라서 난처했단다. 정말 난처했지. 결국 딱히 대단한 일을 해주지도 못했어. 엄마 실격이라도 생각할지도 모르겠네."

"눈곱만큼도 그렇게 생각하지 않아요."

사쿠타는 누구보다 먼저 그렇게 대답했다.

자기 어머니가 그렇게 되지 않았다면, 사쿠타는 지금도 부모님은 뭐든 다 할 수 있는 존재라고 생각했을지도 모른다. 어린아이의 고민과 문제를 뭐든 해결해주는 이라고 착각했을지도 모른다.

지금, 우즈키의 어머니가 말한 게 맞다. 아이의 나이와 같은 시간 동안 부모로서 살아왔지만, 처음 겪는 일는 언제든지 발생한다. 그런 것을 하나하나 극복하고, 아이가 성장하는 것에 맞춰, 부모 또한 부모가 되어간다고 생각한다. 어머니가 되고, 아버지가 되어간다.

그중에는 뜻대로 안 되는 일도 얼마든지 있을 것이다. 부모조차도 해낼 수 없는 일이 있다. 그것을, 사쿠타는 자신의 부모님을 통해 깨달았다. 도저히 어찌할 수 없는 불합리한 일이 아이에게 찾아오거나, 도저히 어찌할 수 없는 부조리한 일이 부모님을 찾아올 때도 있는 것이다.

"엄마가 학교에 가라고 하지 않으니까 나는 정말 편했어. 아마 한 번도 그런 말을 듣지 않았을 거야."

"나도 열심히 학교를 다닌 편은 아니거든. 이래 봬도 옛날에는 바보짓도 많이 했단다."

"그래 보이니까 걱정하지 마세요."

사쿠타가 솔직한 감상을 말했다.

"사쿠타 군은 재미있는 애네."

그러자 우즈키의 어머니는 웃음을 터뜨렸다. 그리고 웃음을 그친 후, 다시 하던 이야기를 계속했다.

"하지만 가기 싫다는 학교에 가지 않아도 된다고 생각하는 한편, 부모로서는 아이가 고등학교를 졸업해주기를 바라게 되지 뭐야. 나도, 남편도, 학력을 중요시하지는 않지만 아이돌로 평생 먹고살 수는 없잖니?"

"나는 평생 먹고살 거야!"

우즈키가 운전석을 향해 몸을 쑥 내밀었다.

"즉, 부모로서 걱정이 되었단다."

우즈키의 어머니는 위험하니까 이러지 말라고 하면서 딸의 머리를 손으로 밀쳐냈다. 보면 볼수록 정말 사이가 좋은 모녀라는 생각이 들었다.

"노도카 양의 어머니도 마찬가지란다."

우즈키의 어머니가 노도카에게 느닷없이 말을 건네자, 그녀는「하아…….」하고 한숨인지 맞장구인지 종잡을 수 없는 소리를 냈다.

"때때로 집에는 돌아가 보니?"

"정월에 갔었어요. 메일로 집에 오라고 하도 성화여서요."

"오늘 라이브도 보러 오신 걸 알고 있어?"

"스테이지 위에서 보였어요."

노도카는 솔직하게 기뻐할 수 없다는 듯한 투로 그렇게 말했다. 하지만 어머니를 봤다는 점은 순순히 인정했다.

미니 라이브를 보러 온 관객은 약 삼백 명 정도였다. 그 안에서 사람 한 명을 찾아내는 것은 그렇게 쉬운 일이 아니다. 하지만, 노도카가 어머니를 발견할 수 있었던 것은 분명 딸인 자신을 보러 왔을 거라고 생각하며 찾아봤기 때문이리라. 노도카는 자신의 그런 성가신 면을 알고 있기에, 저렇게 통명한 표정을 짓고 있는 것이다. 부끄러움을 감추려고…….

"그것보다, 제 이야기는 이제 그만 해요. 사쿠타도 앞을 봐."

이야기가 더 탈선하는 것도 좀 그럴 것 같았기에, 사쿠타는 순순히 앞을 바라보았다.

"하던 이야기나 계속할게. 우즈키가 가고 싶어 할 것 같은 학교가 있다면 보내고 싶었어. 그래서 통신제와 정시제, 해외의 학교도 알아봤고…… 우즈키에게 학교 안내 팸플릿 몇 개를 건네줬단다."

우즈키의 어머니는 그렇게 말하면서 오른쪽 깜빡이를 켰다. 그리고 반대편에서 오는 차의 흐름이 끊어졌을 때, 차를 바닷가에 있는 주차장에 댔다. 왠지 눈에 익은 주차장이었다.

"남은 이야기는 네가 직접 해주렴. 나는 저기 있는 카페에서 기다리고 있을게."

차를 세운 우즈키의 어머니는 사이드 브레이크를 건 후, 바로 차에서 내렸다. 그래서 「이 장소는 좀…….」 하고 사쿠타가 말할 틈이 없었다.

사쿠타는 어쩔 수 없이 문을 열고 차에서 내렸다. 카에데와 노도카, 그리고 우즈키도 뒤따라 내렸다.

"하필이면 여기냐고."

바다에 인접한 넓은 주차장. 사쿠타에게는 눈에 익은 장소다. 그것도 그럴 것이, 미네가하라 고등학교의 바로 앞에 있는 주차장인 것이다.

비수기인 지금은 10미터 간격으로 차량이 드문드문 세워져 있을 정도로 이 주차장은 한산했다.

"역시, 즛키야. 눈치 없는 아이돌다워."

"어? 나, 뭐 잘못했어?"

우즈키는 느긋한 어조로 그렇게 말했다. 자초지종을 몰랐기에, 이런 불행을 초래한 것이리라.

"나는 말해줬거든?!"

"뭘?"

우즈키가 영문을 모르겠다는 표정을 짓자, 노도카는 그녀와 몸을 밀착시켰다. 그리고 귓속말로 무슨 말을 하자, 「아~!」 하고 우즈키는 외쳤다.

몇 미터 떨어진 곳을 걷던 커플이 놀란 표정으로 우즈키 쪽을 쳐다보았다. 카에데도 화들짝 놀라면서 사쿠타의 등 뒤에 숨었다.

"미안해, 카에데 양!"

우즈키는 두 손바닥을 맞대더니, 머리를 깊이 숙였다.

"미안해! 정말 미안해! 아~, 엄마는 벌써 가게에 들어가 버렸어."

"괘, 괜찮아요. 좀 놀라기는 했지만…… 의외로 충격은 안 받았어요. 그것보다……."

사쿠타의 등 뒤에 숨어 있던 카에데는 바다 쪽을 향해 돌아섰다. 미네가하라 고등학교의 교실에서 잘 보이는 바다. 시치리가하마의 바다다.

"이 바다에도 와보고 싶었거든요."

"정말이야? 그럼 모래사장에 들어갈까?"

"아, 예. 가보고 싶어요."

"가자, 가자."

다시 기운이 난 듯한 우즈키가 앞장을 서며 모래사장으로 이어지는 계단을 내려갔다. 그런 우즈키와 나란히 걷고 있는 노도카가 카에데를 대신해 불평을 늘어놓았다.

"너무 기죽지 마, 노도카!"

"그 말을 들어야 할 사람은 내가 아니라 너야!"

사쿠타와 카에데는 그런 두 사람의 등을 쳐다보면서 모래 사장으로 내려갔다.

"카에데, 정말 괜찮아?"

"이 바다에 와보고 싶었던 건 진짜야. 나, 꼭 와보고 싶었어."

사쿠타가 걱정을 하자, 카에데는 자신의 마음을 솔직하게 털어놓았다.

"그렇구나. 그럼 됐어."

사쿠타는 다시 앞을 바라보았다. 그러자 부츠의 굽이 모래사장에 빠져서 악전고투 중인 노도카와 우즈키의 뒷모습이 눈에 들어왔다.

"넘어지지 마."

사쿠타는 일단 그렇게 말했다.

"괜찮아~!"

"이 정도는 식은 죽 먹기야."

마치 허세를 부리는 것 같은 기운찬 대답이었다. 진짜로 괜찮은 걸까, 하고 사쿠타가 생각한 바로 그때였다.

"아, 큰일 났다!"

우즈키가 균형을 잃었다. 반사적으로 노도카의 팔을 잡고 버티려 했다. 하지만 그 탓에 노도카마저 균형을 잃으면서 두 사람 다 엉덩방아를 찧었다.

"넘어질 거면 혼자 넘어져!"

"멤버는 일심동체잖아!"

우즈키는 뭐가 그렇게 즐거운지 깔깔 웃고 있었다.

"하나도 안 웃기거든?!"

모래로 범벅이 된 노도카는 화가 잔뜩 난 것 같았다.

"나 말이지? 지금 학교를 정말 즐겁게 다니고 있어."

우즈키는 엉덩방아를 찧은 채, 어깨 너머로 카에데를 돌아보았다. 그녀는 정말 즐거운 듯이 웃고 있었다. 딱히 서두르는 없었지만, 아무래도 아까 하던 이야기를 이어서 하려는 것 같았다.

"처음에는~, 솔직히 말해 영 내키지 않았지만…… 엄마와 함께 설명회에 가는 것도 내키지 않았어. 통신제 학교에 좋은 이미지를 가지고 있지는 않았거든."

우즈키는 과거의 치기 어린 자기 자신을 그리워하는 표정으로 웃고 있었다. 그때는 젊었다, 같은 말이라도 할 것 같았다.

"그때는 젊었다니깐."

진짜로 말했다.

"하지만 누구나 다 그렇지 않을까?"

노도카는 우즈키가 과거에 한 생각을 긍정했다.

"누구나 다 그렇다니?"

사쿠타가 묻자, 노도카는 그를 힐끔 쳐다보았다. 「다 알면서 묻지 마」 하고 무시무시한 표정으로 이야기하고 있었다. 하지만…….

"통신제나 정시제 같은 것에 나쁜 이미지를 가지는 것 말이야"

노도카는 자신의 생각을 똑바로 말했다.

카에데는 아무 말 없이 고개를 끄덕였다. 그런 세간의 인식이 신경 쓰인다는 표정을 짓고 있었다. 지금 시대의 『분위기』가 그렇게 말하고 있다. 친구에게 『분위기를 못 읽는다』는 말을 들었던 우즈키조차도 그런 생각을 했다고 하니, 그런 『남들』의 의식은 명백하게 존재할 것이다.

편견이라는 의식과 감정은 사람이 만든 분위기 안에 뿌리내려 있다.

평범 혹은 일반적처럼, 다수파를 차지하는 측은 무슨 일에 있어서도 자신들이 옳다고 여기기 마련이다. 그렇게 생각하고 싶어 한다. 그러면 마음이 편한 데다, 평범하지 않은 사람들을 무의식적으로 얕잡아보면서, 자신은 안전권에 있다는 듯이 안심한다. 그래야 안심할 수 있는 것이다.

타인을 내려다본다는 것을 아무도 눈치채지 못한다. 편견이 누군가를 상처 입힌다는 것도 신경 쓰이지 않는다. 왜냐하면, 다들 그러기 때문이다.

"내가 다니게 될 때까지는 그런 걸 전혀 자각하지 못했거든? 하지만 통신제 학교에 들어가는 게 현실미를 지니기 시작하자, 왠지 꺼림칙한 느낌이 들었어. 남들에게 알리고 싶지 않다고나 할까, 상의하기도 힘들었다니깐."

"매일 학교에 가지 않아도 되니까, 최고라고 생각하는데 말이야."

사쿠타가 자신의 생각을 솔직하게 말하자…….

"매일 학교에 가는 사람이 그런 소리를 하면 어떻게 해."

우즈키가 손가락으로 사쿠타를 가리켰다. 반칙을 범한 스포츠 선수에게 주의를 주는 심판 같았다.

말투가 친근해서 잘 느껴지지 않지만, 방금 반응을 보고 우즈키 또한 등교 거부 경험자라는 사실을 사쿠타는 실감했다. 약간 심각한 분위기가 잠시 동안 느껴졌다.

"응. 그럴지도 몰라."

그래서 사쿠타는 순순히 물러섰다.

"너처럼 생각할 수 있다면 정말 멋질 거야."

빙긋 웃고 있는 우즈키의 표정에서는 아까 한순간 느껴졌던 메마른 감정이 사라졌다. 우즈키의 내면에서는 이미 감정이 정리된 거라는 생각이 들었다.

"나는 학교 설명회에 가본 게 컸어. 그 덕분에 통신제 고등학교에 대한 이미지가 변했거든."

"이해해. 나도 그랬어. 농담이 아니라, 진짜로 학교에 대한 생각 자체가 변했을지도 몰라."

"아~. 그래. 나도 그랬던 것 같아."

변한 것에는 전일제 고등학교에 대한 이미지도 포함되어 있다.

"나 말이지? 학교는 정해진 시간에, 정해진 장소에서, 정해진 이들과 모여서, 정해진 수업을 듣는 곳이라고 생각했어. 그렇게 정해져 있으니, 그렇게 해야만 한다고 생각했던 거야."

"……그렇지 않은가요?"

카에데는 우즈키의 말이 이해되지 않는지 고개를 갸웃거렸다.

"틀린 건 아니지만…… 그런 전일제 학교의 방식에 의문을 품은 적이 없었어. 남들이 그렇게 하니까, 그러지 못하는 내가 잘못됐다고 생각했어. 숨이 막히는데도 말이지."

우즈키를 지그시 쳐다보던 카에데가 그 말에 동의하듯 포갠 두 손을 꼭 말아 쥐었다. 사쿠타의 눈에는 카에데가 우즈키와 마찬가지로 숨이 막히는데도 참고 있는 것처럼 보였다.

"하지만 엄마와 함께 갔던 학교 설명회에서는 그러지 않아도 된다는 말을 들었어. 전일제 학교만이 정답이 아니라는 말을 들은 거야. 학교의 방식에 스스로를 맞추는 게 아니라, 자신에게 맞는 방식의 학교를 직접 찾아서 정하면 돼. 뭐~, 인터뷰 때는 너무 좋게만 말한 것 같은 느낌이 들지만 말이야."

"나도 그 생각을 했어."

"그래도 뭔가를 해낼 수 있을지가 자기 자신에게 달려 있다는 건 진짜야. 좋아하는 시간에, 좋아하는 장소에서 공부해도 된다면, 아이돌 활동 때문에 학교를 쉴 필요도 없으니 정말 좋잖아!"

"학교를 쉴 때마다 반 안에서 지내기 힘들어지는 것도 사실이거든."

노도카는 그 점에 대해서는 이미 체념한 건지, 목소리에 실감이 어려 있었다.

"그럼 설명회에 참가하고, 입학하기로 결정한 거야?"

사쿠타가 우즈키를 향해 그렇게 묻자, 그녀는 잠시 동안 생각에 잠기듯 입을 다물었다. 자기 안의 올바른 마음을 찾고 있는 것 같았다. 카에데에게 전하고 싶은 말을 찾고 있는 것이다.

"아마 입학하기로 마음을 굳힌 건 학교 설명회를 마치고 돌아가는 차 안이었을 거야. 괜찮은 것 같다는 느낌은 들었지만, 아직 『그래도 통신제는 좀~』 같은 생각이 들었거든. 바로 그때, 엄마가 이렇게 말했어. 「너를 가졌을 때, 주위 사람들은 하나같이 너를 낳는 걸 반대했어」 하고 말이야. 드라마에서처럼 다들 『애가 애를 어떻게 키우냐 말이야~』 같은 반응을 보였대."

실은 축하받아 마땅한 일이지만, 그 말의 앞머리에 『10대에』라는 한 마디가 붙는 것만으로 인상이 꽤나 달라지는 것이 사실이라고 생각한다. 세간의 시선은 당연히 달라진다. 우즈키의 어머니가 그랬던 것처럼, 축복을 받지 못하는 케이스도 있을 것이다. 아니, 오히려 그편이 많을지도 모른다.

　10대든 아니든, 어엿한 어머니가 되는 사람도 있는가 하면, 그렇지 못한 이도 있다. 나이가 그 둘을 가르는 게 아니다. 통신제 고등학교의 인상 또한 마찬가지이며, 이 세상 온갖 일이 선입관, 고정관념, 그리고 세간의 공기 같은 것 때문에 사실대로 알려지지 않고 있는 것이다.

　"하지만 히로카와 양은 이렇게 어엿하고 자란 거잖아."

　사쿠타가 그렇게 말하자, 우즈키는 「응」 하고 대답하며 힘차게 고개를 끄덕였다.

　"남들이 반대했지만, 엄마는 나를 낳아서 지금까지 길러줬다고 생각하니, 그 『남들』이란 게 대체 뭘까 하는 생각이 들었어. 그래서 나는 진지한 표정으로 엄마한테 「남들이란 대체 뭐야?」 하고 물어봤거든?"

　"우즈키의 어머니는 뭐라고 대답하셨어?"

　노도카가 묻자, 우즈키는 대답하기 전에 먼저 웃음을 흘렸다.

　"엄마는 「우즈키의 행복은 남들이 정하는 게 아니라, 우즈키가 정하는 거야」라고 말했어."

"털털한 어머니시네."

"응. 너무 멋지다니깐."

우즈키의 어머니는 딸이 등교 거부를 했을 때, 무슨 말을 해주면 좋을지 몰랐다고 차 안에서 말했다. 하지만, 이렇게 소중한 말을 딸에게 건넨 것이다. 열여덟 살이라는 젊은 나이에 우즈키를 낳아서 오늘까지 어머니로서 살아온 사람의 말이기 때문에 설득력이 느껴졌고, 또한 가슴속 깊이 스며든다고 사쿠타는 생각했다.

"그런 어머니를 둔 우즈키가 부러워. 사이도 정말 좋잖아."

노도카가 불쑥 그렇게 중얼거렸다.

"그래? 노도카의 어머니는 기품 넘치고 멋지시잖아. 우리 엄마는 내가 초등학생 때까지 금발이었거든? 수업 참관 때도 운동복에 샌들 차림으로 와서 엄청 부끄러웠어."

"아~, 그건 좀 싫네."

노도카는 아까 한 말을 취소했다.

"그렇지? 요리도 엄청 못해~."

"그런 소리를 해도 돼?"

사쿠타가 지적을 하자, 우즈키는 힘차게 그를 돌아보더니…….

"엄마한테는 비밀로 해줘! 알았다간 밥 안 해줄 게 뻔해."

……하고 진지한 표정으로 말했다. 보아하니 전에도 그런 불평을 했다가 굶은 적이 있는 것 같았다.

"그럼 결국은 어머니 덕분이라는 거네? 지금 학교에 가기로 마음먹은 건 말이야."

노도카는 우즈키를 쳐다보며, 탈선되었던 이야기를 되돌려놓으려는 듯이 그렇게 말했다.

"그리고 노도카 덕분이야."

우즈키는 옆을 보더니, 노도카와 시선을 마주했다.

"뭐?"

노도카는 그 말이 뜻밖인지 얼이 나간 듯한 표정을 지었다.

"스위트 불릿의 멤버 모두의 덕분이라는 말이야. 내가 등교 거부를 할 때도 너희는 나와 함께 있어줬어. 그리고 팬 여러분 덕분이기도 해."

이 자리에 없는 이들에게 마음을 전하려는 듯이 정면을 향해 고개를 돌린 우즈키는 머나먼 바다를 응시하며 말을 이었다.

"전에 다니던 학교에는 익숙해지지 못했지만, 멤버도, 팬도, 엄마도, 나에게 있다는 걸 알고…… 그런 남들도 존재할지도 모른다고 생각했기 때문에, 나는 지금 학교에 다니자고 생각했어. 응. 그래. 틀림없어."

우즈키가 쳐다보고 있는 건 수평선일까. 사람 눈높이면 4킬로미터 정도 떨어진 곳이다. 의외로 가깝다. 모래사장에 앉은 우즈키의 눈높이라면 아마 3킬로미터 정도이리라. 걸어가도 도착할 수 있는 거리다. 하지만, 그 정도로 충분하다고 생각한다. 눈에 보이지 않는 목표를 좇는 것은 어려운 일이다. 일단 눈에 보이는 곳까지 뛰어가면 된다. 다음 전봇대까지 열심히 뛰어가는 것으로 충분하다. 그것을 반복하다보면, 한 번도 본 적이 없는 수평선 너머에도 도착할 수 있으리라.

우즈키는 자신의 말에 납득하며 이야기를 끝냈지만, 다들 아무 말도 하지 않았다. 그러자 우즈키는 옆에 앉아 있는 노도카에게 귓속말을 했다.

"카에데 양의 질문에 대한 답은 이 정도면 될까?"

우즈키는 작은 목소리로 말했지만, 바로 옆에 있는 사쿠타와 카에데에게도 명확하게 들렸다.

"백점 만점짜리 대답이야."

사쿠타는 자신의 생각을 솔직하게 말했고, 카에데 또한 고개를 끄덕였다.

"정말? 나, 그런 건 잘 모르니까 틀린 것 같으면 그렇다고 말해줘. 그리고 또 묻고 싶은 게 있으면, 얼마든지 물어봐도 돼."

"……그럼 딱 하나만 물어봐도 될까요?"

"여러 개 물어봐도 돼."

"우즈키 씨는, 저기…… 예전 학교에 다니던 자신과, 지금 학교에 다니는 자신 중에 어느 쪽이 좋나요?"

카에데는 약간 긴장한 표정으로 그런 질문을 던졌다.

아마 카에데는 『지금』이 더 좋다고 말해주기를 바랄 것이다. 우즈키라면 그렇게 대답해줄 거라고 생각하리라. 하지만, 사쿠타는 그 기대가 빗나갈 거라고 생각했다. 물론 좋은 의미에서 말이다.

"양쪽 다, 똑같이 좋아해."

우즈키는 카에데의 눈을 쳐다보며 그렇게 말했다.

"예전의 내가 존재했기 때문에, 지금의 내가 존재하는 거잖아."

그 말을 들은 카에데의 입에서 「아」 하는 목소리가 흘러나왔다. 약간 얼이 나간 듯한 표정을 짓고 있지만, 아무래도 카에데는 카에데 나름대로 뭔가를 눈치챈 것 같았다. 그런 사쿠타의 생각이 옳다는 듯이 입을 꼭 다물더니, 입가에는 납득했다는 듯이 미소가 어려 있었다.

"그렇구나. 맞아요."

"응. 그래."

"으음…… 고마워요."

카에데는 고개를 꾸벅 숙였다.

"별것 아냐! 나도 오늘 이야기를 실컷 하면서 나 자신에 대해 안 것 같아. 나야말로 고마워!"

우즈키가 카에데를 향해 손을 내밀었다. 카에데는 약간 머뭇거리면서도 우즈키와 오늘 들어 두 번째 악수를 나눴다.

그 후, 그들은 우즈키의 어머니가 기다리고 있는 주차장

카페에 가서 따뜻한 음료를 마시며 우즈키가 다니는 학교에 관한 이야기를 들었다.

영상 수업이라는 것을 스마트폰으로 보고, 매일 한다는 채팅을 통한 조례 내용을 보았다. 그 외에도 채팅을 통한 부활동, 그리고 학생들이 직접 만들었다는 부원 모집 홍보 영상 같은 것도 우즈키가 보여줬다.

그것들은 전부 우즈키가 손에 쥔 스마트폰 안에 존재하는 풍경이다. 하지만, 활동하고 있는 학생들의 체온 같은 것이 분명하게 느껴졌다.

손바닥만 한 학교. 그곳에는 선생님이 있고, 학생이 있다. 그리고 선생님과 학생이 이야기를 나누고, 학생들끼리 평범하게 이야기를 나누고 있다. 친구가 존재하는 것이다.

학생들이 만든 분위기는 전일제 학교와 크게 다르지 않았다. 적어도 사쿠타는 그렇게 느꼈다.

그저 물리적으로 같은 공간에 있지는 않을 뿐이다. 이제 와서 생각해보니, 인터넷이 지금처럼 보급된 세상에서는 딱히 신기한 일도 아니다.

하지만 고등학생 생활이 이 안에 존재한다 할지라도, 어렴풋한 거부감이 느껴졌다. 자신도 모르는 사이에 그런 상식이 남들이 만든 『분위기』에 의해 몸에 배고 만 것이다.

물론, 모든 통신제 고등학교가 우즈키가 보여준 것과 동일할 리는 없다. 하지만 우즈키가 다니는 『학교』는, 사쿠타가 알고 있는 『학교』였다. 그곳에 다니는 학생들의 분위기가, 그렇다 말하고 있었다.

"앞으로는 저출산화로 학교가 점점 줄어들 거야. 이대로 간다면 말이지. 그렇게 되면 학교가 멀어서 다니기 힘든 애들도 늘어나…… 그러니 우즈키나 너희가 고등학생 정도 된 자녀를 뒀을 즈음에는 스마트폰이나 컴퓨터 같은 것으로 수업을 듣는 게 당연한 세상이 될지도 모른단다."

우즈키의 어머니가 그렇게 말했다.

"그래서 나는 미래의 학교에 다닌다고 생각해."

어머니의 말에 이어 장난기 어린 미소를 지으며 그렇게 말한 우즈키는 왠지 자랑스러워하고 있는 것처럼 보였다.

분명, 우즈키의 이런 분위기도 포함해, 이날 있었던 일은 카에데에게 큰 의미를 지닐 거라고 생각한다. 마음에 무언가가 전해졌다고 생각한다.

그래서일까. 2월도 이틀밖에 남지 않은 이달의 끄트머리이자 금요일인 27일…….

"오빠."

"응?"

"나, 이 학교 설명회에 가보고 싶어."

카에데가 막 목욕을 마친 사쿠타에게 팸플릿을 내밀었다. 그것은 일전에 사쿠타가 미와코와 함께 갔던 학교 설명회에서 받아 온 것이다. 즉, 우즈키가 다니는 통신제 고등학교의 팸플릿이다.

"다음 설명회가 언제인지 토모베 씨에게 물어봐야겠네."

"학교 홈페이지에 들어가 보니, 3월에는 매주 일요일에 한대."

카에데는 노트북 컴퓨터를 가져와서 코타츠 위에 올려놓더니, 사쿠타에게 화면을 보여줬다. 3월 학교 설명회는 1일, 8일, 15일, 22일……에 한다고 적혀 있었다.

"인터넷은 참 편리한걸."

"응."

"하지만 모레인 1일은 졸업식 날이니까…… 다음 주인 8일도 괜찮을까?"

"마이 씨의 졸업식 날에 가자고 할 만큼 눈치가 없지는 않아."

카에데는 그 정도는 알고 있다는 듯이 퉁명한 표정을 지었다. 하지만, 곧…….

"8일에는 내가 오빠를 예약한 거다?"

……하고 약간 으스대는 어조로 말했다. 사쿠타는 그런 카에데에게 「알았다, 알았어」 하고 대답한 후, 냉장고에서 꺼낸 스포츠 드링크를 마셨다.

2

다음 날, 2월 마지막 날 토요일인 28일에는 오전부터 카에데에게 재촉을 당하면서 함께 후지사와 역으로 향했다.

"오빠, 빨리 와! 코미, 벌써 도착했을지도 몰라."

카에데가 『코미』라고 부르는 이는 바로 카노 코토미다. 요코하마시에 살던 시절, 카에데의 친구였던 소녀다. 같은 맨션에 살았으며, 철이 들기 전부터 함께 놀던 소꿉친구다. 이름이 『코토미』인데 카에데가 그녀를 『코미』라고 부르는 것은 말을 잘 하지 못하던 어린 시절부터 그렇게 불렀기 때문이다. 코토미 또한 카에데를 지금도 『카에』라고 불렀다.

코토미는 겨울 방학 중에 한 번 놀러 왔을 때, 혹시 마음이 내킨다면 연락을 달라며 메일 주소가 적힌 메모를 카에데에게 건네줬다. 어젯밤에 카에데는 그 주소로 메일을 보냈고, 둘이서 몇 번 연락을 주고받더니 코토미가 놀러 오기로 한 것 같았다.

이야기를 들었을 때는 갑작스럽게 느껴졌지만…….

"사쿠타, 오늘 한가하지?"

"한가해요."

"그럼 데이트하자."

그런 느낌으로 마이와의 데이트 약속이 잡히기에, 사쿠타는 어쩌면 약속 같은 건 원래 갑자기 잡히는 걸지도 모른다며 납득했다.

후지사와 역에 도착한 사쿠타와 카에데는 JR의 개찰구로 향했다. 그러자 전철이 도착한 직후인지 사람들이 차례차례 나오고 있었다.

"아, 코미가 저기 있네. 코미."

코토미를 발견한 카에데는 그렇게 말하면서 손을 흔들었다.

코토미도 사쿠타와 카에데를 발견하더니 뛰어왔다. 그리고 그대로 카에데의 앞으로 오더니, 그녀의 손바닥을 맞대며…….

"카에, 두 달 만이야."

……하고 기쁨을 나눴다.

"응. 와줘서 고마워."

"당연히 와야지. 메일 받고 정말 기뻤어."

그것이 거짓말이 아니라는 사실은 코토미의 눈가를 보면 알 수 있었다. 지금도 그 순간을 떠올린 것인지, 눈물에 젖은 눈가가 반짝이고 있었다.

카에데가 예전에 다니던 중학교에서 집단 괴롭힘을 당했다는 것을 코토미도 알고 있다. 코토미는 그 중학교에 지금도 다니고 있었다.

그때는 반이 달라서 아무런 힘이 되어주지 못했다며, 코토미는 당시의 일을 안타까워했다.

게다가 해리성 장애 때문에 사쿠타 남매는 코토미와 작별 인사도 나누지 않은 채 이사를 갔던 것이다.

코토미는 크나큰 상실감을 느꼈을 거라고 생각한다.

그런 코토미이기에, 이렇게 카에데와 다시 만나서 메일을 주고받게 된 것을 진심으로 기뻐하는 것이다.

그 심정을 느낀 카에데 또한 약간 훌쩍이고 있었다.

예전에 다니던 학교에서는 반 애들과 잘 지내지 못했지만, 코토미처럼 절친한 상대는 있다. 친구는 있다. 카에데를 좋아해주는 사람이 존재하는 것이다.

집단 괴롭힘을 당해서 다행이라고는 절대 생각하지 않지만, 그 경험이 자신에게 있어 소중한 이가 누구인지를 카에데에게 가르쳐줬다고 생각한다. 그리고 마이, 노도카와 메일 연습을 한 카에데가 가장 먼저 메일로 연락을 취한 이는 바로 코토미였다. 만나고 싶다고 생각했기 때문이다. 그리고 코토미도 같은 마음이었다.

"오빠도 마중 나와 줘서 고마워요."

코토미는 안경 안으로 손을 넣어 눈물을 닦더니, 사쿠타를 향해 고개를 작게 숙이며 그렇게 말했다.

"괜찮아. 어차피 슈퍼에 가서 쌀과 간장을 사야 했거든."

"그럼 짐 옮기는 걸 도와드릴게요."

사쿠타는 반쯤 농담 삼아 한 말이지만, 코토미는 의욕을 불태우며 그렇게 대답했다.

각자 시장바구니를 하나씩 들고 집으로 돌아가 보니, 거실의 시계가 11시 10분을 가리키고 있었다. 일단 코토미를 거실로 안내한 후, 차를 내줬다.

사쿠타는 실내복으로 갈아입은 후, 부엌에 가서 점심 준비를 시작했다. 감자, 당근, 양파…… 카레 혹은 스튜를 만들 재료를 준비하자, 그 모습을 지켜보던 코토미가 「저도 도울게요」 하고 말했다.

"손님이니까 안 그래도 돼."

"그래도 도울래요."

사쿠타가 뭐라고 말하기도 전에, 코토미는 이미 손을 씻고 있었다. 의욕을 내고 있는 코토미의 도움을 거절할 이유는 딱히 없었다.

코토미에게는 껍질 벗기기를 부탁했다.

상황이 이렇게 되자, 평소 요리를 하지 않는 카에데도 가만히 보고 있을 수가 없었고, 결국 학교에서 조리 실습을 하는 듯한 느낌으로 카레를 만들었다.

완성된 카레는 건더기의 크기가 제각각에 형태도 달랐으며, 식감 또한 버라이어티했다. 푹 익힐 시간이 없었기에 건더기에 간이 완전히 배지도 않았다. 하지만, 불가사의하게도 맛이 나쁘지 않았다.

"카에, 맛있지?"

"응, 맛있어."

카에데와 코토미는 자신들이 만든 카레를 먹으며 기뻐했다.

"너무 많이 만든 것 같지만 말이야……."

코토미가 걱정 섞인 눈길로 돌아본 가스레인지 위에는 커다란 양철 냄비가 놓여 있었다.

"하루 세 끼를 카레로 먹어도 사흘은 먹을 수 있겠는걸."

"맛있기는 하지만, 매 끼니마다 먹지는 못할 것 같아."

아까부터 맛있다는 말을 연이어 하던 카에데의 표정이 흐려졌다.

"마이 씨와 토요하마한테 먹으러 오라고 하면 되겠지."

분명 「카에데가 만든 카레가 있는데요」 하고 말하면, 쌍수를 들고 먹으러 와줄 것이다. 마이라면 카에데를 구실로 부르지 말라면서 꾸짖을 것 같지만, 사쿠타로서는 그것도 포함해 일석이조랄까, 일석삼조다. 이것으로 내일 졸업식 후에는 카레 파티 확정이다.

코토미와 함께 점심을 먹은 후, 사쿠타는 혼자서 뒷정리를 맡겠다고 나섰다. 사쿠타가 설거지를 하는 사이, 카에데와 코토미는 사이좋게 코타츠에 앉아서 노트북 컴퓨터를 보고 있었다.

단편적으로 들리는 대화 내용으로 볼 때, 고등학교에 관한 이야기를 하고 있는 것 같았다. 카에데가 흥미를 가지고 있는 통신제 고등학교의 홈페이지를 코토미에게도 보여주고 있는 것 같았다.

처음에는 카에데도 코토미의 반응을 노골적으로 신경 쓰

는 것 같았다. 하지만 「이 학교, 굉장하네. 이렇게 다양한 공부를 할 수 있구나」 하고 코토미가 말하면서 놀라워하자, 카에데는 지금까지 조사한 것들과 히로카와 우즈키에게서 들었던 이야기를 코토미에게 해줬다.

"정말 대단해."

"그렇지? 그 외에도 여러 가지 공부를 할 수……."

"아냐. 내가 대단하다고 생각한 건 바로 카에야."

"뭐?"

"나는 카에처럼 직접 조사해보고 고등학교를 선택하지 않았어. 선생님이 지금 성적이면 여기에 갈 수 있을 거라고 해서, 그냥 그 말에 따른 거야. 카에는 자립했네."

카에데는 칭찬을 듣더니 부끄러워하듯 고개를 숙였다. 하지만 입가에 어려 있는 기쁨의 미소는 부엌에서도 알 수 있었다.

오늘 이 타이밍에 코토미가 놀러 와서 다행이라는 생각이 들었다. 긍정적으로 변한 카에데의 마음에 좋은 영향을 주고 있었다.

얼추 설거지를 마친 후, 사쿠타는 일단 방으로 돌아가서 옷을 갈아입었다. 오후 세 시부터 아르바이트가 잡혀 있기 때문이다.

외출하기 전에 거실에 가보니, 카에데와 코토미가 여전히 둘이서 사이좋게 코타츠에 들어가 있었다. 둘 다 노트북 컴퓨터의 화면을 보고 있는 것 또한 아까와 마찬가지였다. 하지만 두 사람이 보고 있는 건 염소가 이상한 소리를 내는 영상, 그리고 액정 텔레비전 위에 올라가고 싶어 하는 고양이 영상이었다. 코토미가 카에데에게 최근 유행하는 것들을 가르쳐주고 있는 것 같았다.

"그리고 이것도 유행해."

코토미가 그렇게 말하며 검색해서 보여준 것은 다른 동영상 투고 사이트의 화면이었다.

사쿠타가 뒤편에서 보니, 투고자의 이름난에는 『키리시마 토코』라고 적혀 있었다.

"키리시마 토코?"

카에데가 그 이름을 입에 담았다.

"응. 영상도 아름답고, 목소리도 정말 좋아."

코토미가 재생 버튼을 누르자, 몽환적인 영상에 맞춰 마음에 울리는 노랫소리가 스피커에서 흘러나왔다.

일전에 마이가 보여줬던 것과는 다른 영상과 노래였다. 코토미도 알고 있다는 사실에 『진짜로 유행하고 있구나』 하고 사쿠타는 멍하니 생각했다. 그 후…….

"나, 아르바이트 갔다 올게."

사쿠타는 뒤편에서 두 사람에게 말을 걸었다.

"아, 예. 다녀오세요."

코토미가 먼저 사쿠타를 향해 고개를 돌렸다.

"카노 양, 해지기 전에 돌아가."

"그럴 생각이에요."

"오빠, 잘 갔다 와."

사쿠타는 살며시 고개를 숙인 코토미와 작게 손을 흔드는 카에데에게 배웅을 받으면서 거실을 나섰다. 하지만 현관에서 신발을 신으려던 순간, 전화기 벨소리가 들렸다. 사쿠타의 집 전화기에서 난 소리였다.

사쿠타는 어쩔 수 없이 거실로 돌아갔다. 그러자 코타츠에서 나온 카에데가 전화기 앞에 서 있는 모습이 눈에 들어왔다. 카에데는 전화기에서 한 걸음 떨어진 곳에서 디스플레이를 쳐다보고 있었다.

화면에 표시된 것은 눈에 익은 번호였다.

"미와코 선생님 번호 맞지?"

카에데는 고개를 들더니, 사쿠타에게 확인을 부탁했다.

"그래."

사쿠타는 대답을 하면서 수화기를 향해 손을 뻗었다. 하지만, 그가 수화기를 쥐려던 순간…….

"내가 받아도 돼?"

……하고 카에데가 말했다.

"마이 씨 전화만 아니면 얼마든지 받아도 돼."

사쿠타는 그렇게 말하면서 수화기에서 손을 뗐다. 한 걸음 물러선 후, 카에데에게 전화기 앞을 양보했다. 그러자 전화기 앞에 선 카에데가 「휴우」 하고 숨을 내쉰 후에 수화기를 쥐었다.

"여, 여보세요."

긴장한 탓인지 카에데의 목소리가 약간 갈라졌다. 하지만 곧 목소리를 가다듬었다.

"예, 카에데예요. 오빠는 있는데…… 미와코 선생님 전화번호라서 제가 받아보려고…… 예."

그리고 미와코와 차분하게 이야기를 나눴다.

"예…… 예……"

미와코의 목소리가 들리지 않기에, 사쿠타는 두 사람이 어떤 이야기를 나누는지 알 수 없었다.

"예? 합격?"

그래서 카에데가 깜짝 놀란 것도 이해가 안 되었으며, 코타츠 안에서 카에데를 쳐다보고 있던 코토미도 그와 같은 심정인 것 같았다. 사쿠타와 시선이 마주치자, 영문을 모르겠다는 듯이 고개를 갸웃거렸다.

하지만 방금, 카에데는 합격이라고 말했다.

대체, 무엇에…….

대체, 누가…….

무슨 이야기를 하는 건지 짐작조차 되지 않았다.

카에데는 미와코의 말에 「예…… 예……」 하고 맞장구를 치고 있었다. 하지만, 얼이 나가 있는 것 같았다. 마음이 딴

곳에 가 있는 듯한 눈치였다.

"카에……?"

코토미가 걱정이 되는지 뒤편에서 카에데를 불렀다.

"카에데?"

사쿠타도 말을 건넨 순간…….

"오빠를 바꿔달래."

카에데가 그렇게 말하며 수화기를 건네줬다.

이렇게 되면 카에데에게 이야기를 듣기보다, 미와코에게 직접 묻는 편이 빠를 것이다.

"사쿠타예요. 토모베 씨?"

"아, 사쿠타 군. 무슨 일인지…… 아직 모르겠지?"

토모베는 사쿠타의 목소리에 어린 의문을 눈치챈 것 같았다.

"감도 오지 않아요."

"결론부터 말할게."

"예."

"카에데 양이 미네가하라 고등학교에 합격했어."

"……."

"합격했어."

"예?"

잠시 말문이 막혔던 사쿠타는 얼빠진 목소리로 그렇게 되물을 수밖에 없었다.

카에데가 합격했다.

미네가하라 고등학교에…….

"어떻게요?"

사쿠타는 머릿속에 떠오른 의문을 미와코에게 그대로 던졌다.

"그게 말이지. 미네가하라 고등학교에서 정원 미달이 발생했어."

"전에 경쟁률이 높을 거라고 말하지 않았어요?"

예상보다 배율이 낮더라도, 수험자 숫자가 정원을 밑돌 분위기는 아니라는 말을 일전에 미와코에게서 들었다. 연예인인 『사쿠라지마 마이』가 다니는 학교로서 일부에서 유명하기도 하기 때문이다.

"원서 접수만으로는 정원의 두 배 이상이었어."

"그런데 어쩌다 정원 미달이 된 건데요?"

"지원을 해도 절반이 불합격할 상황이라서, 지원 고등학교를 변경하는 학생이 속출했어. 과거에 한 번도 본 적이 없는 숫자가 말이야……. 이래서는 절대 합격하지 못한다……라는, 불안을 조장하는 듯한 정보가 SNS에서 돌면서 수험생에게 확산된 것 같아."

"……그랬군요."

즉, 변경하지 않았다간 큰일 날 듯한 분위기가 만연하면서, 안 그래도 불안을 느끼고 있던 수험생들이 거기에 휘둘리고 말았다…… 같은 상황인 걸까.

"아무튼, 경위가 어찌 되었든 간에 카에데 양은 미네가하라 고등학교에 합격했어."

"예."

"그 통지서를 받으려면 수험표가 필요해. 아직 가지고 있지?"

"그건 카에데에게 물어봐야 할 것 같아요."

사쿠타가 마지막으로 수험표를 본 것은 시험 당일이다. 몸 상태가 나빠진 카에데를 대신해 짐을 가방에 넣을 때 봤었다.

"수속도 해야 하니까, 어떻게 할지 정하면 바로 연락을 줬으면 해."

"예. 카에데에게 이야기해둘게요."

"부탁해. 그럼 끊을게."

"예."

"아, 맞다."

"무슨 일이에요?"

"합격, 축하해."

"합격한 사람은 제가 아니에요."

"카에데 양에게는 아까 말했어."

미와코는 그렇게 말하면서 전화를 끊었다.

사쿠타의 귓가에는 미와코가 한 말이 아직도 맴돌고 있었다. 「합격, 축하해」라는 상냥한 목소리가 말이다. 가족을 향한 축하를 들은 적이 없어서 그런지 조금 불가사의한 느낌이 들었다. 하지만, 자신을 향한 축하가 아니기에, 사쿠타는 그「축하해」라는 말이 기쁘게 느껴졌다.

이런 식으로 말을 건네는 방법도 존재하는 것이다. 사쿠타는 좋은 것을 배웠다고 생각하면서 수화기를 내려놓았다.

그리고 천천히 거실을 향해 돌아섰다.

그러자, 카에데와 시선이 마주쳤다. 사쿠타가 무슨 말을 건네기도 전에, 카에데의 눈동자가 힘차게 말을 하고 있었다. 그것만으로도 카에데의 의지는 느껴졌다.

카에데가 어쩌고 싶은지는 말을 듣지 않아도 알 수 있었다.

하지만, 카에데는 사쿠타의 눈을 쳐다보며 입을 열었다.

"오빠, 나―."

그 말의 내용은 사쿠타가 상상한 것과 똑같았다.

3

집을 나서려던 순간에 전화가 온 바람에 출발이 늦어진 사쿠타는 서두르는 것을 포기하며 아르바이트를 하는 패밀리 레스토랑에 연락을 했다. 점장에게 자초지종을 설명한 후, 한 시간 늦게 출근하게 해달라고 부탁했다. 그리고 사쿠타는 아버지에게 전화를 걸었다.

카에데의 의지는 확고했지만, 진로에 관한 것이니 아버지와도 상의하는 편이 좋을 것이다. 아버지 또한 이 일에 대해 상의하고 싶을 것이다.

사쿠타가 전화를 걸자, 아버지가 바로 받았다. 게다가 사쿠타가 용건을 말하기도 전에…….

"정원 미달에 관한 거니?"

……하고 아버지가 말했다.

카에데의 수험에 관해서는 사쿠타보다 더 신경을 쓰고 있을 테니, 현립 고등학교의 수험에 관한 정보를 수시로 확인하고 있는 것이리라.

"토모베 씨한테서 수속도 해야 하니 빨리 답을 해줬으면 한다는 연락을 받아서."

"그 일 때문에 오늘 밤에라도 연락을 할 생각이었단다."

"내일, 여기에 올 수 있겠어?"

"그래. 저녁에 너희 어머니가 있는 병원에 들렀다가 거기로 가마."

"그럼 내일 이야기를 나눈 후에 월요일에 답을 주겠다고 토모베 씨에게 말해둘게."

"응. 연락은 맡겨도 되겠니?"

"아까 결정하고 나면 연락을 주겠다고 토모베 씨에게 이야기했거든."

"그래. 그럼 부탁하마."

아버지는 약간 낮은 목소리로 대답했다. 전파가 약해서 목소리가 작게 들리는 게 아니다. 의도적으로 작은 목소리로 이야기하는 것이다. 그래서 사쿠타는 아버지가 지금도 어머니의 병원에 있다는 것을 알았다.

어머니가 정신적으로 병든 것은 카에데가 집단 괴롭힘을 당해 사춘기 증후군에 걸렸던 시기다. 그러니 아버지가 어머니가 듣지 못하게 목소리를 낮추는 것도 이해가 됐다.

"그럼 내일 봐."

자세한 이야기는 내일 하면 된다고 생각한 사쿠타는 용건만 전하고 전화를 끊었다.

그 후, 사쿠타는 아버지와 방금 이야기한 내용을 전하기 위해 미와코에게 전화를 걸었다. 내일 아버지와 상의를 해서 결론을 내린 후, 월요일에 다시 연락을 주기로 약속한 것이다.

그렇게 연락을 마치고 나니, 오후 세 시 반이 되었다.

아르바이트를 네 시부터 하기로 변경했기 때문에, 아직 집을 나서기에는 조금 일렀다. 그래서 사쿠타는 코토미가 가지고 온 과자를 맛보며 차를 마신 후에 출발하기로 했다.

"잘 먹었어. 그럼 슬슬 아르바이트를 하러 가볼게."

사쿠타는 차를 다 마신 후에 코타츠에서 나왔다. 바로 그때······.

"아, 그럼 저도 그럼 이만 가볼게요."

코토미가 그렇게 말하면서 자리에서 일어났다.

"엄마가 너무 폐를 끼치지 말라고 말했거든요."

"전혀 폐가 안 되는데 말이야."

카에데는 약간 아쉬운 눈치였다.

하지만 코토미가 사는 곳은 요코하마 교외에 있는 마을이다. 요코하마 역에는 후지사와 역에서 토카이도 선으로 12분 정도면 갈 수 있지만, 거기서 환승을 해서 더 가야 하는 내륙 지역이다. 그래서 실제로는 가는 데 한 시간가량 걸린다. 집에 돌아가는 것도 일인 것이다.

"다음에 놀러 오면 자고 가."

사쿠타의 제안을 듣고 카에데도 납득한 건지, 「또 메일 보낼게」 하고 코토미에게 말했다.

카에데가 배웅을 해주는 가운데, 사쿠타는 코토미와 함께 집을 나섰다.

두 사람은 후지사와 역을 향해 걸음을 옮겼다. 네 시 즈음이 되자 해가 기울기 시작했다. 일주일 전에는 이 시간이면 쌀쌀하게 느껴졌지만, 오늘은 따뜻한 햇살이 희미하게 느껴졌다.

내일은 3월 1일이다. 계속 겨울 분위기에 젖어 있을 수는 없으리라.

대로에 도착했을 즈음, 횡단보도 앞에서 빨간 신호에 걸렸다.

"카에는 대단하네요."

코토미는 신호기를 쳐다보면서 느닷없이 그렇게 말했다.

"대단해?"

"어른이 된 것 같아요."

"어른……?"

사쿠타는 더 영문을 모르겠다는 듯이 고개를 갸웃거렸다.

"학교도 직접 고르더니, 아까도……."

"아~, 미네가하라 고등학교 말이구나."

사쿠타는 그제야 코토미가 하고 싶은 말이 뭔지 눈치챘다.

아까, 카에데는 사쿠타에게…….

─오빠, 나, 미네가하라 고등학교에는 안 갈 거야. 내가 갈 학교는 내가 직접 찾을래.

……하고, 딱 잘라 말했던 것이다.

"제가 카에였다면 전일제 고등학교에 가겠다고 말했을 거예요."

"그건 남들과 똑같은 게 좋기 때문이야?"

"예."

"뭐, 카에데는 운이 좋았을 뿐일지도 몰라."

우연히 통신제 고등학교에 관한 이야기를 해줄 상대가 주위에 있었다. 그 상대가 히로카와 우즈키였던 것도 영향을 끼쳤을 것이다. 우즈키의 어머니 또한, 우즈키 못지않게 카에데에게 좋은 영향을 끼쳤을 거라고 생각한다.

"뭐, 운이 좋았던 건 틀림없어. 하지만 나도 대단하다고 생각하기는 해."

"그 말, 카에에게 해주세요. 분명 기뻐할 거예요."

"싫어. 그럼 기고만장해질 것 같거든."

"그럼 제가 전할게요."

사쿠타가 코토미를 쳐다보니, 그녀는 스마트폰을 쥐고 있었다. 그리고 경쾌하게 손가락을 놀리면서 재빨리 조작하더니⋯⋯.

"메일, 보냈어요."

사쿠타가 말리기도 전에 그렇게 말했다.

"아, 답장이 왔네요."

"뭐?"

코토미는 화면을 보면서 빙긋 웃었다.

"『그런 소리를 하는 오빠는 가짜일지도 몰라』라네요."

코토미는 메일의 내용을 읽어주면서 스마트폰 화면을 사쿠타에게 보여줬다.

"카에데도 조금은 재미있는 소리를 할 줄 알게 됐네."

그런 점을 보면, 카에데도 성장했을 뿐만 아니라 어른이 된 것일지도 모른다.

신호가 파란색으로 바뀌자, 사쿠타는 코토미와 함께 걸음을 옮겼다.

사쿠타는 역에 도착할 때까지, 자신이 하고 있는 아르바이트 이야기를 했다. 고등학생이 되면 코토미도 아르바이트를 할 생각이라고 한다. 똑똑한 코토미라면 어떤 아르바이트라도 잘 할 것이다.

역에 도착한 후, 사쿠타는 개찰구 앞까지 코토미를 배웅했다.

코토미는 고개를 숙이며 인사를 한 후, 교통카드를 대면서 개찰구를 통과했다. 그리고 사쿠타를 향해 돌아서더니…….

"봄 방학 때는 카에네 집에서 자고 갈게요!"

코토미는 환한 미소를 지으며 그렇게 말했다.

사쿠타가 손을 가볍게 흔들어주자, 코토미는 경쾌한 발걸음으로 플랫폼과 연결된 계단을 내려갔다.

그런 코토미가 시야에서 완전히 사라진 후, 사쿠타 또한 아르바이트를 하기 위해 패밀리 레스토랑으로 향했다.

"이건 마이 씨가 화낼 일이려나……."

여동생의 친구를 집에서 재워주는 건 괜찮을까, 괜찮지 않을까……. 그것이 위험선을 넘어서는 짓인지, 솔직히 말해 감이 오지 않았다.

사쿠타는 아르바이트 시간을 한 시간 미룬 만큼, 평소보다 조금 더 성실하게 일했다. 자리가 비면 솔선해서 식기를 치웠고, 계산대 앞에 손님이 서 있으면 「아, 제가 할게요」하고 점장에게 말해 어필을 하면서 계산대로 향했다.

그러다 보니, 가게 안에 눈에 띄게 빈자리가 생겼다. 티타임 시간대가 끝나고, 디너 타임 직전의 한산한 시간대가 된 것이다.

사쿠타가 빈 테이블을 깨끗하게 닦았을 때였다.

"아즈사가와 군, 이 틈에 휴식 좀 취해."

점장이 사쿠타를 향해 그렇게 말했다.

"그래도 될까요? 저, 한 시간 늦게 왔는데요."

"괜찮아. 쿠니미 군이 벌써 왔거든. 아, 그래도 30분만 쉬어. 좀 있으면 붐비기 시작할 시간대잖아."

"아~, 예."

점장이 그렇게 말하자, 사쿠타는 순순히 휴식을 취하기로 했다.

사쿠타는 가게 안쪽으로 향했다. 그리고 점원용 드링크를 따르고 있을 때였다.

"사쿠타."

등 뒤에서 목소리가 들려왔다. 사쿠타는 고개를 돌리지 않고도 상대가 쿠니미 유마라는 것을 눈치챘다.

"왜?"

"이쪽 좀 봐."

"뭔데?"

사쿠타가 어쩔 수 없이 돌아보니, 초콜릿 파르페가 놓인 쟁반을 든 유마가 눈에 들어왔다.

"한턱 쏘는 거야? 기왕이면 햄버그를 사달라고."

"6번 테이블에 귀여운 손님이 와 있어."

유마가 그렇게 말하면서 초콜릿 파르페가 놓인 쟁반을 사쿠타에게 떠넘겼다.

"마이 씨야?"

사쿠타가 물었지만, 유마는 「가보면 알아」하고만 말했다. 손님 테이블의 벨이 울리자, 유마는 「지금 갑니다」하고 일부러 말하면서 홀에 나갔다.

만약 상대가 마이라면, 유마는 「귀엽다」는 표현을 쓰지 않을 것이다. 아름답다거나, 미인이라거나, 그런 말이 마이에게 더 어울리니까 말이다.

파르페를 들고 가만히 서 있을 수도 없기에, 사쿠타는 상대가 누구인지 생각하면서 홀로 나갔다.

유마가 가리킨 테이블을 보니, 중학교 교복을 입은 한 소녀가 있었다. 4인용 박스석에 혼자 앉아 있었다.

사쿠타를 발견한 그 소녀는 환한 미소를 짓더니…….

"아, 사쿠타 씨."

……하고, 밝은 목소리로 말했다.

그 사람은 바로 마키노하라 쇼코였다.

우선 초콜릿 파르페를 쇼코 앞에 뒀다.

"초콜릿 파르페입니다."

"와아."

사쿠타는 눈을 반짝이며 파르페를 쳐다보고 있는 쇼코의 맞은편에 앉았다.

"무슨 일이야?"

"아, 잠시 시간 좀 내주실 수 있어요?"

쇼코의 시선이 파르페가 아니라 사쿠타를 향했다.

"지금 휴식 시간이니까 괜찮아."

"휴식 시간을 빼앗아서 죄송해요."

쇼코는 그렇게 말했지만, 그녀의 시선은 아까부터 계속 초콜릿 파르페를 향하고 있었다.

"먹으면서 이야기해도 돼."

"그럼, 잘 먹겠습니다."

쇼코는 스푼을 들더니, 파르페 위쪽의 휘핑크림과 초콜릿 아이스크림을 떠서 입에 넣었다. 표정은 행복으로 가득 차 있었다. 정말 건강해 보였다. 쇼코는 심장 이식 수술을 받은 덕분에 건강을 되찾은 것이다.

"몸도 괜찮아 보이네."

"수술을 받고 1년이나 지났거든요."

쇼코는 자랑스레 가슴을 펴며 그렇게 말했다.

"마이 씨 덕분이에요. 그 영화가 있었기 때문에 제가 수술을 받을 수 있었던 거예요."

"반향이 엄청나기는 했어."

그 영화는 마이가 중학생 시절에 주연을 맡았던 작품이다. 배우 활동을 중단하기 직전에 전국에 공개된 영화이며, 『최루탄 영화』로서 순식간에 엄청난 히트를 거뒀다.

마이가 열연을 한 히로인은 태어날 때부터 심장 질환을 가지고 있었으며, 이식 수술을 받지 않으면 몇 달 안에 죽는 중학생 소녀였다. 그것은 쇼코도 앓았던 바로 그 병이었다.

　"영화가 공개된 후에 장기 기증자가 확 늘었다고 의사 선생님도 말하셨어요."

　"정말 다행이야."

　"마이 씨는 저를 기억하고 있었나요?"

　"아니, 전부 잊었어. 다시 생각이 난 건 나와 마찬가지로, 정월 참배를 갔다 돌아가는 길에…… 시치리가하마의 해안에서 마키노하라 양을 만났을 때야."

　"그럼 마이 씨는 왜 그 역할을 맡은 걸까요? 이전에는 마이 씨가 다른 작품에 출연했었잖아요?"

　그 영화 또한 엄청난 히트를 거뒀다. 하지만, 장르는 호러였다.

　"그 역할이 왔을 때, 꼭 맡아야 한다는 생각이 들었대. 이유는 모르겠지만…… 꼭 해야만 한다는 감각만은 강렬하게 남아 있었다나 봐."

　왜 그랬는지는 말하지 않아도 쇼코라면 알 것이다. 사쿠타 또한 알고 있으니까 말이다.

　"나도 마키노하라 양을 잊고 있던 동안에도 막연한 감각만은 남아 있었어. 뭔가 중요한 걸 잊고 있다고나 할까, 뭔가를 해야 하는 느낌이 들었어."

사쿠타는 모금에 동참하면서 그 초조함에 가까운 묘한 느낌을 발산하고 있었다. 언제부터, 어떤 계기로 시작한 것인지는 기억나지 않지만, 사쿠타는 모금 활동을 하는 사람을 보면 그 자리에서 가지고 있던 잔돈 전부를 모금한다고 하는 이상한 룰에 따랐다. 그것을 관두자고 생각한 적은 없다. 지금도 계속하고 있다. 꿋꿋이 말이다.

　겨우 수백 엔의 모금 때문에 누군가가 구원될 거라고 생각하지는 않는다. 꼭 구하고 싶은 가까운 이가 있는 것도 아니다. 하지만 그런 사소한 일이 쌓이고 쌓여서, 누군가를 구원할 때도 있다.

　지금, 사쿠타의 눈앞에서 환하게 웃으며 파르페를 먹고 있는 쇼코가 그 증거다. 사쿠타가 구하고 싶었던 쇼코의 목숨을, 장기 기증 등록을 해준 누군가의 선의가 미래로 이어준 것이다.

　"그런데 오늘은 무슨 일로 찾아온 거야?"

　쇼코는 물고 있던 스푼을 허둥지둥 입에서 뺐다.

　"사쿠타 씨, 이걸 아나요?"

　쇼코는 가방에서 꺼낸 스마트폰의 화면을 사쿠타에게 보여줬다. 화면에 나온 것은 눈에 익은 뮤직비디오였다. 키리시마 토코라는 이름으로 투고된 영상이다.

　"오늘, 여동생 친구가 이야기하던 거네."

　"역시 사쿠타 씨예요."

"뭐가 말이야?"

"운명에게 사랑받고 있네요."

"그런 영문 모를 무언가에게 사랑받고 싶지는 않은데 말이지."

어차피 사랑받을 거면, 부드럽고 따뜻한 무언가에게 사랑받고 싶다.

"그런데 그 영상이 왜?"

쇼코가 단순히 잡담 삼아서 언급했을 거라고는 생각하기 어렵다.

"좀 신경 쓰이는 점이 있어서요."

쇼코는 방금까지와 똑같은 어조로 그렇게 말했지만, 그녀의 표정은 진지했다.

"신경 쓰이는 점?"

사쿠타는 영문을 모르겠다는 듯이 고개를 갸웃거리며 물었다.

"저는, 전부 기억하고 있어요."

"⋯⋯."

"사쿠타 씨나 마이 씨와는 다르게, 저만은 전부 기억하고 있어요. 먼저 미래를 경험한 여러 『저』의 기억이⋯⋯ 지금도, 머릿속에 남아 있어요."

그것은, 사쿠타의 심장을 이식받은 『쇼코 씨』의 기억이자, 마이의 심장을 이식받은 『쇼코 씨』의 기억이기도 할 것이다.

그 외에도 사쿠타가 모르는 미래의 기억 또한, 지금의 쇼코는 가지고 있으리라.

"응. 그건 알아."

"하지만, 존재하지 않아요."

"존재하지 않는다니……."

"『저』란 사람이 본 몇 개나 되는 미래에는, 키리시마 토코라는 분의 동영상이 존재하지 않아요."

"……."

사쿠타가 그 말에 바로 반응하지 못한 것은 말을 이어갈수록 점점 진지해지는 쇼코의 표정에 정신이 팔렸기 때문이 아니다. 쇼코의 말을, 자신의 감각에 맞춰 이해하는 데 아주 약간 시간이 걸렸던 것이다.

"그래. 그런 이야기구나……."

"그런 이야기예요."

쇼코가 농담을 하지 않았던 이유를 드디어 이해했다. 쇼코가 『쇼코 씨』로서 경험한 온갖 미래에 키리시마 토코의 동영상은 존재하지 않았다. 엄밀하게 말하자면, 존재는 했을지도 모른다. 하지만, 그 투고 동영상이 지금처럼 유행하는 미래는 존재하지 않았다. 그런 『존재하지 않았던 일』이 지금, 이 세계에서 벌어지고 있다. 그것은, 바로…….

"나비 효과처럼, 마키노하라 양은 자기가 한 일이 미래를 바꿨을지도 모른다고 걱정하는 거구나."

"그 점에 있어서는 사쿠타 씨도 공범이라고 생각해요."

쇼코는 파르페의 마지막 한 숟가락을 입에 넣었다. 그 후, 쇼코는 농담을 하듯 웃음을 흘렸다.

"하지만 그건 마키노하라 양이 신경 쓸 일이 아냐."

"설령 지금 제가 한 이야기가 전부 사실이며…… 어디 사는 누군가의 인생을 바꿨을지라도 그것은 그 누군가의 문제이기 때문인가요?"

사쿠타가 입에 담을 법한 대답을. 쇼코는 장난에 성공한 어린애 같은 표정을 지으며 말했다. 그런 어린애 같은 느낌이 감도는 저 표정은 『쇼코 씨』가 자주 짓던 표정이다.

"그래. 만난 적도 없는 누군가의 걱정을 할 만큼, 내 친절은 남아돌지 않아."

"모금 활동을 보면 가지고 있는 잔돈을 전부 기부하는 사쿠타 씨는 충분히 친절하다고 생각해요."

"마키노하라 양을 구할 방법이 그것밖에 생각나지 않았거든."

그리고 지금도 계속 기부를 하는 건 쇼코를 구해준 것에 대한 보답이다. 특정 개인에게 보답을 하는 게 아니라, 이 세상에 존재하는 무의식적인 선의에 대한 보답이다.

"어차피 누군가가 불행해지는 것도 아니라면, 그냥 내버려 둬도 돼. 뭐, 미래를 바꿔서 득을 본 사람이 있다면 나한테도 좀 그 득을 나눠줬으면 좋겠네."

적어도 『키리시마 토코』는 자신의 영상이 유행을 하고 있으니 득을 봤다고 할 수 있을 것이다.

　사쿠타가 농담을 하자, 쇼코는 작게 웃음을 흘렸다.

　"마키노하라 양은 남 걱정보다 먼저 해야 할 게 있지 않아?"

　그쪽이 더 중요할 일이다.

　매우 중요한 일.

　쇼코만이 할 수 있는 일.

　사쿠타는 쇼코의 두 눈을 쳐다보며 그녀의 마음에 호소했다. 그러자 쇼코는 옅은 미소를 지었다. 알고 있다는 듯이 말이다.

　"병 때문에 지금까지 못했던 몫까지, 인생을 구가하라는 거죠?"

　"바로 그거야."

　"물론 구가하고 있어요. 오늘도 전부터 먹고 싶었던 초콜릿 파르페를 먹었고요."

　"소박하네."

　"소박한 행복을 행복으로 느낄 수 있는 게, 실은 가장 큰 행복이에요."

　『쇼코 씨』 같은 말투로 그렇게 말한 쇼코는 의기양양한 미소를 지었다.

　"참, 그랬지."

　이것으로 할 이야기를 전부 마쳤을 거라고 생각했다. 하지만 쇼코는…….

"아뇨. 말할 게 하나 더 있어요."

……하고 말했다.

"실은 이게 오늘 사쿠타 씨를 찾아온 진짜 이유예요."

쇼코는 약간 난처한 표정을 지으며 사쿠타를 쳐다보았다. 말하기 힘든 내용인 걸까. 그 이유는 쇼코가 자기 입으로 이야기해줬다.

"저, 이사 가게 됐어요."

그 말의 의미를 이해하는 데 시간이 걸리지는 않았다. 너무나도 단순한 이야기였기에…….

"언제? 어디로?"

그래서 사쿠타는 자연스럽게 질문을 던졌다.

"내일, 오전 열 시 비행기로 오키나와에 가요."

"갑작스럽네."

사쿠타는 갑작스럽게 느껴졌지만, 쇼코는 그렇지 않은 것 같았다.

"따뜻한 곳이 몸에 부담을 덜 주거든요."

어딘가 차분한 쇼코의 얼굴을 보니, 왠지 그런 생각이 들었다.

"학교는?"

"중학교 수업은 아직 남았지만…… 3월 동안 오키나와에 익숙해진 다음, 봄부터 다시 다닐 거예요."

"그렇구나."

"마이 씨, 비밀을 지켜줬군요."

"뭐?"

"지난주에 마이 씨에게 편지로 미리 알렸어요."

"그랬구나."

"사쿠타 씨를 잘 부탁해뒀어요."

"마이 씨한테 답장은 왔어?"

"오늘 받았어요."

쇼코는 가방에서 하늘빛깔 봉투를 꺼냈다.

사쿠타에게 있어서는 첫사랑과 지금 연인 사이의 일이다. 대체 두 사람 사이에서 어떤 대화가 오간 것인지 알고 싶으면서도 알고 싶지 않은…… 그런 복잡한 기분이 들었다.

"뭐라고 적혀 있어?"

하지만 묻지 않고 헤어지면 마음에 걸릴 것 같았기에, 사쿠타는 물어보았다.

"제가 오키나와에서의 생활에 익숙해졌을 즈음에 사쿠타 씨와 같이 놀러 오겠다고 했어요."

"그랬구나."

"예."

"오키나와…… 좋겠네."

"거기 생활에 익숙해지면, 사쿠타 씨에게도 편지를 보낼게요."

"기다릴게. 오키나와의 사진도 보내줘."

"예. 섹시 수영복 사진도 보낼게요."

"그건 3년 후 정도면 좋겠어."

"그럼 그렇게 할게요. 마이 씨와 대판 싸울 만한 사진을 보낼게요."

"그거 기대되는걸."

"기대해주세요."

쇼코는 그렇게 말하면서 상냥한 미소를 지었다. 눈부신 미소였다. 사쿠타는 그 미소를 기억에 새겼다.

오키나와 정도는 비행기로 금방 갈 수 있다. 과거나 미래에 비하면 별것도 아니다. 그저 같은 나라의 다른 지역일 뿐이다.

그래도 한동안 쇼코의 미소를 볼 수 없을 테니까…….

솔직히 말해, 쓸쓸하기는 했다. 쓸쓸하지 않다면 오히려 이상할 것이다. 하지만, 「쓸쓸할 것 같네」 하고 말하지는 않았다. 병을 극복하고 건강해진 쇼코에게는 앞으로의 인생이 존재하니까 말이다. 이사는 그런 인생의 한 걸음이다. 그러니…….

"마키노하라 양."

"예?"

"잘 갔다 와."

사쿠타는 응원하는 심정으로 오른손을 내밀었다.

"다녀올게요."

쇼코는 조그마한 자신의 손으로 사쿠타의 손을 꼭 쥐었다.

4

맑고 푸른 하늘을 비행기가 가로질렀다.

바다 위에 펼쳐진 하늘.

수평선보다 먼 하늘 위.

여기서는 종이비행기처럼 소리를 내지 않으며 날고 있는 것처럼 보였다.

시치리가하마의 모래사장에 선 사쿠타의 귀에 들리는 건 파도와 바람 소리뿐이다.

"마키노하라 양은 지금쯤 오키나와에 도착했으려나."

어제 패밀리 레스토랑에 사쿠타를 만나러 와줬던 쇼코는 오전 열 시 비행기라고 말했다. 사쿠타는 시계가 없기 때문에 지금 몇 시인지 정확하게 알지는 못하지만, 슬슬 배가 고픈 것을 보면 오후 한 시가 다 되어갈 것이다.

오늘 사쿠타는 쇼코가 탈 비행기의 출발 시각인 오전 열 시부터 미네가하라 고등학교의 졸업식에 참석했다. 재학생으로서 3학년을 배웅하는 입장인 것이다.

졸업식은 별 탈 없이 진행됐으며, 얼추 예정 시각인 열두 시 즈음에 끝났다.

그리고 해산하기 전까지 멍하니 시간을 보낸 후, 담임 교사에게서 돌아가라는 말을 들은 것이 열두 시 반이다.

학교를 나선 사쿠타는 귀가하지 않고 시치리가하마의 바다로 향했다.

딱히 졸업식의 여운이나 감상에 젖기 위해서가 아니다. 사쿠타는 아직 1년간의 고등학교 생활이 남아 있다. 감상에 젖을 만큼 학교생활에 특별한 추억이 있지도 않았다. 아직까지는…….

마이가 졸업을 하게 됐는데도, 딱히 쓸쓸하지는 않았다. 『앞으로 교복 입은 마이 씨는 못 보는 거구나!』 같은 생각도 오늘 아침에야 했다.

바다에 들른 것은 오늘 아침에 함께 학교로 향하는 전철 안에서, 「졸업식이 끝나면 바다에서 기다려」 하고 마이가 말했기 때문이다.

그런 마이는 아직 오지 않았다.

기다리는 사이, 아까 전의 비행기는 점점 작아져갔다. 누군가를 태우고, 하늘 저편으로 날아가고 있었다.

쇼코가 저 비행기를 탄 것도 아닌데, 사쿠타는 하늘에 생긴 비행기구름이 사라질 때까지 그것을 쳐다보았다.

비행기가 시야에서 사라지자, 사쿠타는 시치리가하마의 바다를 오른쪽에서 왼쪽으로 둘러보았다.

쇼코와 만난 바다.

그때는 『쇼코 씨』였지만…….

몇 년이 흐르면, 『마키노하라 양』은 사쿠타가 만났던 시절의 『쇼코 씨』와 같은 나이가 된다. 기다리기만 하면, 언젠가 다시 만날 수 있는 것이다.

그것이 왠지 우습게 느껴진 사쿠타는 자연스레 웃음을 흘렸다.

우습고, 즐거워서, 마음이 훈훈해졌다.

분명 그때가 되면, 믿기지 않는 체험들도 서로가 그리운 추억으로 여기며 이야기를 할 수 있을 것이다. 그런 미래라면, 정말 기다려졌다.

사쿠타가 그런 생각을 하고 있을 때, 모래사장을 걷는 발소리가 들렸다.

처음에는 마이가 왔을 거라는 기대감에 사로잡혔다. 하지만 그 발소리는 가벼웠으며, 보폭 또한 좁은 듯한 느낌이 들었다. 그 점이 의아하게 느껴진 순간, 바다를 쳐다보고 있던 사쿠타의 시야 구석에 조그마한 누군가가 비쳤다.

초등학생용 가방을 멘 어린 여자애가 사쿠타의 옆을 지나갔다. 붉은색 머플러를 하늘거리며…….

물가에 간 그 여자애는 발이 젓을락 말락 하는 곳에서 멈춰 섰다.

어깨 언저리까지 기른 아름다운 흑발을 지녔다. 등에 멘 가방은 새것인지 흠집이나 얼룩이 없었다.

예닐곱 살 정도로 보이는 여자애다.

언뜻 본 그 얼굴은 눈에 익었다. 텔레비전 속에서 아역으로서 활약하던 어릴 적의 마이를 쏙 빼닮았다.

그리고 그 사실을 인식한 순간, 사쿠타의 몸은 위화감을 느꼈다. 그리고 데자뷔에 사로잡혔다.

사쿠타는 이와 비슷한 상황을 예전에 경험한 적이 있다.

아니, 정확하게 말하자면, 꿈에서 봤다고 표현하는 편이 옳으리라.

하지만 이곳은 꿈속 세계가 아니다.

현실이다.

그렇다면 이게 대체 어떻게 된 것일까.

머릿속이 의문으로 가득 채워져 갔다.

사쿠타는 그 의문의 답을 찾기 위해…….

"마이 씨……?"

……하고, 이름을 불렀다.

그러자, 여자애는 머리카락을 흩날리며 돌아섰다.

얼굴에는 약간의 경계심이 어려 있었다. 하지만, 차분한 눈동자가 사쿠타를 향하더니…….

"아저씨는 누구야?"

……하고, 순진무구한 목소리로 말했다.

그 말 또한, 꿈속에서 들었던 것과 똑같았다.

■작가 후기

새로운 전개, 시작했습니다.
애니메이션, 시작했습니다.
다음 권, 다음 소식, 기다려주시면 감사하겠습니다.

이 작품을 집필하는 데 있어서, 취재에 쾌히 응해주신 N고
등학교 학생 및 관계자 여러분에게 진심으로 감사드립니다.

미조구치 케이지 님, 편집부의 아라키 님, 후지와라 님,
쿠로카와 님, 쿠로사키 님에게도 신세 많이 졌습니다.

다음 편인 9권에서 다시 찾아뵙겠습니다.

카모시다 하지메

안녕하십니까. 근로청년 번역가 이승원입니다.

『청춘 돼지는 외출하는 여동생의 꿈을 꾸지 않는다』를 구매해 주셔서 진심으로 감사드립니다.

1년 만에 드디어 청춘돼지 시리즈의 새로운 이야기가 나왔습니다!

7권의 그 감동적인 엔딩에서 대체 어떤 식으로 이야기를 이어갈지 궁금했습니다만, 우선 여동생의 이야기로 시작되는군요.

5권, 『청춘 돼지는 집 보는 여동생의 꿈을 꾸지 않는다』에서 『카에데』의 노력 끝에 다시 되돌아온 카에데. 하지만 그녀의 사춘기 증후군은 아직 낫지 않았고, 그것은 스스로 극복해야만 하는 문제였습니다.

그리고 이번 8권은 카에데가 앞으로 나아가기 위해 노력하는 내용이었습니다.

자신이 없던 2년이라는 세월 동안 자신을 대신해온 끝에 결국 사라지고 만 소녀. 카에데에게 많은 것을 주고 또 준

『카에데』라는 존재는 그녀에게 힘이 되는 것과 동시에 부담이 됩니다. 카에데는 그것은 어떻게든 극복하려 했고, 그와 동시에 자신에게 많은 것을 준 이들에게 보답하기 위해 노력하고 또 노력합니다.

그리고 그것을 알기에 사쿠타 또한 동생의 뜻을 존중해주려 합니다. 그러면서도 카에데, 그리고 『카에데』가 진심으로 바라는 미래를 찾아주려 합니다.

이번 권에서는 사춘기 증후군을 중심으로 이야기가 전개되지는 않습니다. 하지만 앞으로 펼쳐질 본격적인 이야기에 앞서 지반 다지기를 하고 있다 여겨집니다.

다음 권부터 본격적으로 시작될 것 같군요. 저 또한 팬으로서 기대됩니다!

그럼 이만 줄이겠습니다.

L노벨 편집부 여러분. 항상 신세 지고 있습니다. 앞으로도 잘 부탁드립니다!

탕수육이 먹고 싶다고 노래를 부르는 악우여. 위, 원고료만 들어오면 먹으러 가세나. 독특한 탕수육이 아니라, 정통파 한국식 탕수육! 그 탕수육 앞에서 부먹파와 찍먹파의 진검 승부를 벌여보자고!

마지막으로 언제나 제게 버팀목이 되어주시는 어머니와

『청춘돼지』 시리즈를 읽어주신 모든 분들에게 진심으로 감사드립니다.

전설의 아역 배우(?)의 매력을 느낄 수 있을 것 같은 다음 권 역자 후기 코너에서 다시 뵙겠습니다!

2018년 8월 말

역자 이승원 올림

청춘 돼지는 외출하는 여동생의 꿈을 꾸지 않는다 8

1판 1쇄 발행 2018년 10월 10일
1판 9쇄 발행 2023년 6월 13일

지은이_ Hajime Kamoshida
일러스트_ Keji Mizoguchi
옮긴이_ 이승원

발행인_ 최원영
편집장_ 김승신
편집진행_ 권세라 · 최혁수 · 김경민 · 최정민
편집디자인_ 양우연
관리 · 영업_ 김민원

펴낸곳_ (주)디앤씨미디어
등록_ 2002년 4월 25일 제20-260호
주소_ 서울시 구로구 디지털로 26길 111 JnK디지털타워 503호
전화_ 02-333-2513(대표)
팩시밀리_ 02-333-2514
이메일_ lnovellove@naver.com
ㄴ노벨 공식 카페_ http://cafe.naver.com/lnovel11

SEISHUN BUTA YARO WA ODEKAKE SISTER NO YUME WO MINAI 8
ⓒ HAJIME KAMOSHIDA 2018
First published in 2018 by KADOKAWA CORPORATION, Tokyo.
Korean translation rights arranged with KADOKAWA CORPORATION, Tokyo,
through KCC.

ISBN 979-11-278-4654-1 04830
ISBN 979-11-86906-06-4 (세트)

값 7,200원

프리 라이프 이세계 해결사 분투기 1권

키가츠케바 케다마 지음 | 카니빔 일러스트 | 이경인 옮김

이세계 생활 3년째인 사야마 타카히로는
해결사 사무소〈프리 라이프〉의 빈둥빈둥 점주.
하지만 사실은, 신조차도 쓰러뜨릴 수 있는
세계 최강 레벨의 실력자였다!
게으름뱅이지만 곤란한 사람을 내버려 둘 수 없는 타카히로는
못된 권력자를 혼내주거나,
전설급 몬스터에게서 도시를 구하는 등 대활약.
사실은 눈에 띄고 싶지 않은데
개성적인 여자아이들에게도 차례차례 흥미를 끌게 되고?!

대폭 가필 & 새 이야기 추가로 따끈따끈 지수 120%!
이세계 슬로우 라이프의 금자탑이 문고화!!

곰 곰 곰 베어 1~6권

쿠마나노 지음 | 029 일러스트 | 김보라 옮김

게임이 현실보다 재밌습니까?―YES
현실 세계에 소중한 사람이 있습니까?―NO

……온라인 게임 설문 조사에 대답했을 뿐인데
말도 안 되는 이세계(아마도)로 내던져진 나, 유나.
은톨이 경력 3년의 폐인 게이머.
맨 처음 장착하게 된 장비템이 『곰 세트』라니…….
이게 무어야―!?
하지만 세고 편하니까 뭐, 괜찮으려나?
울프를 쓰러뜨리고, 고블린을 쓰러뜨리고
극강 곰 모험가로서 일단 해볼까요.

은둔형 외톨이 소녀, 이세계에서 무적의 곰 모험가가 되다!

Copyright © 2017 Mugichatarou Nenjuu
Illustrations copyright © 2017 Riichu
SB Creative Corp.

검사를 목표로 입학했는데
마법 적성 9999라고요?! 1~3권

넨쥬무기챠타로 지음 | 리이츄 일러스트 | 김보미 옮김

"하지만 전 전사학과에서 검사가 되고 싶어요!"
일류 검사를 꿈꾸는 소녀 로라는 불과 아홉 살에 모험가 학교에 합격하고,
「검사 친구가 많이 생겼으면 좋겠다」는 내내 부푼다.
그리고 다가온 입학식 날.
로라는 보통 학생이 50~60이 나오는 검 적성치 측정에서
경이로운 107점을 기록하며 검의 천재가 되지만
하는 김에 마법 적성치도 측정한 결과…… 무려 『전 속성 9999』!!
전대미문의 압도적인 수치에 학교 전체가 술렁이고 마법학과로 즉시 전과 결정♪
검사가 되고 싶은 바람과는 반대로 로라는 천재 마법사로 쑥쑥 커가고
순식간에 마법학과의 어느 선생님보다도 강해지는데…….
마법 재능이 지나치게 풍부한 아홉 살 소녀의 통쾌한 판타지!!

라이트노벨의 새로운 빛! L노벨의 신간은 매월 10일에 발매됩니다. http://cafe.naver.com/lnovel11

신화 전설이 된 영웅의 이세계담 1~6권

타테마츠리 지음 | 미유키 루리아 일러스트 | 송재희 옮김

오구로 히로는 일찍이 알레테이아라는 이세계로 소환되어
《군신》으로서 동료와 함께 나라를 구하고,
주변 나라들을 정복하여 거대한 제국을 건설했다.
그 후, 히로는 모든 것을 버리기로 각오하고
기억을 잃는 대가로 원래 세계로 귀환한다.
그 후, 매일 행복한 날을 보내던 히로는
무슨 운명인지 또다시 이세계로 소환되고 만다.
그곳은 바로— 1000년 후의 알레테이아?!

**자신이 이룩한 영광이 『신화』가 된 세계에서
『쌍흑의 영웅왕』이라 불렸던 소년의 새로운 『신화전설』이 막을 올린다!**